SCHAMLOS SCHÖN

Zwölf erotische Phantasien

Herausgegeben von Christine Proske
und
illustriert von Chris Menke

WILHELM HEYNE VERLAG
MÜNCHEN

DIE GROSSE HEYNE-JAHRESAKTION
Nr. 01/8124

Copyright © 1990 by
Wilhelm Heyne Verlag GmbH & Co. KG, München
Copyright der Einzelrechte s. Quellenverzeichnis
Printed in Germany 1990
Umschlagfoto: ZEFA/Vloo, Düsseldorf
Umschlaggestaltung: Atelier Ingrid Schütz, München
Gesamtherstellung: Presse-Druck Augsburg

ISBN 3-453-04249-2

Inhalt

ANAÏS NIN
Mathilde 7

ANNE-MARIE VILLEFRANCHE
Sonnenbaden mit Madame Gaumont 23

HENRY MILLER
Schule der Geläufigkeit 57

MARY McCARTHY
Dottie 77

ALBERTO MORAVIA
Lady Godiva 93

SANDY BOUCHER
Summen 101

EMMANUELLE ARSAN
Marie-Anne 121

LYNN SCOTT MYERS
Siebzehn Jahre 137

VLADIMIR NABOKOV
Lolita 153

RÉGINE DEFORGES
Léone oder Das Bahnhofsrestaurant 187

CHARLES BUKOWSKI
Die Fickmaschine 203

ERICA JONG
Geschliddert 221

Quellenverzeichnis 253

ANAÏS NIN

Mathilde

Als sie zwanzig Jahre alt war, wurde Mathilde, eine Pariser Putzmacherin, von dem Baron verführt. Zwar dauerte die Beziehung nur zwei Wochen, aber trotzdem gelang es dem Baron, ihr in dieser kurzen Zeit etwas von seiner Lebensphilosophie und seiner geschwinden Art, mit Problemen fertig zu werden, mitzugeben. Was ihr der Baron eines Abends ganz beiläufig anvertraut hatte, ließ sie nicht ruhen: nämlich, daß man in Südamerika Pariserinnen besonders schätzte, weil man glaubte, sie seien im Gegensatz zu vielen südamerikanischen Ehefrauen, die immer noch in der Tradition des aufopfernden und unterwürfigen Eheweibs lebten, liebeserfahren, temperamentvoll, geistreich. Die Ehefrauen seien verkümmert, wohl weil ihre Männer sich weigerten, sie zu Mätressen zu machen.

Genauso wie der Baron hatte auch Mathilde ein Rezept entwickelt, nach dem sie ihr Leben als eine Folge von Rollen verstand. So sagte sie sich beispielsweise morgens, während sie ihr blondes Haar bürstete: »Heute will ich diese oder jene Person sein.« Und dann spielte sie diese Rolle.

Eines Tages hatte sie entschieden, sie würde gerne die elegante Vertreterin eines bekannten Pariser Modesalons sein und nach Peru geschickt werden. Sie brauchte ja nur die Rolle zu verkörpern. Also zog sie sich sorgfältig an, präsentierte sich mit größter Selbstsicherheit in besagtem Salon, wurde tatsächlich als Vertreterin engagiert und erhielt ihre Passage nach Lima.

An Bord des Dampfers benahm sie sich wie die elegante

französische Botschafterin der Mode. Ihr angeborener Geschmack für erlesene Weine, kostbare Parfüms, ausgesuchte Kleidung kennzeichnete sie als Dame von Welt. Sie war eine Feinschmeckerin.

Mathilde besaß aber auch den Charme, der zu dieser Rolle gehörte. Sie lächelte unaufhörlich, einerlei, was geschah. War ihr Koffer abhanden gekommen, lächelte sie. Wenn man ihr auf den Fuß trat, lächelte sie. Dieses Lächeln war es, was Dalvedo, den Generalvertreter der Spanischen Schiffahrtslinie, so bezauberte. Er bat sie, am Tisch des Kapitäns Platz zu nehmen. Dalvedo machte eine gute Figur in seinem Smoking, benahm sich wie ein Kapitän und war voller Anekdoten. Am nächsten Abend führte er sie zum Tanz. Er wußte, daß er ihr während der kurzen Zeit der Überfahrt nicht in der üblichen Weise den Hof machen konnte, also begann er gleich, ihr pikante Komplimente wegen des kleinen Leberflecks auf ihrem Kinn zu machen. Um Mitternacht wollte er wissen, ob sie gerne indische Feigen äße. Sie hatte sie nie gekostet. Er erklärte, er hätte ein paar davon in seiner Kabine.

Aber Mathilde wußte, was sie sich schuldig war, und wollte sich nicht allzu schnell erobern lassen. Deshalb war sie auf der Hut, als sie die Kabine betraten. Es war ihr immer ein leichtes gewesen, die frechen Annäherungen der Männer abzuwehren, die verstohlenen Klapse auf den Hintern, die ihr die Ehemänner ihrer Kundinnen gaben, die Griffe an die Brust, wenn sie mit ihrem Freund im Kino war. All dies hatte sie kaltgelassen. Von dem, was sie bestimmt nicht kaltlassen würde, hatte sie eine vage, aber beharrliche Vorstellung: Sie wollte mit geheimnisvollen Worten umworben werden. Diese fixe Idee war das Resultat ihrer ersten Erfahrung, die sie als Sechzehnjährige gemacht hatte.

Damals war ein Schriftsteller, den ganz Paris kannte, in ihrem Laden erschienen. Aber er wollte keinen Hut erstehen. Er fragte sie, ob sie lumineszierende Blumen führe, von denen man ihm berichtet hatte, Blumen, die im Dunkeln leuchteten. Er wollte sie, so sagte er, für eine Frau, die im Dunkeln leuchtete. Er könne schwören, daß die Haut dieser Frau, wenn er mit ihr im Theater war und sie in ihrem Abendkleid zurückgelehnt in ihrer Loge saß, leuchtete wie die zartesten Meeresmuscheln, mit einem blaßrosa Schimmer. Er wollte, daß sie diese Blumen in ihrem Haar trug.

Mathilde hatte keine solchen Blumen. Aber sobald der Mann den Laden verlassen hatte, trat sie vor den Spiegel. So ein Gefühl wollte sie erwecken. Aber konnte sie es denn? Sie war weit eher Feuer als Licht. Ihre Augen waren heiß und veilchenblau. Ihr Haar war blond getönt, aber es warf einen kupfernen Schatten auf ihr Gesicht. Ihr Teint war ebenfalls kupferfarben, kräftig und alles andere als durchscheinend. Ihr Körper füllte ihre Kleider aus. Sie trug kein Korsett, und doch hatte ihre Figur die Kurven der Frauen, die eins trugen. Sie machte ein hohles Kreuz, damit die Brüste und die Hinterbacken hervortraten.

Inzwischen war der Mann zurückgekommen. Diesmal wollte er gar nichts kaufen. Er stand nur da und starrte sie an und lächelte mit seinem langen, markanten Gesicht; seine schlanken Finger machten ein Ritual aus dem Anzünden einer Zigarette. Er sagte: »Diesmal bin ich zurückgekommen, nur weil ich Sie sehen wollte.«

Mathilde hatte ein solches Herzklopfen bekommen, daß sie glaubte, dies wäre nun der Augenblick, auf den sie so lange gewartet hatte. Fast stellte sie sich auf die Zehenspitzen, so gespannt wartete sie auf seine nächsten Worte. Sie war jetzt die leuchtende Frau in der schummrigen Loge, für die man die ungewöhnlichen Blumen verlangt hatte. Aber alles, was der elegante, graumelierte Schriftsteller mit der aristokratischen Stimme herausbrachte, war: »Sowie ich Sie sah, bekam ich einen Steifen in der Hose.«

Es klang so brutal, daß es eine Beleidigung für sie war. Sie errötete und schlug nach ihm.

Szenen in dieser Art wiederholten sich. Mathilde hatte erkannt, daß es den Männern meist die Rede verschlug, wenn sie irgendwo erschien. Sie vergaßen romantisches Werben und kamen gleich zur Sache. Mathildes Wirkung war so unmittelbar, daß die Männer nur ihre physische Erregung in Worte fassen konnten. Anstatt es als ein Kompliment zu sehen, nahm Mathilde das übel.

Nun befand sie sich in der Kabine von Dalvedo, dem welterfahrenen Spanier. Er schälte ihr ein paar indische Feigen und plauderte mit ihr.

Dann unterbrach er sich und stand auf. »Sie haben den verführerischsten kleinen Leberfleck auf Ihrem Kinn.« Sie glaubte, dies sei der Auftakt zu einem Kuß. Aber nein. Statt dessen knöpfte er sich die Hose auf, holte seinen Schwanz heraus, und mit der Geste eines Zuhälters gegenüber einer Straßendirne gebot er: »Auf die Knie!«

Wieder schlug Mathilde nach dem Mann und drehte sich zur Tür. »Bleiben Sie doch«, flehte er, »ich bin wild nach Ihnen. Den ganzen Abend lang, als ich mit Ihnen tanzte, war ich in dieser Verfassung. Sie dürfen mich jetzt nicht verlassen.« Dabei versuchte er, sie zu umarmen. Als sie sich sträubte und ihm entkommen wollte, ergoß er sich über ihr Kleid. Sie mußte sich in ihr Abendcape wikkeln, um in ihre Kabine zu gelangen.

Sowie Mathilde in Lima angekommen war, wurde ihr Traum Wirklichkeit. Die Männer machten ihr mit blumigen Worten den Hof und verbargen ihre Absichten hinter sehr viel Charme und schönen Komplimenten. Dieses Vorspiel auf dem Weg ins Bett befriedigte sie. Ein wenig Weihrauch tat ihr gut. In Lima bekam sie eine Menge, denn er gehörte zum Ritual. Sie fand sich auf einem Postament aus Poesie, von dem aus dann der Sturz in die endgültige Umarmung um so herrlicher schien. Sie verkaufte weitaus mehr Nächte als Mode.

Damals gab es in Lima eine große chinesische Kolonie; Opiumrauchen war an der Tagesordnung. Gruppen reicher junger Männer zogen von einem Bordell ins nächste oder

verbrachten ihre Nächte in Opiumhöhlen, wo Prostituierte verkehrten; oder sie mieteten sich leere Zimmer im Bordellviertel, wo sie gemeinsam Rauschgift nahmen und sich von Huren bedienen ließen.

Die jungen Männer kamen gern zu Mathilde. Sie hatte ihre »Gesandtschaft« in ein Boudoir mit Sofas, Spitzenüberwürfen, Seidenvorhängen und Kissen verwandelt. Ein Peruaner namens Martinez gab ihr zum erstenmal Opium zu rauchen. Später brachte er seine Freunde mit. Oft blieben sie mehrere Tage bei ihr, unauffindbar für die übrige Welt und für ihre Familien. Die Vorhänge waren zugezogen, die Stimmung schummrig, einschläfernd. Sie teilten sich Mathilde. Das Opium vertiefte ihre Wollust, ließ sie beständiger werden. Sie verbrachten Stunden damit, nur Mathildes Beine zu streicheln. Dann nahm sich jemand eine ihrer Brüste, ein zweiter drückte den Mund ins weiche Fleisch ihres Halses und preßte es nur mit den Lippen. Ein Kuß ließ sie, unter der Wirkung des Opiums, von Kopf bis Fuß erschauern.

Mathilde pflegte sich nackt auf den Boden zu legen. Alle ihre Gesten hatten sich verlangsamt. Die jungen Männer lehnten sich in die Kissen zurück. Ein träger Finger tastete nach ihrem Geschlecht, drang ein, blieb unbeweglich zwischen ihren Schamlippen liegen. Dann kam eine zweite Hand und suchte dieselbe Stelle, beschrieb Kreise darum und fand einen anderen Eingang.

Ein dritter Mann bot ihrem Mund seinen Schwanz an. Dann saugte sie ganz langsam daran. Jede Berührung wurde durch die Droge intensiviert. So lagen sie stundenlang still da und träumten. Dann tauchten andere erotische Vorstellungen auf. Martinez sah den Körper einer Frau vor sich, langgestreckt, kopflos, ein weibliches Wesen mit den Brüsten einer Balinesin, dem Unterleib einer Afrikanerin, dem hohen Steiß einer Negerin. Alles floß zusammen zu einem Bild von beweglichem Fleisch, Fleisch, das wie aus Gummi schien. Die straffen Brüste schwollen seinem Mund entgegen, seine Hand wollte sie

ergreifen. Aber dann streckten sich ihm andere Körperteile
entgegen, traten in den Vordergrund, hingen über seinem
eigenen Körper. Beine spreizten sich auf unmenschliche,
unmögliche Weise, als seien sie selbständig geworden, und
gaben das Geschlecht frei. Es war, als hätte man eine
Tulpe geöffnet.

Die Vulva aber begann sich ebenfalls zu bewegen und
dehnte sich wie eine Seeanemone, als zögen unsichtbare
Hände an ihr, Hände, die neugierig waren, die den Körper
zerstückeln wollten, um an sein Innerstes zu gelangen.
Dann wandte sich der Hintern ihm voll zu und verlor
seine Kontur, als würde er auseinandergezogen. Jede Bewegung schien den Körper völlig und bis zum Zerreißen zu
öffnen. Martinez wurde jedesmal fuchsteufelswild, wenn
andere Hände diesen Körper betasteten. Er richtete sich
halbwegs auf und suchte Mathildes Brust, und wenn er
dann auf eine andere Hand stieß oder auf einen Mund, der
daran saugte, tastete er sich zu ihrem Bauch hinunter, als
habe er immer noch jenes Bild vor sich, das ihn in seinem
Opiumtraum verfolgt hatte. Er ließ sich noch tiefer über
ihren Körper sinken, damit er sie zwischen ihren gespreizten Beinen küssen konnte.

Mathilde empfand eine so intensive Lust, die Männer zu
liebkosen und von ihnen wiederum so schrankenlos und
ohne Unterlaß gestreichelt zu werden, daß sie nur selten
einen Höhepunkt erreichte. Es wurde ihr erst bewußt, als
die Männer gegangen waren. Sie erwachte aus ihren
Opiumträumen mit einem unbefriedigten Körper.

Sie blieb liegen, feilte ihre Nägel und lackierte sie. Sie
bereitete sich sorgfältig auf das nächste Mal vor, bürstete
ihr blondes Haar, setzte sich in die Sonne. Mit kleinen, in
Wasserstoffsuperoxyd getauchten Wattebäuschen färbte
sie sich ihr Schamhaar blond.

Allein gelassen, verfolgte sie die Erinnerung an die
Hände, die über ihren Körper geglitten waren. Nun spürte
sie, wie eine unter ihrem Arm liegende Hand nach ihrer
Taille tastete. Sie dachte an Martinez, der ihre Schamlip-

pen wie eine Blüte geöffnet hatte, an seine behende, flinke Zunge, wie sie über den Damm zwischen Scham und Gesäßbacken strich, bis zu den Grübchen am Ende des Rückgrats. Oh, wie er diese Grübchen anbetete, die seinem forschenden Finger und seiner frechen Zunge den abwärts führenden Pfad wiesen, bis sie wieder zwischen den beiden üppigen Hügeln verschwanden.

Mathilde dachte an Martinez. Es erregte sie. Sie wollte seine Rückkehr nicht abwarten und sah herab auf ihre Beine. Da sie kaum noch an die frische Luft ging, hatten sie eine sehr verführerische Blässe bekommen, wie der kreideweiße Teint von Chinesinnen, eine Treibhausblässe, die den Männern, und besonders den dunklen Peruanern, so sehr gefiel. Sie starrte auf ihren Bauch. Er war makellos, besaß keine Falte, die nicht dort hingehörte. In der Sonne glänzte das Schamhaar rötlich golden.

»Wie wirke ich auf ihn?« fragte sie sich. Sie stand auf und trug einen langen Spiegel zum Fenster. Dann lehnte sie ihn auf dem Fußboden gegen einen Stuhl. Sie hockte sich auf den Teppich davor und öffnete langsam ihre Beine. Der Anblick war bezaubernd. Die Haut war makellos, die Vulva rosig und voll. Sie erinnerte sie an das eingerollte Blatt eines Gummibaums mit seiner verborgenen Milch, die ein Druck der Finger heraustreten ließ, eine duftende Feuchtigkeit wie die der Seemuscheln. So wurde Venus aus dem Meeresschaum geboren, mit diesen Körnchen von salzigem Honig, den nur Liebkosungen aus den verborgenen Winkeln des Körpers herausholen können.

Mathilde war neugierig geworden, ob auch sie diesen rätselhaften Honig aus seinem geheimnisvollen Gefäß holen konnte. Mit den Fingern öffnete sie die beiden kleinen Lippen und begann, sie mit einer katzenhaften Behendigkeit zu streicheln, vorwärts und rückwärts bewegte sie die Finger, wie Martinez es mit seinen nervigeren, dunklen Fingern tat. Sie stellte sich seine braunen Finger auf ihrer Haut vor und welchen Gegensatz sie bildeten. Ihre Stärke verhieß eher Schmerz als Wollust auf ihrer Haut.

Und trotzdem war seine Berührung ganz zart, sanft hatte er ihre Schamlippen zwischen seine Finger genommen, als berührte er Samt. Sie hielt sie jetzt genauso wie er, zwischen Daumen und Zeigefinger. Sie spürte dasselbe Verströmen, das sie unter seinen Fingern gefühlt hatte. Tief aus ihrem Innersten heraus kündigte sich die salzige Feuchtigkeit an, trat heraus und benetzte die Flügel der Vulva.

Als nächstes wollte Mathilde wissen, wie sie wohl aussah, wenn Martinez ihr befahl, sich umzudrehen. Sie legte sich auf die linke Seite, die Gesäßbacken dem Spiegel zugewendet. Jetzt konnte sie den schimmernden Spalt von der anderen Seite sehen. Sie bewegte sich, wie sie sich für Martinez bewegt hatte. Sie sah, wie ihre eigene Hand über dem kleinen Hügel auftauchte, den ihr Hinterteil bildete, das sie jetzt streichelte. Die andere Hand schob sich zwischen die Beine, der Spiegel warf das Bild zurück. Mit dieser Hand fuhr sie nun vorwärts und rückwärts über ihre Fotze. Dann führte sie den Zeigefinger ein und begann, sich dagegen zu reiben. Jetzt überwältigte sie das Verlangen, von beiden Seiten gleichzeitig genommen zu werden. Sie steckte den anderen Zeigefinger in ihre hintere Öffnung. Wenn sie sich nun vorwärts bewegte, fühlte sie ihren Finger vorn; ließ sie sich rückwärts sinken, fühlte sie den anderen Finger. Es war, als liebkosten Martinez und ein Freund sie gleichzeitig. Der nahende Orgasmus schüttelte sie, die Bewegungen wurden konvulsiv, als wollte sie, um die letzte Frucht vom Baum zu reißen, immer wieder an dem Zweig ziehen, als wollte sie alles in einem wahnsinnigen Orgasmussturm vereinen. Während sie sich im Spiegel betrachtete, kam der Höhepunkt. Sie sah, wie sich ihre Hände bewegten, sah, wie der Honig glänzte, sah ihr ganzes Geschlecht und den Spalt ihres Hintern feucht zwischen den Beinen schimmern.

Nach dieser Vorstellung verstand sie die Geschichte, die ihr einmal ein peruanischer Seemann erzählt hatte – wie die Mannschaft sich eine Gummifrau gebastelt hatte, um sich mit ihr die Zeit zu vertreiben und die sechs, sieben Monate allein auf See zu überbrücken. Die Frau wirkte sehr echt und schön – die perfekte Illusion. Die Seeleute liebten sie, nahmen sie mit ins Bett. Sie war so konstruiert, daß jede Öffnung den Männern zur Befriedigung dienen konnte. Sie besaß jene Beschaffenheit, die ein alter Indio einst seiner jungen Frau zuschrieb, als diese kurz nach der Hochzeit mit jedem der jungen Männer auf der Hacienda geschlafen hatte. Der Besitzer hatte den alten Indio zu sich kommen lassen, ihm von dem skandalösen Benehmen seiner Frau erzählt und ihm geraten, in Zukunft besser auf sie aufzupassen. Darauf schüttelte der Indio skeptisch den Kopf und entgegnete: »Weshalb denn? Warum sollte ich mir den Kopf zerbrechen? Schließlich ist meine Frau nicht aus Seife. Sie wird sich nicht abnutzen.«

Genauso war es mit der Frau aus Gummi. Den Seeleuten war sie eine stets bereite, stets nachgiebige, wahrhaft wundervolle Gespielin. Es gab keine Eifersüchteleien, keine Handgreiflichkeiten, keine Ausschließlichkeiten. Die Gummifrau wurde sehr geliebt. Aber trotz ihrer Unschuld, ihrer gutwilligen Bereitschaft, ihrer Großzügigkeit, ihrer Diskretion, trotz ihrer Treue gegenüber den Seeleuten brachte sie es fertig, sie alle mit Syphilis anzustecken.

Mathilde hatte gelacht, als ihr der junge Seemann die Geschichte erzählte, auf ihr liegend, als sei sie eine aufgeblasene Gummimatratze, die so straff war, daß sie ihn beinahe abgeworfen hätte. Mathilde kam sich vor wie diese Gummifrau, wenn sie Opium geraucht hatte. Wie lustvoll war dieses Gefühl, sich ganz hinzugeben! Ihre einzige wirkliche Beschäftigung bestand darin, nachher das Geld, das ihre Freunde ihr zurückgelassen hatten, zu zählen.

Einem von ihnen, nennen wir ihn Antonio, paßte ihr luxuriöses Zimmer nicht. Immer wieder hatte er sie gebeten, ihn bei sich zu besuchen. Er war ein Boxer, und er sah aus wie ein Mann, der es versteht, Frauen für sich arbeiten zu lassen. Gleichzeitig war er von jener Eleganz, welche die Frauen stolz auf ihn machten. Er hatte das gepflegte Aussehen eines Müßiggängers und jene lässigen Manieren, die, so fühlte man, im gegebenen Augenblick in Gewalttätigkeit umschlagen könnten. Sein Blick war wie der eines Katers, den man streicheln will, der aber niemanden liebt, der niemals auf die Impulse, die er weckt, zu reagieren braucht.

Er hatte eine Geliebte, die gut zu ihm paßte und die es mit seiner Stärke und seiner Potenz aufnehmen und seine Schläge energisch parieren konnte. Kurz, sie war eine Frau, die ihrer Weiblichkeit Ehre machte und von den Männern kein Mitleid verlangte, eine Frau, die wußte, daß ein kräftiger Streit das Blut ins Wallen brachte. Sie wußte, daß es nur nach einem Kampf eine wirklich süße Versöhnung geben konnte. Sie wußte, daß Antonio, wenn er nicht bei ihr war, die Französin besuchte, um bei ihr Opium zu rauchen. Es machte ihr weniger aus, als überhaupt nicht zu wissen, wo er sich aufhielt.

An jenem Tage hatte er gerade sorgsam seinen Schnurrbart gebürstet und sich auf eine Opiumorgie vorbereitet. Um seine Geliebte zu beschwichtigen, kniff und tätschelte er ihren Hintern. Sie war eine apart aussehende Frau mit afrikanischem Blut in den Adern. Ihre Brüste saßen unwahrscheinlich hoch, höher, als bei irgendeiner anderen Frau, fast parallel zu ihrer Schulterlinie. Sie waren kugelrund und groß. Diese Brüste waren es, die Antonio aufgefallen waren. Die Tatsache, daß sie so herausfordernd, so nahe dem Mund, so nach oben gerichtet waren, löste bei ihm eine unmittelbare Reaktion aus. Es schien, als hätte sein Schwanz eine direkte Beziehung zu diesen Brüsten. Sowie er sie in dem Bordell, wo die Frau arbeitete, zum erstenmal sah, hatte sich sein Stengel erhoben, um mit ihnen gleichzuziehen.

Jedesmal, wenn er in den Puff kam, machte er die gleiche Erfahrung. Schließlich nahm er die Frau aus dem Bordell heraus und zu sich in die Wohnung. Zuerst konnte er überhaupt nur ihre Brüste lieben. Sie verfolgten ihn. Steckte er seinen Schwanz in den Mund der Frau, glaubte er, sie zeigten hungrig auf ihn. Also nahm er ihn wieder heraus, schob ihn zwischen ihre Brüste und preßte sie dagegen. Die Warzen waren groß und verhärteten sich wie ein Fruchtkern in seinem Mund.

Unter seinen Liebkosungen stieg ihre Erregung, aber die ganze untere Partie ihres Körpers durfte nicht mitspielen. Ihre Beine zitterten und bebten, flehten darum, ihnen Gewalt anzutun, die Schamlippen öffneten sich, aber er beachtete sie nicht. Statt dessen nahm er ihre Brüste in den Mund oder ließ seinen harten Stamm zwischen ihnen arbeiten. Er wollte sehen, wie sein Samen sie bespritzte. Ihre vernachlässigte Körperhälfte, die wulstigen Lippen ihrer Scham wanden sich wie Blätter im Winde jeder Liebkosung, ihre Beine stießen ins Leere. Schließlich machte sie es sich selbst.

An diesem Vormittag, kurz vor dem Weggehen, wiederholte er diese Attacke. Er biß sie in die Brüste. Sie bot ihm ihre klaffende Fotze, er verschmähte sie. Statt dessen zwang er sie in die Knie und drang mit seinem Rohr in ihren Mund. Sie rieb ihre Brüste gegen seine Schenkel, denn manchmal konnte sie sich so befriedigen. Dann verließ er sie und schlenderte zu Mathildes Wohnung. Die Tür war nicht verschlossen. Mit der Lautlosigkeit einer Katze schlich er hinein, der dichte Teppich verschluckte jedes Geräusch. Er überraschte Mathilde vor dem Spiegel. Sie hatte sich auf alle viere niedergelassen und sah zwischen den Beinen hindurch.

Er sagte: »Bleib so, Mathilde, rühr dich nicht. Ich liebe diese Stellung.«

Dann beugte er sich über sie wie eine riesige Katze und durchbohrte sie von hinten. Er gab Mathilde, was er seiner Geliebten versagte. Sein Gewicht preßte sie schließlich zu Boden, bis sie flach auf dem Teppich lag. Mit beiden Händen hob er ihre Hinterbacken hoch und stieß immer wieder zu. Sein Schwanz schien aus glühendem Eisen. Er war lang und dünn und bewegte sich nach allen Richtungen. Er tanzte in ihr mit einer Wendigkeit, die sie nie zuvor erlebt hatte. Dann wurden seine Bewegungen immer schneller, und er keuchte heiser: »Komm schon, komm, sag ich dir. Gib mir alles, jetzt, gib's mir wie noch nie. Gib's mir, wie noch nie. Gib's mir, los, jetzt, jetzt!« Da bäumte sie sich mit aller Kraft auf und ließ ihren Hintern gegen seinen Bauch, seine Schenkel, seinen Sack klatschen. Der Orgasmus kam wie ein Blitzschlag, der sie beide gleichzeitig traf.

Als die anderen kamen, lagen die beiden immer noch ineinander verknäuelt auf dem Teppich. Der Spiegel, der Zeuge des Geschehens war, belustigte sie. Sie bereiteten ihre Opiumpfeifen vor. Mathilde war erschöpft, Martinez träumte wieder seinen Traum von den auseinanderquellenden Frauen mit geöffneten Fotzen. Antonio hatte immer noch einen Steifen und befahl Mathilde, sich auf ihn zu stülpen.

Nach der Opiumorgie, als außer Antonio alle gegangen waren, wiederholte er seine Bitte, ihn in seine spezielle Opiumhöhle zu begleiten. Obwohl ihr der Schoß noch immer weh tat und von seinen wilden Stößen brannte, willigte sie ein, denn sie wollte bei Antonio bleiben und die wilde Nummer wiederholen.

Schweigend gingen sie durch die engen Gassen des Chinesenviertels. An jeder Straßenecke boten sich Frauen an, lächelten ihnen aus offenen Fenstern zu, standen in den Türeingängen, winkten sie zu sich. In einige der Zimmer hatte man von der Straße aus Einblick. Das Bett war nur durch einen dünnen Vorhang verhüllt. Man konnte erkennen, wie Paare miteinander fickten. Da gab es Syrerinnen in Nationaltracht, arabische Frauen, mit halbnackten, von bunten Steinen bedeckten Körpern, Japanerinnen und Chinesinnen, die verstohlene Gesten machten, üppige afrikanische Frauen, die im Kreise hockten und sich miteinander unterhielten. Eines der Häuser war voller französischer Huren in kurzen rosa Hemdchen, sie strickten und nähten, als seien sie zu Hause. Sie versprachen den Passanten ganz besondere Spezialitäten.

Die Häuser selbst waren eng, schwach beleuchtet, verstaubt, voll von Rauch und dunklem Stimmengewirr, von dem Gemurmel Betrunkener, von Liebesgestöhn. Die Chinesen hatten ihre Häuser mit spanischen Wänden, Vorhängen, Lampions, Weihrauchkerzen und goldenen Buddhastatuetten möbliert. Es war ein Labyrinth aus falschen Juwelen, Papierblumen, seidenen Behängen und Teppichen – mit Frauen, die so vielfältig waren wie die Muster und Farben.

In diesem Viertel hatte Antonio ein Zimmer. Er führte Mathilde die ausgetretene Treppe hinauf, stieß eine Tür auf, die kaum noch in den Angeln hing, und schob sie hinein. Der Raum war unmöbliert bis auf eine chinesische Matte auf dem Fußboden. Darauf lag ein in Lumpen gehüllter Mann, der so ausgezehrt und krank aussah, daß Mathilde erschrocken zurückwich.

»Ach, du bist es«, sagte Antonio verstimmt.

»Ich hatte kein Dach überm Kopf.«

»Du weißt, daß du hier nicht bleiben kannst. Die Polizei ist hinter dir her.«

»Jaja, ich weiß.«

»Ich nehme an, du warst es, der neulich das Kokain gestohlen hat, stimmt's?«

»Stimmt«, bestätigte der Mann mit teilnahmsloser, schläfriger Stimme.

Mathilde bemerkte, daß der Körper des Mannes mit Schrammen und Einstichen übersät war. Er versuchte, sich aufzusetzen. In der einen Hand hielt er eine Ampulle, in der anderen einen Füllfederhalter und ein Taschenmesser.

Entsetzt starrte sie ihn an.

Mit dem Finger brach er die Spitze der Ampulle ab, säuberte den Rand von Glassplittern. Statt einer Injektionsnadel benutzte er den Füllfederhalter und sog die Flüssigkeit auf. Mit dem Taschenmesser brachte er sich

20

einen Einschnitt am Arm bei, der mit vernarbten und frischen Wunden bedeckt war. In den Einschnitt stach er den Füllfederhalter und drückte zu.

»Er hat kein Geld, um sich eine Spritze zu besorgen«, kommentierte Antonio. »Ich habe versucht, ihn vom Stehlen abzuhalten. Aber genau das hat er getan.«

Mathilde wollte fort, aber Antonio ließ es nicht zu. Der Mann war auf die Matte zurückgesunken und hatte die Augen geschlossen. Antonio holte eine Spritze heraus und gab Mathilde einen Schuß.

Sie streckten sich auf dem Boden aus. Eine überwältigende Müdigkeit hatte Mathilde ergriffen. Antonio sagte: »Du fühlst dich wie tot, stimmt's?« Sie fühlte sich, als hätte er ihr Äther verabreicht. Seine Stimme kam von ganz weit her. Mathilde gab ihm zu verstehen, daß sie einer Ohnmacht nahe sei. Er erwiderte: »Das geht vorüber.«

Dann begann ein Alptraum. Ganz weit weg lag die ausgestreckte Gestalt des in Lumpen gehüllten Mannes, dann waren da die Umrisse Antonios, groß und schwarz. Antonio nahm dem Mann das Taschenmesser aus der Hand und beugte sich über Mathilde. Sie spürte seinen Schwanz in sich weich und zärtlich. Sie bewegte sich langsam, entspannt, wellenartig. Der Schwanz wurde herausgezogen.

Sie fühlte, wie er über der seidigen Feuchtigkeit zwischen ihren Beinen schwang, aber sie war unbefriedigt und machte eine Bewegung, als wollte sie ihn wieder einfangen. Dann ging der Alptraum weiter. Antonio ließ das Taschenmesser aufspringen und beugte sich über ihre gespreizten Beine, berührte sie mit der Messerspitze und stieß diese dann sachte in sie hinein. Mathilde spürte keinen Schmerz und konnte sich auch nicht bewegen. Das offene Messer hatte sie hypnotisiert. Aber dann wachte sie plötzlich auf. Ihr war erschreckend klargeworden, daß dies kein Alptraum mehr war. Antonio starrte wie gebannt auf die Spitze des Taschenmessers am Eingang ihres Lochs.

Sie schrie. Die Tür flog auf. Es war die Polizei, die gekommen war, um den Kokaindieb festzunehmen.

Im letzten Augenblick war Mathilde dem Mann entkommen, der so oft den Huren in ihre Schlitze gestochen hatte und der nur aus diesem Grunde seine Geliebte niemals dort berühren wollte. Solange er mit ihr lebte, war er gegen die Versuchung gefeit, denn ihre herausfordernden Brüste lenkten seine Begierde von ihrem klaffenden Geschlecht ab und besiegten seine krankhafte Sucht, das, was er ›die kleine Wunde der Frau‹ nannte, mit Gewalt zu vergrößern.

ANNE-MARIE VILLEFRANCHE

Sonnenbaden
mit Madame Gaumont

Früher waren, wie jedermann weiß, die vornehmen Damen stolz auf ihren hellen Teint. Wenn sie im Sommer das Haus verließen, vergaßen sie nie, ihre kleinen, spitzenbesetzten Sonnenschirme mitzunehmen und sich mit breitkrempigen Hüten vor der Sonne zu schützen. Wie tief ihre Abendroben auch ausgeschnitten waren, die Haut, die sie freiließen, war immer makellos weiß. Und der glückliche Liebhaber einer solchen Dame konnte, wenn er sie in der intimen Abgeschiedenheit seiner Wohnung aus den kostbaren Kleidern schälte, sicher sein, milchweiße Brüste, einen weißen Bauch und zarte Schenkel von der gleichen vornehmen Blässe vorzufinden.

Im Laufe der Zeit änderten sich die Sitten. Es wurde Mode, in den heißen Sommermonaten an die Côte d'Azur zu fahren und in hautengen Badeanzügen am Strand zu liegen. Jetzt wetteiferten die vornehmen Damen um die dunkelste, goldenste Sonnenbräune, denn diese galt fast schon als Statussymbol. Doch wenn sie aus den leichten Kleidern schlüpften, bot sich ihren Liebhabern ein seltsam gestreifter Körper dar: braun im Gesicht und auf den Schultern, weiß an den Brüsten und am Bauch, und wieder braun an den Oberschenkeln. Vom ästhetischen Standpunkt her war dieser Anblick alles andere als angenehm.

Alle Frauen, die etwas auf sich hielten, verbrachten jetzt den gesamten Monat August am Mittelmeer, um dann nach Paris zurückzukehren und auf Partys und Tanzveranstaltungen in möglichst knappen Abendkleidern den so mühsam erworbenen, goldbraunen Teint vorzuführen. Doch mit dem Herbst verblaßte auch die Sonnenbräune. Spätestens im Januar war alles vergangen und vergessen, und im neuen Jahr präsentierten sich die Damen von Paris ihren Liebhabern nicht mehr mit Streifen, sondern in der feinen, zarten Tönung, wie sie die Natur eigentlich für sie vorgesehen hat.

Jede Regel hat auch ihre Ausnahme, und Madame Gaumont war schon im April, Mai und Juni mit einem leicht goldenen Teint zu sehen – lange bevor die anderen daran denken konnten, hinaus in die Sonne zu gehen. Wie sie dies erreichte, war ein Geheimnis, das sie noch nicht einmal mit ihren engsten Freundinnen teilte. Auch ihr Ehemann bewahrte diskret Stillschweigen über dieses Thema, wie übrigens in allen Dingen, die seine Frau betrafen. Es wurde damals allgemein angenommen, daß die Gaumonts zwar im besten Einvernehmen zusammenlebten, jeder von ihnen jedoch seinen eigenen Interessen nachging, was nach fast zwanzig Jahren Ehe auch niemanden überraschte. Charles Gaumont war schon fast sechzig, ein Alter, in dem das Interesse vieler Männer sich auf sehr viel jüngere Mädchen richtet. Marcelle, seine Frau, war Ende dreißig – eine hochgewachsene, attraktive Frau. Ihre Nase war vielleicht ein wenig zu groß und ihr Unterkiefer ein wenig zu stark, als daß man sie als eine Schönheit hätte bezeichnen können, doch sie übte auf Männer eine gewisse Anziehungskraft aus, und es mangelte ihr nicht an Verehrern. Ihre Diskretion war bekannt, doch in ihrem Freundeskreis ging man davon aus, daß es einigen dieser Verehrer bereits gelungen war, Marcelle aus den eleganten Kleidern zu schälen und sich an ihren Reizen zu ergötzen.

Die Gaumonts hatten nur ein Kind, einen Jungen von sechzehn Jahren. Einer seiner Freunde war Jean-Louis Normand, ebenfalls sechzehn, ein hübscher, gutgebauter Junge. Ihm war es vorbehalten, das Geheimnis um Madame Gaumonts Sonnenbräune – und manch anderes –

zu lüften, und zwar durch Zufall, wie er zumindest dachte. Während der Schulferien kam er eines Morgens zu den Gaumonts, um Henri zu besuchen, mußte jedoch erfahren, daß sein Freund ausgegangen war. Marcelle Gaumont hörte ihn an der Tür mit dem Dienstmädchen sprechen, ließ ihn hereinbitten und entschuldigte sich für die Vergeßlichkeit ihres Sohnes. Bald fand sich Jean-Louis im Salon wieder, ein Glas Limonade in der Hand, mit Madame Gaumont ins Gespräch vertieft. Nach einer Weile kamen sie auf das Thema Sonnenbräune, und Jean-Louis machte Madame Gaumont ein hübsches Kompliment über ihren exquisiten Teint. Einen Moment lang tat Marcelle so, als überlegte sie etwas, dann traf sie eine unerwartete Entscheidung: Sie bot Jean-Louis an, ihn in ihr Geheimnis einzuweihen, falls er ihr verspräche, niemandem davon zu erzählen.

Und so kam es, daß der junge Jean-Louis Normand die Treppe hinauf in einen kleinen Raum direkt unterm Dach geführt wurde. Die nach Süden liegenden Fenster waren mit Läden verschlossen, und die Luft war etwas stickig, doch als Marcelle die Läden zurückwarf, bot sich ihnen ein herrlicher Blick über den Bois de Bologne. Die kahlen Wände und die Decke der kleinen Mansarde waren weiß gestrichen, und das gesamte Mobiliar bestand aus einem einzigen weißen Schrank.

»Um diese Zeit steht die Sonne genau über den Bäumen«, erklärte Madame Gaumont. »Das hier ist mein Solarium.«

Die Sonne strömte durch die offenen Fenster herein und warf einen langen, hellen Lichtstrahl auf den Holzfußboden.

»Das Geheimnis hat also eine ganz einfache Lösung!« staunte Jean-Louis.

»Ich habe mir diese Mansarde herrichten lassen, als ich herausgefunden hatte, wie gesund es ist, in der Sonne zu liegen«, erzählte Marcelle. »Selbst im Winter kann ich, wenn die Sonne für eine Stunde durch die Wolken bricht, hier oben liegen. Es wird dann überraschend warm. Im Sommer ist es manchmal allerdings so heiß, daß man es kaum aushalten kann.«

»Jetzt verstehe ich, warum die Leute Sie beneiden und sich wundern, warum Sie das ganze Jahr über so braun sind«, sagte Jean-Louis. »Meine Mutter wird manchmal ganz wütend, wenn sie darüber spricht.«

»Du hast mir dein Ehrenwort gegeben, niemandem davon etwas zu sagen«, erinnerte ihn Marcelle.

»Natürlich, Madame. Versprochen ist versprochen.«

»Es hat nicht nur mit der Gesundheit zu tun«, erzählte sie weiter. »In diesem Zimmer kann ich ab und zu mal eine Stunde lang allein sein und mich innerlich sammeln. Den Dienstboten ist es strengstens verboten, mich zu stören, wenn ich hier bin. Ich führe ein geschäftiges Leben und kann von Zeit zu Zeit ein wenig Erholung sehr gut gebrauchen. Du bist der erste, der dieses Zimmer je betreten hat, abgesehen von meinem Ehemann natürlich. Selbst Henri ist noch nie hier oben gewesen.«

»Ich fühle mich sehr geehrt, Madame«, sagte Jean-Louis und fragte sich, warum ausgerechnet er diese Sonderbehandlung erfahren sollte. »Aber eines verstehe ich doch noch nicht – es gibt ja gar keine Möbel hier, noch nicht einmal einen Stuhl. Wie können Sie sich da überhaupt sonnen?«

Marcelle musterte ihn einige Sekunden lang, als überlegte sie innerlich, ob sie ihm vertrauen könnte. Dann lächelte sie.

»Du sollst es sehen«, sagte sie schließlich. »Und wenn du willst, kannst du dich mir anschließen und ebenfalls eine Stunde in der Sonne entspannen. Es ist sehr gut für deine Haut, und es wirkt sich auch auf das Nervensystem äußerst günstig aus, wußtest du das schon?«

»Nein, ich dachte, es wäre nur eine Ausrede, um sich tagsüber ein wenig hinzulegen.«

»Mir haben verschiedene medizinische Experten versichert, daß das regelmäßige Sonnenbaden Gesundheit und

Vitalität erhält«, erklärte Marcelle mit fester Stimme. »Und ich selbst bin dafür der lebende Beweis – ich bekomme im Winter nie eine Erkältung und bin abends selten erschöpft, und über schlechte Verdauung oder all die anderen Beschwerden, unter denen die meisten Stadtbewohner leiden, kann ich auch nicht klagen.«

»Dann sollte eigentlich jedermann regelmäßig sonnenbaden«, sagte Jean-Louis, beeindruckt von dieser langen Liste nützlicher Nebenwirkungen.

»Du sollst wissen, daß ich dir nur deshalb vorgeschlagen habe, dich mit mir eine Stunde lang zu sonnen, weil mir deine Gesundheit sehr am Herzen liegt«, erwiderte Marcelle. »Es wäre mir äußerst peinlich, wenn du irrtümlicherweise annehmen würdest, es wären noch andere Motive im Spiel.«

»Das verstehe ich nicht, Madame – was für andere Motive sollten das denn sein?«

»Keine«, erwiderte sie bestimmt.

Ihr Tonfall verwirrte den Jungen. Es klang fast so, als hätte er sie auf irgendeine Weise beleidigt. Nichts lag ihm ferner – er hielt Madame Gaumont für eine attraktive Frau, auch wenn sie fast so alt wie seine eigene Mutter war.

»Öffne den Schrank, und du wirst alles finden, was wir brauchen«, wies sie ihn lächelnd an.

Er tat, was sie gesagt hatte. Im Schrank fand er einige Flaschen mit Sonnenöl und eine dünne, aufgerollte Matratze. Auf ihre Aufforderung hin rollte er sie aus und legte sie dort auf den Boden, wohin die Sonne fiel. Als er wieder aufschaute, hatte Marcelle sich bereits die graue Seidenbluse und den karierten Rock ausgezogen und war gerade dabei, sie in den Schrank zu hängen. Jetzt trug sie noch ein Hemdhöschen aus hellblauer Seide, und Jean-Louis starrte mit offenem Mund auf ihre runden Hinterbacken, die sich ihm entgegenstreckten, als sie sich herunterbeugte, um ihre Strümpfe abzustreifen.

»Zum Sonnenbaden muß man seine Kleider ausziehen«, erklärte sie.

»Ja, natürlich«, erwiderte er stockend. Worauf hatte er sich da nur eingelassen?

»Dann mach schon«, befahl sie kurz und zog ihm die leichte Jacke aus.

Es war ja gut und schön, wenn Madame Gaumont dies alles als rein gesundheitsfördernde Maßnahme betrachtete, doch Jean-Louis machte sich große Sorgen bei dem Gedanken, daß der begierige kleine Freund in seiner Hose ihn beschämen könnte, indem er aufrecht in die Höhe stand, wie er dies bei den geringsten äußeren Reizen nun mal zu tun pflegte. Um dieses Unheil zu verhüten, wandte er die Augen von Marcelle, als sie ihre seidene Unterwäsche auszog, und zwang sich, in Gedanken das Einmaleins aufzusagen, während er sich ebenfalls bis auf die Unterhose auszog und seine Kleider in den Schrank warf. Marcelle hatte inzwischen schon auf der gelben Matratze Platz genommen. Sie lag auf dem Bauch, und der Anblick ihrer runden Hinterbacken entlockte ihm einen leisen Seufzer, als er sich, ebenfalls auf dem Bauch, neben sie legte.

Durch die weitgeöffneten Fenster wärmte die Sonne seinen Rücken auf äußerst angenehme Weise. Ihm wurde heiß, doch er wußte nicht, ob dies an der Sonne lag oder eher der Tatsache zuzuschreiben war, daß er zum erstenmal in seinem Leben so dicht neben einer nackten Frau lag. Er ballte die Fäuste zusammen und rezitierte im stillen lateinische Verben, doch bald hörte er, wie Marcelle sich umdrehte und aufsetzte.

»Aber du hast ja immer noch deine Unterwäsche an!« sagte sie entsetzt.

»Mir erschien das anständiger!« murmelte Jean-Louis.

»Was für ein Blödsinn! Dreh dich um und schau mich an.«

Er drehte vorsichtig den Kopf. Sie war nicht nur völlig nackt, wie er bereits wußte – sie war auch am ganzen

29

Körper gebräunt, von der Stirn bis zu den rotbemalten Zehennägeln.

»Am Strand muß man Badeanzüge tragen«, sagte sie, »und das Ergebnis ist äußerst abstoßend – wenn man sich auszieht, sieht man wie ein Zebra aus. Außerdem kann man die Sonne angezogen gar nicht richtig genießen. Du mußt diese lächerlichen Unterhosen ausziehen und dich ganz der Sonne hingeben.«

»Aber ...«, stammelte er und wurde purpurrot, als sie ihm die baumwollene Unterhose herunterstreifte.

»Das ist schon viel besser«, sagte sie und gab ihm einen spielerischen Klaps auf die Hinterbacken. »Nichts wirkt bei einem Mann lächerlicher, als braune Beine und ein weißer Hintern. Meiner sieht schön gebräunt aus, findest du nicht?«

Über die Schultern sah er, daß sie sich wieder hingelegt hatte. Ihre goldbraunen Hinterbacken sahen aus wie zwei Hälften einer saftig gerundeten Melone, und Jean-Louis verspürte das dringende Bedürfnis, sie zu berühren. Schnell unterdrückte er den Gedanken und vergrub den Kopf in den Armen. Ängstlich bemerkte er, daß sein kleiner Freund, eingequetscht zwischen Bauch und Matratze, unweigerlich steif geworden war.

Marcelle plauderte nun eine ganze Weile lang über dieses und jenes, und Jean-Louis streute hier und da einen zustimmenden Kommentar ein, obgleich seine Aufmerksamkeit auf etwas ganz anderes gerichtet war. Schließlich verkündete sie, ihre Hinterseite hätte die Sonne nun lange genug genossen; es sei an der Zeit, sich einmal umzudrehen. Erschrocken schaute er ihr zu. Seine Augen wurden von ihren braunen, wohlgeformten Brüsten fast magnetisch angezogen, und sein ungehorsamer Freund zuckte vor Verlangen.

»Dreh dich um«, sagte Marcelle. »Oder bist du etwa eingeschlafen?«

»Nein, nein, ich bin wach.«

»Dann dreh dich um.«

»Ich glaube nicht, daß ich das tun sollte, Madame ... ich habe nämlich ein gewisses Problem ... Wenn ich mich umdrehen würde, müßte ich Ihr Schamgefühl verletzen.«

»Ich kann mir nicht vorstellen, warum der Anblick eines nackten Jungen mich beleidigen sollte. Glaubst du, ich weiß nicht, wie der männliche Körper gebaut ist?«

»Na ja ... die Sonne scheint eine gewisse Wirkung auf mich gehabt zu haben ... wenn Sie wissen, was ich meine.«

»Himmel, ist das alles, worüber du dir Sorgen machst?« erwiderte sie kichernd. »Ich weiß genau, was du meinst, Jean-Louis, und es gibt keinen Grund, sich deshalb den Kopf zu zerbrechen. Ich habe das am Strand oft genug gesehen. Und wer gute Manieren hat, sieht über diese kleinen Mißgeschicke einfach hinweg.«

»Aber am Strand tragen die Männer Badehosen«, beharrte Jean-Louis. »Und ich habe überhaupt nichts an.«

»Das ist doch völlig belanglos. Wenn du es nicht selbst erwähnt hättest, hätte ich es wahrscheinlich gar nicht bemerkt. Dreh dich um und laß auch deine Vorderseite von der Sonne bescheinen.«

Ihre selbstverständliche Art beruhigte ihn. Außerdem kam es ihm nicht in den Sinn, daß eine erwachsene Frau wie Madame Gaumont das geringste Interesse an seinem Körper haben könnte. Langsam drehte er sich auf den Rükken. Sein steifes Glied stand steil von seinem Körper ab, doch Marcelle schien es nicht zu beachten – sie lag bequem ausgestreckt neben ihm auf der Matratze, die Beine ein wenig gespreizt, die Hände unter dem Kopf verschränkt. Jean-Louis konnte sich nicht zurückhalten, auf ihre nackten Brüste und rosa Nippel zu schielen. Als er sah, daß sie die Augen fest geschlossen und ihren Kopf zurückgelegt hatte, um die Sonne auch unter ihr Kinn scheinen zu lassen, traute er sich, ihre Brüste unverhohlener zu betrachten.

»Spürst du, wie gut die Sonne deinem Körper tut?« fragte sie wie beiläufig.

»O ja«, erwiderte er, »aber kann es nicht auch gefährlich sein? Ich habe am Strand manchmal Leute gesehen, die einen schrecklichen Sonnenbrand hatten.«

»Gott sei Dank, daß du mich daran erinnerst!« rief Marcelle. »Ich hatte völlig vergessen, daß du gar nicht an die Sonne gewöhnt bist – ich hätte dich gleich zu Anfang mit Sonnenöl einreiben müssen.«

Sie sprang auf und ging zum Schrank hinüber. Mit verzweifelter Bewunderung betrachtete Jean-Louis ihren langen, schmalen Rücken, ihre schwingenden Hinterbacken und – als sie wieder zurückkam – ihre wippenden Brüste. Sie kniete neben ihm nieder, goß etwas duftendes Öl auf seine Haut und strich es sanft mit den Handflächen ein. Als ihre Hände sich von den Schultern über die Brust bis zu seinem Bauch hinunterarbeiteten, wäre ihm fast ein tiefer Seufzer entschlüpft. Doch er beherrschte sich, denn er hatte Angst, sie zu beleidigen. Schließlich war sie sehr viel älter als er, und es war unmöglich, daß sie sich für seinen Körper interessierte – auf keinen Fall so heftig wie er sich für den ihren! Als sie seine Schenkel einölte, zuckte sein steifes Glied vor Vergnügen. Marcelle schien es nicht einmal zu bemerken.

»Das ist ein sehr gutes Öl«, erklärte sie sachlich. »Ich habe es von einem ausgezeichneten Hausarzt bekommen. Es schützt die Haut vor den Strahlen, die einen Sonnenbrand verursachen, und läßt nur die gesunden Strahlen durch.«

Jean-Louis schaute zu ihr auf. Ihr Gesicht war vollkommen ruhig. Sie ließ noch etwas Öl auf ihre Handflächen tropfen.

»Fast fertig«, sagte sie. »Gleich wirst du vollkommen geschützt sein.«

Diesmal konnte er sich nicht mehr beherrschen und stöhnte laut auf, als sie sein zitterndes Glied in die Hand nahm und fest massierte.

»Aber Madame Gaumont ...«, stammelte er mit puterrotem Gesicht.

»Halt still und sei nicht so albern. An dieser empfindlichen Stelle holt man sich am ehesten einen Sonnenbrand. Und da ist er auch besonders unangenehm.«

Ihre Hand glitt an seinem steifen Pfahl auf und ab, um ihn gründlich einzuölen. Gebannt schaute er ihr zu, wie sie ein wenig Öl auf die Spitze seines Zepters goß, es herunterlaufen ließ und dann gleichmäßig verteilte.

»Wie du siehst, gibt es keinerlei Grund zu Beunruhigung, Jean-Louis, auch wenn ich dich hier berühre. Dieser körperliche Kontakt ist ohne jede Bedeutung – es ist genauso, als würde ich Öl auf deinem Rücken verteilen.«

»Natürlich«, murmelte er. Seine Beine zitterten vor Erregung. »Es ist genauso, als würden Sie mich bitten, Ihren Rücken einzuölen.«

»Genau«, stimmte sie zu, während ihre Hand weiter an seinem Penis auf und niederfuhr. »Wenn ich dich fertig eingeölt habe, möchte ich, daß du das gleiche für mich tust und mich von oben bis unten einölst. Ob am Rücken oder an den Brüsten – das macht keinen Unterschied.«

»Ja, das macht keinen Unterschied«, wiederholte er keuchend. Sein steifes Glied zuckte bei der Vorstellung, die weichen Brüste zu massieren, die jetzt nah vor seinen Augen baumelten.

»Den Rücken, den Busen und die Beine ...«, sagte Marcelle mit bebender Stimme, während sie seinen Penis kräftig weiterbearbeitete. »Und besonders zwischen den Beinen, wo die Haut am empfindlichsten ist ... auf die Haut zwischen den Beinen mußt du ganz besonders achtgeben ...«

»Das werde ich!« rief Jean-Louis laut, während seine Hüften sich wild nach oben stemmten und er seine jungenhafte Fontaine in die Luft verspritzte.

»Oh!« rief Marcelle. »Das kam aber unerwartet!«

»Ah, ah!« stöhnte Jean-Louis, während sie ihm mit geschickten Bewegungen auch noch den letzten Tropfen Liebessaft entlockte.

»Ich hätte nicht gedacht, daß du so leicht die Kontrolle verlierst«, sagte sie etwas vorwurfsvoll. »Du mußt ein sehr sinnlicher Junge sein, wenn du so heftig auf einen so unbedeutenden Reiz reagierst.«

Jean-Louis setzte sich auf. Sein Kopf schwirrte. Er wollte sich für sein ungebührliches Benehmen entschuldigen.

»Du brauchst dich nicht zu entschuldigen«, erwiderte sie lachend. »Das kommt bei Männern eben manchmal vor. Völlig bedeutungslos. Im Schrank sind Handtücher. Reib dich trocken, und dann komm zu mir und öl mich ein, meine Haut ist heiß und sehr empfindlich.«

Als er mit dem Öl zurückkam, lag Marcelle bereits wieder auf dem Bauch und wartete auf ihn. Er hockte sich neben sie, goß eine großzügige Menge Öl auf ihren makellosen Rücken und benutzte beide Hände, um es in ihre goldbraune Haut einzumassieren.

»So ist es gut«, sagte sie. »Gib acht, daß du kein Fleckchen ausläßt.«

Langsam arbeitete er sich an ihrem Rücken herunter und widmete sich dann ganz ihren vollkommenen Hinterbacken. Ihre Haut fühlte sich an wie weicher Satin, und sein erschlafftes Glied zuckte bedrohlich. Er verweilte so lange bei diesen herrlichen Rundungen, wie es ihm schicklich erschien, denn er wollte sich nicht dem Verdacht aussetzen, er täte mehr, als ihren Anweisungen zu folgen. Er war erstaunt, als sie ihn daran erinnerte, daß er die empfindliche Haut zwischen den Backen vergessen hatte.

Er zitterte, als er wenig Öl in die Spalte zwischen ihren Hinterbacken tropfen ließ und es mit den Fingerspitzen sanft einmassierte. Als er den kleinen Knoten tief zwischen ihren Backen berührte, durchlief ein Schaudern ihren schönen Körper.

»Ja, nimm viel Öl!«, hörte er sie sagen. »Im Schrank ist noch mehr davon.«

Jean-Louis drückte mit einer Hand die runden Backen auseinander und liebkoste mit den Fingern seiner anderen

Hand die sanfte Spalte dazwischen. Dabei glitt er immer tiefer und tiefer, bis er weiches Haar und den Ansatz weicher Lippen spürte. Seit mehr als einer Woche schon hatte er versucht, Madeleine Leroy dazu zu überreden, ihm zu erlauben, seine Hand in ihr Höschen gleiten zu lassen – und hier war Madame Gaumont und ließ ihn frei mit ihren Schätzen spielen!

»Jetzt meine Beine«, seufzte Marcelle, die offenbar der Meinung war, er hätte nun genug an einer Stelle verweilt und sollte lieber weitermachen.

Marcelles Beine waren für Jean-Louis die reinste Freude. Sie hatte lange, schlanke Schenkel und wohlgeformte Waden. Ihre Füße waren für eine so hochgewachsene Frau sehr klein, und er ölte auch ihre Fußsohlen ein. Er hatte gerade mit dem zweiten Fuß angefangen, als sie sich umdrehte und auf den Rücken legte.

Jean-Louis gab vor, sich ganz auf ihre Haut zu konzentrieren, obwohl ihr nackter Körper jetzt vor ihm ausgebreitet lag. Er versuchte, sich davon zu überzeugen, daß sie die Wahrheit sagte, wenn sie behauptete, daß es völlig bedeutungslos war, wenn er sie berührte. Doch umsonst – Jean-Louis' aufgerichtetes Glied war offenbar ganz anderer Meinung.

Langsam arbeitete er sich von ihren schlanken Fesseln hinauf bis zu den herrlich gerundeten Knien. Dann hielt er inne. Er war unsicher, ob er weitermachen sollte. Mit geschlossenen Augen lag sie da, die Arme entspannt ausgestreckt. Er ergriff die Gelegenheit, ihren sanft geschwungenen Bauch und das braune Vlies zwischen ihren Schenkeln ausführlicher zu betrachten – mit dem Ergebnis, daß sein empfindlicher Freund noch größer wurde.

»Was ist los?« fragte Marcelle, ohne die Augen zu öffnen. »Hast du das ganze Öl verbraucht?«

»Nein, es ist noch eine halbe Flasche da.«

»Dann reib meine Oberschenkel ein, bevor sie rot und häßlich werden.«

35

Er benutzte beide Hände, um ihren Oberschenkel einzuölen, wagte sich jedoch nicht weiter als zwei Fingerbreit an ihre braunen Locken heran. Dann war der andere Schenkel dran, und wieder kamen seine Hände in die Nähe ihrer Lockenpracht. Ihre Beine spreizten sich auf der gelben Matratze, und Jean-Louis stieß den längsten Seufzer seines Lebens aus, als er ihre rosabraunen Schamlippen entdeckte. Er glaubte keinen Moment lang daran, daß Madeleines Lippen auch nur halb so aufregend sein könnten wie die von Madame Gaumont, auch wenn sie ihm tatsächlich endlich erlauben würde, ihr das Höschen auszuziehen, um sie näher zu betrachten.

»Zwischen meinen Beinen mußt du besonders viel Öl benutzen«, murmelte Marcelle. »Es ist ein Irrtum, wenn man meint, das Haar würde die zarte Haut darunter schützen.«

Jean-Louis atmete heftig, als er etwas Öl auf seine Handfläche goß und es auf Marcelles runden Hügel auftrug. Zuerst massierte er es mit der ganzen Hand in ihre Locken ein, doch seine natürlichen Instinkte waren zu übermächtig, um sich noch länger zügeln zu lassen, und bald benutzte er seine Fingerspitzen, um die empfindlichen Lippen zu berühren.

»So ist es richtig«, sagte sie mit sachlicher Stimme. »Massiere es sanft ein.«

Sein steifer Riemen zuckte heftig, als er ein wenig Öl in die weiche Spalte laufen ließ, die er durch sein sanftes Reiben geöffnet hatte. Einen Augenblick später waren seine Finger auch schon in ihr und rieben langsam hin und her. Marcelle sagte nichts, aber es war unmöglich, daß sie nicht bemerkte, was er mit ihr tat. Sie wand sich unter seinen Händen, und ihr Mund war leicht geöffnet. Jean-Louis starrte auf ihre Brüste. Ihre rosa Nippel waren größer und fester als vorher, als sie sich zum erstenmal auf den Rücken gedreht hatte.

»Ja, du mußt das Öl sanft einmassieren«, seufzte Marcelle.

Sanft führte sie ihn ein Stück nach oben, bis er einen kleinen Knopf unter seinen Fingerspitzen fühlte.

»Das ist die allerempfindlichste Stelle«, flüsterte sie. »Massiere das Öl ganz sanft und zart ein.«

Jean-Louis hatte bemerkt, daß es auch ihr nun längst nicht mehr darum ging, mit Sonnenöl eingerieben zu werden. Ihr Gesicht war sanft gerötet, und ihr Bauch zitterte ein wenig – obgleich sie immer noch so tat, als sei das, was mit ihr geschah, völlig unbedeutend. Aber sie stöhnte leise vor Vergnügen, und es war Jean-Louis, der ihr dieses Vergnügen verschaffte! Seine Freude darüber war so groß, daß er sich ganz benommen fühlte. Wenn Madeleine sich, wenn er sie traf, etwas entgegenkommender verhielte, könnte er ihr das gleiche Vergnügen bereiten.

Marcelles Hüften zuckten. Sie stöhnte laut auf, ihre Fersen hämmerten gegen die Matratze. Dann lag sie wieder still.

»Das war genug an dieser Stelle«, sagte sie mit matter Stimme. »Jetzt kümmere dich um den Rest.«

Ihm blieb nichts anderes übrig, als die Finger aus dem köstlichen, warmen Nest zu lösen und ihren Bauch einzuölen. Dann kam er zu ihren Brüsten. Sie fühlten sich fest und doch sehr zart an – und sie waren viel größer als die Brüste der beiden Mädchen, denen er bisher unter die Bluse gegriffen hatte. Seine Finger glitten über die rotbraunen Nippel, und unter seiner Berührung wurden sie wieder fest und hart.

»Deine Hände zittern«, sagte Marcelle leise. »Was ist los?«

»Weil Sie so schön sind«, antwortete er kühn.

Sie zuckte mit den Schultern. »Es ist ein sehr großes Privileg für dich, mich nackt zu sehen«, sagte sie. »Ich verlasse mich darauf, daß du diskret bist und ein Geheimnis bewahren kannst.«

»Ich würde mir eher die Zunge abbeißen, als ein Wort von dem zu erzählen, was geschehen ist«, versicherte er ihr.

Er kniete neben ihr, während er mit ihren Brüsten spielte und so tat, als wolle er sie nur einölen. Seine Begierde wurde immer größer, und sein Glied ragte steif in die Luft.

»Mein armer Jean-Louis, das war gedankenlos von mir«, sagte Marcelle. »Ich liege hier so oft nackt in der Sonne, daß es für mich nichts Besonderes mehr ist. Ich hätte daran denken müssen, was es für einen jungen Mann bedeutet, mich so zu sehen.«

»Aber es ist herrlich, Sie nackt zu sehen!« protestierte er. »Ich bin derjenige, der sich entschuldigen muß, weil ich mich nicht beherrschen kann.«

»Nein, dich trifft keine Schuld. Ich bin untröstlich. Ich habe dich durch reine Gedankenlosigkeit in diese Situation gebracht.« Dabei ergriff sie wie beiläufig seinen harten Stamm und umschloß ihn mit beiden Händen.

»O ja!« murmelte er in der Hoffnung, sie würde ihn noch einmal mit Öl beträufeln.

»Ich habe unverantwortlich gehandelt«, sagte Marcelle. »Ich darf nie wieder zulassen, daß du mich ohne Kleider siehst.«

»Bitte, sagen Sie das nicht!«

Sie setzte sich auf, und ohne zu wissen, was er tat, kletterte Jean-Louis über ihr Bein und kniete sich zwischen ihre Schenkel, so daß ihre Körper sich fast berührten. Sie hielt noch immer sein steifes Glied in der Hand.

»Meinst du wirklich, daß ich schön bin? Ich muß dir doch sehr alt vorkommen.«

»Sie sind die schönste Frau, die ich je gesehen habe!« seufzte er.

»Wahrscheinlich bin ich auch die einzige, die du je gesehen hast. Was findest du an mir am schönsten?«

»Ich finde alles schön.«

»Die Begeisterung der Jugend! Du mußt noch unterscheiden lernen, mein Lieber. Findest du zum Beispiel meine Brüste schön?«

»Sie sind wunderbar!«

»Es scheint dir zu gefallen, mit ihnen zu spielen. Mach es noch einmal, dann wirst du es genauer wissen.«

Jean-Louis ließ sich nicht zweimal bitten. Seine Hände liebkosten eifrig ihre weichen Rundungen.

»Nun?« fragte sie.

»Sie fühlen sich wunderbar an, und sie sehen herrlich aus.«

Marcelle legte sich auf der gelben Matratze zurück und entzog ihm ihre Brüste. »Und wie steht's mit meinem Bauch – gefällt er dir ebenfalls?«

»Die Haut ist weich wie reine Seide«, sagte er, »und er ist wohlgeformt.«

»Sehr gut!« murmelte Marcelle. »Etwas hast du schon gelernt. Leg dich auf meinen Bauch und streichle noch einmal meine Brüste.«

Jean-Louis hatte das Gefühl, jeden Moment sterben zu müssen. Er war völlig benommen vor Lust und Vorfreude, als er sich auf ihren warmen, weichen Körper legte und mit den Händen ihre Brüste knetete. Marcelle zog an seinem steifen Freund. Er spürte, wie er etwas Feuchtes berührte, und ahnte, daß er kurz vor der Schwelle stand.

»Stoß langsam zu«, flüsterte sie, den Mund dicht an seinem Ohr.

In diese weiche, heiße Grotte zu schlüpfen, war für Jean-Louis wie der Eintritt ins Paradies; Engel bliesen auf goldenen Trompeten, um ihn willkommen zu heißen.

»Bleib ganz still liegen, bis ich dir etwas anderes sage«, flüsterte Marcelle. »Du bist ein starker und gutentwickelter Junge, Jean-Louis. Wenn du einmal groß bist, wirst den Frauen viel Vergnügen bereiten. Wie fühlst du dich? Gefällt es dir?«

Seine Gefühle waren nicht mit Worten zu beschreiben. Sein Körper zitterte und bebte, und er keuchte heftig. In Marcelles heißem Käfig flatterte sein kleiner Freund hin und her wie ein wilder Vogel.

»Gieriger kleiner Kerl!« sagte Marcelle kichernd. »Er kann nicht warten und sein Glück langsam genießen. Er tut so, als könnte es ihm ein anderer stehlen. Bald wirst du lernen, dich zu zügeln. Aber da dies für dich das erste Mal ist und du schon so erregt bist – tu es!«

Ihre Worte drangen nur schwach an sein Ohr, so laut pochte ihm das Herz. Doch er hatte verstanden: sie hatte ihm erlaubt zu tun, was immer er wollte. Er stöhnte heftig, während er sich in Marcelles gutgeölter Öffnung hin- und herbewegte. Seine Bewegungen waren ein wenig ungelenk und so grob, daß Marcelle ebenfalls vor Vergnügen keuchte und die Beine spreizte, um ihn ganz tief in sich hineinzulassen. Wenige Augenblicke später wurde Jean-Louis auch schon von Ekstase geschüttelt; hart rammte er gegen ihren Bauch, während er sie mit seinem Saft überflutete. Er hörte ihre orgastischen Schreie nicht, so überwältigt war er von seinen eigenen Gefühlen.

Danach lagen sie nebeneinander auf der gelben Matratze. Durch die offenen Fenster fiel die Sonne auf ihre erhitzten Körper.

»Nun, was hältst du von deiner ersten Erfahrung mit der Liebe, Jean-Louis?« fragte Marcelle. »War es so, wie du es dir vorgestellt hast, oder eher enttäuschend?«

»Es war sagenhaft! Ich werde es nie vergessen.«

Das brachte sie zum Lachen. »Du bist noch sehr jung, Jean-Louis. Bei den Männern läßt das schnell nach mit der Dankbarkeit, das kannst du mir glauben. Ich habe Männer gekannt, die haben monatelang mit einer Frau die herrlichsten Freuden genossen, und dann, eines Tages, haben sie sich plötzlich aus dem Staub gemacht. Mit einer Jüngeren meistens, und für die Frau, die ihnen soviel gegeben hat, hatten sie nicht ein einziges Wort der Zärtlichkeit oder des Dankes übrig.«

»Aber so etwas werde ich niemals tun!« rief Jean-Louis schockiert.

»In zehn Jahren sprechen wir uns wieder«, entgegnete Marcelle, amüsiert über seine Empörung.

»Darf ich Sie etwas fragen?« ergriff er die Gelegenheit.

»Was denn, mein lieber Jean-Louis?«

»Fühlt es sich für eine Frau auch so herrlich an wie für einen Mann?«

»Ja, wenn sie selbst es auch will. Sonst nicht. Für verheiratete Frauen wird es manchmal zu einer öden Pflicht.«

»Sie meinen, sie liegen einfach nur da, während ihre Ehemänner sich an ihnen befriedigen?«

»Genau – sie sind froh, wenn er seinen Höhepunkt bekommt und die Sache ein Ende hat.«

»Hat es Ihnen gerade gefallen?«

»Die Frage, die jeder Liebhaber stellt!« lachte sie. »Ja, es hat mir gefallen.«

»Aber wie ist das mit den Prostituierten, die man auf den Straßen sieht – macht es ihnen Spaß?«

»Ich bezweifle es – sie tun es für Geld, und ihre Kunden sind oft häßlich und brutal. Aber jetzt bist du an der Reihe und mußt mir eine Frage beantworten.«

»Was immer Sie wollen?«

»Wir können ja jetzt ganz offen miteinander sein«, sagte Marcelle. »Du brauchst dich vor mir nicht mehr zu schämen. Weißt du, es ist ja allgemein bekannt, daß Jungen in deinem Alter sich mit den Händen Erleichterung verschaffen. Du bist ein starker, gesunder Junge – da mußt du doch auch auf deiner Geige schon so manches Ständchen gespielt haben?«

»Nun ... ja«, gab er zu. »Aber wenn das schon allgemein bekannt ist, warum fragen Sie mich dann?«

»Das war noch nicht meine eigentliche Frage. Was ich dich fragen möchte, ist, wie oft ein junger Mann in deinem Alter es sich selber macht.«

»In der Schule sprechen wir manchmal darüber ...«, antwortete er ausweichend. »Aber da wird soviel übertrieben, daß man nie genau weiß, wo die Wahrheit liegt.«

»Aber wie steht's mit dir, mein junger Freund?« beharrte sie weiter und drehte sich so zu ihm herum, daß ihre Brüste seinen Oberarm berührten. »Wie oft erleichterst du dich auf diese Weise?«

»Es kommt ganz darauf an«, antwortete er vage.

Marcelle ließ eine Hand sanft über seinen Schenkel gleiten. »Du bist heute morgen zweimal zum Höhepunkt gekommen«, erinnerte sie ihn. »Findest du das schon übertrieben?«

Mit der Hand berührte sie nun sein erschlafftes Glied und spielte damit. Seine jugendliche Spannkraft machte sich sofort bemerkbar und ließ es unter ihren Berührungen zu voller Größe wachsen.

»Ach!« seufzte Marcelle entzückt. »Wie schnell du deine Kraft wiedergefunden hast! Das ist sehr eindrucksvoll. Gefallen dir meine Brüste?«

»Sie sind wunderbar!«

»Dann solltest du sie küssen.«

Ihr Vorschlag eröffnete Jean-Louis neue, bisher ungeahnte Perspektiven. Er beugte den Kopf, um ihre Brüste zu beschnuppern, während sie mit seiner jungen, steifen Männlichkeit spielte, und es dauerte nicht lang, da hatte er herausgefunden, wie er ihre zarten Nippel am wirksamsten mit der Zunge reizen konnte.

»Du machst das sehr gut«, flüsterte Marcelle. »Du hast schnell gelernt. Leg deine Hand zwischen meine Beine.«

Seine Finger kraulten das dichte, braune Vlies ihrer Schamhaare und fanden wenig später den Weg zwischen ihre weichen, halbgeöffneten Lippen.

»Gefällt dir das?« fragte sie.

»O ja – Sie sind so weich und warm!« schwärmte er. »Wenn ich meinen Finger in Sie stecke, habe ich das Gefühl, eine Hand in einem weichen Handschuh würde mich umschließen.«

Seine steife Männlichkeit zuckte in ihrer Hand.

»Wie meine Hand, die dich jetzt umschlossen hält?«

»So ähnlich – bloß viel weicher und wärmer.«

»Es wird Zeit, daß du deine Finger herausnimmst und dies hier an ihre Stelle tust«, sagte sie und versetzte seinem Glied einen liebevollen Klaps. »Leg dich wieder auf mich, Jean-Louis.«

Sie drehte sich auf den Rücken und spreizte weit die Beine, während er auf ihren heißen Bauch kletterte und diesmal ohne Hilfe in sie hineinglitt.

»Nun, wie fühlt sich das an?« fragte sie lächelnd.

»Sagenhaft – wie eine weiche Hand, die mich hält!«

»Lieg still«, sagte sie und hielt ihn an den Hüften fest, als er begann, sich ungeschickt in ihr hin- und herzubewegen. »Hör zu und lerne, Jean-Louis! Das erste Mal, als du mich geliebt hast, hast du mich grob behandelt, weil du übererregt warst – einfach weil es für dich das erste Mal war. Doch den Körper einer Frau darfst du nie einfach so für eine Lust benutzen – er ist ein Schatz von großer Schönheit und Empfindlichkeit und will genossen werden. Es gibt keinen Grund zur Eile, verstehst du mich?«

Er nickte und beugte sich dem Rhythmus, den sie mit den Händen bestimmte. Es waren feste, kräftige Stöße, die sie nach einer Weile laut aufstöhnen ließen: Ja, ja, ja! Jean-Louis zwang sich, einzelne Empfindungen als solche wahrzunehmen und nicht zu einem formlosen Gefühl der Erregung verschmelzen zu lassen, das ihn nur wieder allzu rasch überwältigt hätte. Er spürte, wie sich ihr warmer Bauch und ihre weichen Brüste gegen ihn preßten, wie ihr Innerstes ihn sanft umschlossen hielt, während er aus ihr heraus- und wieder hineinglitt. Die Sonne brannte heiß auf seinen nackten Rücken, und noch nie zuvor in seinem Leben hatte er eine so sinnliche Mischung von körperlichen und seelischen Empfindungen verspürt wie in diesem Augenblick. Diesmal war es Marcelle, die zuerst den Gipfel der Lust erreichte. Sie stöhnte und keuchte und wand sich unter ihm, bis er von ihrer Leidenschaft mitgerissen wurde, ganz in ihrer schlüpfrigen Wärme versank und seine heiße Opfergabe in sie verspritzte.

Jean-Louis wäre gern danach noch auf ihr liegengeblieben; diese Position männlicher Vorherrschaft gefiel ihm außerordentlich. Doch Marcelle schob ihn nach einer Weile sanft herunter. Also schmiegte er sich an sie und legte den Kopf auf ihre Schulter.

»Das hast du sehr gut gemacht, mein Lieber«, sagte sie zufrieden. »Du bist ein guter Schüler, und ich bin offenbar eine gute Lehrerin.«

»Wie ist das, wenn Sie Ihren Höhepunkt erreichen?« fragte Jean-Louis. »Ich meine, wie fühlt sich das an?«

»Ah, du glaubst wohl, der Unterricht ginge noch weiter? Aber es ist unmöglich, diese Gefühle in Worte zu fassen. Es ist, als würde ich von einer großen Flutwelle fortgetragen und müßte ertrinken – näher kann ich es dir leider nicht beschreiben.«

»Das muß eine sehr schöne Flutwelle sein«, sagte er. »Und sicherlich die schönste Art zu ertrinken. Aber ... ich habe mir überlegt, wenn Sie Lust dabei empfinden, wenn ich Sie mit den Händen streichle, dann müßten Mädchen eigentlich genauso gut auf ihrer Geige spielen können wie Jungen?«

»Natürlich«, antwortete sie, amüsiert über seine Neugier. »Wußtest du das denn nicht?«

Es war Jean-Louis nie in den Sinn gekommen, daß Madeleine Leroy, deren kleine Brüste er gestreichelt hatte, die ihn aber nicht in ihr Unterhöschen fassen ließ – daß dieses stille, kleine, sechzehnjährige Mädchen vielleicht mit der eigenen Hand in die Hose griff und sich streichelte, bis es zum Höhepunkt kam! Aber vielleicht amüsierten junge Mädchen sich gar nicht auf diese Weise – vielleicht taten das nur erwachsene Frauen wie Marcelle, wenn sie gerade keinen Liebhaber hatten.

Seine Hand lag auf Marcelles Bauch. Langsam ließ er sie über ihre geölte, von der Sonne erhitzte Haut nach unten gleiten, um sie zwischen den Schenkeln zu streicheln.

»Lassen Sie mich eine hübsche, kleine Melodie auf Ihrer Geige spielen«, flüsterte er. »Ich möchte diesmal genau zuschauen, was dann mit Ihnen passiert.«

»Was für ein kleines Ungeheuer du doch bist!« erwiderte sie kichernd.

Sie spreizte die Beine, und seine Finger glitten sanft in ihre feuchte Muschel.

»Ein wenig höher«, murmelte sie. »Such die Knospe, die ich dir vorhin gezeigt habe, und streichle sie sanft. So mußt du es machen, wenn du eine Frau erregen willst. Ja, jetzt hast du sie. Und sei immer zärtlich und liebevoll. Du darfst niemals grob zu ihr sein.«

»So?«

»Ja, genauso. Und küß meine Brüste, während du mit meiner Knospe spielst.«

Jean-Louis brauchte keine Anweisungen mehr, um Marcelles kleine rotbraune Nippel fachmännisch zwischen die Lippen zu nehmen und mit der Zunge zu reizen. Und in den folgenden Minuten lernte er auf gründliche und höchst anschauliche Weise, wie man eine Frau zum Gipfel der Erregung führt. Marcelles leidenschaftliche Explosion machte einen bleibenden Eindruck auf den Jungen. Ihre Hüften hoben sich von der Matratze, sie balancierte nur noch auf den Schultern und Fersen, bebte heftig und stöhnte laut.

Staunend schaute er ihr zu. Von ihm aus hätte es ewig so weitergehen können, so entzückend und aufregend war dieser Anblick, daß Marcelle schon nach wenigen Augenblicken zurück auf die Matratze fiel. Mit geschlossenen Augen lag sie da und zitterte heftig. Ohne einen Moment lang zu zögern, rollte sich Jean-Louis auf ihren Bauch und stieß sein Glied tief in sie hinein. Es war von dem, was er gesehen hatte, wieder steif geworden.

»O nein!« rief Marcelle. »Nicht noch einmal. Ich kann nicht mehr!«

Aber ihre ekstatische Explosion hatte ihn so sehr erregt, daß er ihre Worte gar nicht wahrnahm. Sie ergriff ihn bei den Schultern, um ihn von sich fortzustoßen, doch Jean-Louis ließ sich nicht beirren und liebte sie mit einer Kühnheit und Heftigkeit, die nicht zu seinem zarten Alter paßte. Die bereits genossenen Freuden verstärkten diesmal seine Ausdauer, und während er sich in einem festen Rhythmus in ihr hin- und herbewegte, begann ihr eigener Körper auf ihn zu reagieren. Ihre Augen blieben fest geschlossen, doch ihre Arme und Beine schlangen sich um seinen Körper, um ihn noch fester an sich zu ziehen.

»Nein, das ist zuviel ...«, stammelte sie verzweifelt, »ich kann nicht mehr ... das ist unmöglich ...«

Aber Jean-Louis ließ sich nicht täuschen. Ihre schlüpfrige Muschel umfing seine steife Männlichkeit, massierte und drückte sie.

»Es gefällt Ihnen!« stöhnte er und stieß noch heftiger zu.

Diesmal schrie sie laut, als er seinen Lebenssaft in ihre feuchte Kammer spritzte.

»Du bringst mich um!« rief sie laut. Sie bebte und zuckte, und hätte sie nicht Arme und Beine fest um seinen Körper geschlungen, wäre er von ihr heruntergefallen wie ein ungeübter Reiter von einem bockenden Pferd. Doch sie hielt ihn fest umklammert, ja schien ihn immer tiefer in sich zu saugen, bis sie beide erschöpft zusammenbrachen.

Jean-Louis glitt aus ihr heraus und legte sich neben sie. Er atmete heftig. Sein Körper war feucht vom Schweiß und vom Sonnenöl.

»Wir sind beide zur gleichen Zeit ertrunken«, murmelte er befriedigt.

»Wir sind ertrunken und treiben am Meeresboden«, flüsterte sie. Ihre Stimme war so schwach, daß er sie kaum hören konnte. »Ach, wenn die Männer doch diese Kraft der Jugend beibehalten könnten!«

Eine ganze Weile lang lagen sie so nebeneinander, entspannten und beruhigten sich. Die Sonne wärmte ihre abgekämpften Körper. Schließlich sagte Marcelle:

»Du hast immer noch nicht meine Frage beantwortet.«

»Welche Frage?«

»Wie oft du dich selbst befriedigst. Nach dem zu urteilen, was du gerade mit mir getan hast, muß es sehr oft sein. Du hast ein sehr sinnliches Wesen. Jeden Tag, nehme ich an.«

»Meistens«, erwiderte er. »Soll ich Ihren Rücken noch ein bißchen einölen? Die Sonne ist sehr heiß geworden.«

»Das ist eine gute Idee«, antwortete sie schläfrig. »Aber ich habe das dumme Gefühl, daß ich keine Antwort auf meine Frage bekommen werde. Ist dir das Thema unangenehm?«

Jean-Louis begann, ihren Rücken mit Sonnenöl einzureiben. Seine Bewegungen waren jetzt viel selbstsicherer als beim erstenmal – ja, es lag vielleicht sogar schon ein Hauch von Besitzerstolz darin. Trotz seiner Jugend war er nicht immun gegen die Schwächen des männlichen Geschlechts.

»Es ist mir nicht unangenehm, darüber zu sprechen«, sagte er, während seine Hände über ihre seidige Haut strichen. »An manchen Tagen einmal, an manchen mehrmals – es kommt darauf an.«

Marcelle antwortete nicht. Sie war schon fast eingeschlafen, und die langsame, zärtliche Massage ließ sie sanft ins Land der Träume gleiten.

Mit seinen sechzehn Jahren besaß Jean-Louis die beneidenswerte Spannkraft und den unbezähmbaren Forschungsdrang der Jugend, und sein Interesse an Marcelles nacktem Körper war noch längst nicht erloschen. Er hatte das Gefühl, innerhalb weniger Stunden um Jahre gereift zu sein, und er brannte immer noch darauf, den weichen Bauch zu berühren, auf dem ihm der Übergang von der Kindheit zum Erwachsenenalter so angenehm gelungen war. Er freute sich, daß Marcelle schlief – es gab ihm Gelegenheit, die Wärme ihrer Haut ungehemmt zu genießen. Als er ihren Rücken schließlich ganz und gar eingeölt hatte, war sein männliches Anhängsel wieder zu voller Größe angeschwollen. Seine Aufmerksamkeit richtete sich jetzt auf Marcelles Hinterbacken, und er spielte mit ihren köstlichen Rundungen, als wären sie die großen Schwestern ihrer Brüste. Obgleich er bisher auf diesem Gebiet keinerlei Erfahrungen gesammelt hatte und daher auch keine Vergleichsmöglichkeiten besaß, ahnte er

47

instinktiv, daß Marcelles Hinterbacken für eine Frau in ihrem Alter äußerst wohlgeformt waren, weich, aber nicht zu schlaff.

Schließlich glitten die gutgeölten Finger des Jungen in das tiefe Tal zwischen diesen Backen und erforschten gründlich alles, was ihnen in die Quere kam, bis die Spitze seines Mittelfingers den feuchten Eingang berührte, in dem er noch vor kurzem so begeistert willkommen geheißen war. Es kann nicht mehr als eine Reflexhandlung gewesen sein, als Marcelle bei dieser Berührung langsam ihre Beine spreizte, denn sie schlummerte friedlich und spürte sicherlich nichts anderes als ein allgemein wohliges Gefühl.

Jean-Louis versuchte sich vorzustellen, wie es wohl wäre, wenn Madeleine Leroy jetzt so auf dem Bauch vor ihm liegen würde ... mit heruntergezogenem Höschen ... seine Finger zwischen ihren Schenkeln. Sie war gerade erst sechzehn geworden. Ob sie wohl auch schon so ein aufregendes Vlies dunkler Locken besaß, das er genüßlich kraulen könnte? Und ob die Lippen ihrer kleinen Muschel ebenso dick und weich waren wie die von Madame Gaumont? Vielleicht hatte sie nur einen kleinen, schmalen Schlitz zwischen den Beinen? Und wenn er sie endlich soweit hatte, daß sie ihn mit der Hand in ihre Hose schlüpfen und sie berühren ließ, würde sie ihm auch erlauben, eine hübsche Melodie auf ihrer kleinen Geige anzustimmen? Es müßte faszinierend sein, die kühle, selbstsichere Madeleine stöhnen und seufzen zu sehen, während er ihr mit den Fingern immer neue ekstatische Höhepunkte verschaffte. Ach, wahrscheinlich würde sie es gar nicht soweit kommen lassen. Und würde sie sich auf den Rücken legen und ihn in ihren kleinen Lustschlitz dringen lassen? Sicherlich nicht, da war er sich völlig sicher! Doch was tat das schon, solange diese herrliche, erwachsene Frau hier vor ihm lag und ihn tun ließ, was immer er wollte! Arme Madeleine – im Vergleich dazu sah sie ziemlich ärmlich aus.

Seine gierigen Finger steckten tief in Marcelle und kitzelten leicht ihre kleine Knospe. Nach einer Weile wurden seine Bemühungen belohnt. Ihre Beine spreizten sich noch weiter, so daß er zwischen ihren Schenkeln knien und seine ganze Hand benutzen konnte, um ihre Geheimnisse zu erforschen.

Marcelle erwachte seufzend aus ihrem Schlummer und hob den Kopf.

»Oh!« rief sie, als sie seine aufrechte Männlichkeit erblickte. »Was tust du da?«

»Ich öle Ihren Rücken ein«, antwortete er lächelnd.

»Meinen Rücken? Mit der Hand zwischen meinen Beinen und deinen Fingern in meiner Muschel? So weit kommt die Sonne nicht.«

»Man sollte keinerlei Risiko eingehen«, sagte er. »Sie wollen sich doch an diesen empfindlichen Stellen keinen Sonnenbrand holen, oder?«

Marcelle ließ den Kopf wieder auf die verschränkten Arme sinken.

»Mein armer Jean-Louis«, sagte sie lachend. »Ich weiß genau, was du vorhast: Du willst mich wieder erregen, damit ich mich für dich auf den Rücken drehe. Aber du vergeudest deine Zeit – ich bin völlig ausgebrannt.«

»Aber wir haben uns doch erst ein paarmal geliebt«, erwiderte er überrascht.

»Mein Gott – was für eine unersättliche Bestie habe ich da aus ihrem Käfig befreit!« murmelte sie. »Viermal kurz hintereinander und er ist immer noch nicht zufrieden! Nein, es ist einfach unmöglich, glaub mir. Du mußt lernen, mein Freund, daß es für alles eine Grenze gibt.«

»Und ich dachte, Sie würden es öfter wollen, weil Sie schon erwachsen sind.«

»Leider nein. Mein Gott – was tust du da?«

»Es ist alles in Ordnung«, sagte er. »Ich werde Sie nicht weiter stören.«

Er hatte sich auf Marcelles Rücken gelegt, denn ihm war die Idee gekommen, daß, wenn er ihren Eingang mit den

Fingern von hinten erreichen konnte, ihm dies vielleicht auch mit dem steifen Stab gelingen könnte, der zwischen seinen Beinen hing.

»Ah, du kleiner Teufel!« rief Marcelle, als sie seinen heißen Pfeil an den Lippen spürte, die er vor kurzem noch mit den Fingern gestreichelt hatte. »Das wird dir nicht viel nützen.«

Doch Jean-Louis frohlockte bei der Erkenntnis, daß seine Idee ihn nicht in die Irre geführt hatte. So tief es ihm die unbequeme Position erlaubte, drang er in sie ein.

»Wenn Sie ganz still liegen, kann ich es machen, ohne daß Sie sich dabei anstrengen müssen«, sagte er.

»Ich weiß nicht, ob ich lachen oder weinen soll!« rief Marcelle, als sie spürte, wie er sich in ihr hin- und herbewegte. »Vor einer Stunde noch wußtest du nichts über die Liebe – und jetzt nimmst du mich gegen meinen Willen!«

Wenn sie es gewollt hätte, hätte sie ihn leicht von sich herunterstoßen und dem Ganzen ein Ende bereiten können, denn sie war größer und stärker als er. Doch sie tat es nicht. Sie hatte ihre eigenen Gründe, pure Neugier vielleicht – jedenfalls lag sie still und spielte die Märtyrerin, während er heftig an ihre schlüpfrige Pforte pochte.

»An manchen Tagen einmal!« wiederholte sie seine Worte. »Und was ist mit den anderen Tagen, Jean-Louis? Wie oft befriedigst du dich an den anderen Tagen?«

«Drei- oder viermal vielleicht«, stöhnte er, und seine Hüften rammten gegen ihre nackten Hinterbacken.

»Ah ... und an besonderen Tagen?«

»An meinem Geburtstag ... sechsmal!«

»Sechsmal!« rief Marcelle.

Es war an seinem Geburtstag gewesen, daß Francine ihm ihre kleinen Brüste gezeigt hatte – eine Art besonderes Geburtstagsgeschenk. Ihre kühle, zarte Haut hatte ihn so erregt, daß er, nachdem sie gegangen war, keine andere Wahl hatte, als sich auf die einzige Art, die er kannte, Erleichterung zu verschaffen, und zwar nicht nur einmal, sondern immer wieder.

»Oh, nein«, stöhnte Marcelle plötzlich, als sie ihn auf ihrem Rücken zucken spürte und der warme Tribut seiner Leidenschaft ihre verborgene Knospe überflutete.

»Nein, nein!« stöhnte sie wieder, als das bekannte, doch völlig unerwartete Gefühl orgastischer Erlösung sie übermannte. »Das ist unmöglich!«

Doch es war möglich, und sie stemmte ihre Hinterbacken fest nach oben, um Jean-Louis noch tiefer in sich zu ziehen, während sie vor Freude schluchzte. Dabei dachte sie, daß von allen Liebhabern, die sie bisher in ihrem Leben gehabt hatte, kein einziger ihr in so kurzer Zeit so viele Höhepunkte verschafft hatte wie dieser sechzehnjährige Junge. Ja, bis zu diesem Augenblick hatte sie noch gar nicht gewußt, daß sie zu so vielen Höhepunkten fähig war – für eine Frau, die in Kürze vierzig wurde, eine ungewöhnliche und höchst interessante Entdeckung.

Als sie sich wieder etwas beruhigt hatte, schob sie Jean-Louis sanft von sich herunter. Dann richtete sie sich etwas auf und stützte sich auf ihren Ellenbogen, um ihn in Ruhe anzuschauen.

»Wenn du doch nur sechs oder sieben Jahre älter wärst!« sagte sie liebevoll. »Dann könntest du mein offizieller Liebhaber werden, und ich könnte dich an den Nachmittagen besuchen, um mich von dir verwöhnen zu lassen. Was für hübsche Geschenke ich dir mitbringen würde: Seidenhemden und Schlipse, eine goldene Armbanduhr und hundert andere Dinge. Aber die paar Jahre machen einen großen Unterschied – wenn es bekannt würde, daß ich dir erlaubt habe, mich zu lieben, würde ich überall ausgelacht. Und in sechs oder sieben Jahren, wenn du alt genug bist, wirst du an jedem Finger ein paar hübsche, junge Frauen haben und dich kaum noch an mich erinnern, außer vielleicht daran, daß ich die erste war.«

Jean-Louis schwieg. Er lag auf dem Rücken, einen Arm über dem Gesicht, um seine Augen vor der Mittagssonne zu schützen. Sein Penis hatte seine Kraft verloren und lag schlaff auf seinem Bauch. Marcelle betrachtete ihn mit Respekt – in diesem Zustand machte er einen völlig harmlosen Eindruck. Doch wie sie am eigenen Leib gespürt hatte, war er zu mehr erfolgreichen Auftritten fähig als der jedes erwachsenen Mannes, den sie kennengelernt hatte.

»Bist du müde?« fragte sie.

»Nur ein wenig. Und Sie?«

»Ich bin völlig erschöpft – und du bist schuld daran«, erwiderte sie liebevoll. »Ich bin total erledigt, und es wird eine Woche dauern, ehe ich wieder daran denken kann, mit einem Mann ins Bett zu gehen. Ich nehme an, du weißt, daß du mir noch einen weiteren Orgasmus beschert hast, als ich es am allerwenigsten wollte?«

»Aber es hat Ihnen Spaß gemacht«, entgegnete er grinsend.

»Ja – und heute abend auf der Gesellschaft, zu der ich eingeladen bin, werde ich nur gähnen.«

»Darf ich Sie etwas fragen?«

»Was denn, Jean-Louis?«

»Wenn Monsieur Gaumont Sie liebt ... wie oft tut er es hintereinander?«

»Deine Frage ist unverschämt.«

»Entschuldigen Sie, so habe ich es nicht gemeint. Ich habe mir nur Sorgen um Sie gemacht.«

»Inwiefern?«

»Na ja, wenn Monsieur Gaumont Sie heute abend lieben will, sind Sie vielleicht zu müde, um es zu genießen.«

»In der Hinsicht brauchst du dir keine Sorgen zu machen. Monsieur Gaumont wird mich heute abend nicht lieben wollen.«

»Warum nicht? Wenn ich verheiratet wäre, würde ich es jeden Abend tun.«

»Eines Tages, wenn du verheiratet bist, wirst du verstehen, daß nicht alles so ist, wie du es dir vorgestellt hast.«

Sie streichelte seine Schulter. Seine Haut war sehr heiß von der Sonne.

»In ein paar Minuten wirst du einen Sonnenbrand haben«, sagte sie, kniete sich hin und rieb seine Brust und seinen Bauch mit Sonnenöl ein.

»Ich glaube, es wäre wirklich besser für dich, wenn du jetzt gehen würdest«, fügte sie hinzu. »Du bist die Sonne nicht gewöhnt.«

»Aber ich will noch nicht gehen.«

Zu Marcelles großem Erstaunen hatte seine erschlaffte Männlichkeit wieder zu zucken begonnen. Und als sie seinen Bauch fertig eingeölt hatte und das Öl auf den Innenseiten seiner Schenkel verteilte, stand sein Glied bereits wieder steif in die Luft.

»Das ist unglaublich!« murmelte sie.

Jean-Louis starrte mit gierigen Augen auf ihre nackten Brüste.

»Ich will noch einmal«, sagte er, eine Spur männlicher Anmaßung in der Stimme.

»Das sehe ich«, erwiderte Marcelle trocken.

»Sie brauchen gar nichts zu tun – liegen Sie einfach still und lassen Sie mich alles machen.«

Sie goß sich noch ein wenig Öl in die Hand, umschloß fest seinen steifen Stab und massierte ihn heftig.

»Ich werde mir eine Freundin suchen, die es ebenso oft tun will wie ich«, murmelte er mit geschlossenen Augen. Seine Beine zitterten, während sie ihn immer stärker erregte.

»Ich wünsche dir viel Glück bei deiner Suche, Jean-Louis. Aber es wird nicht einfach sein, ein Mädchen zu finden, das mit deinem Stehvermögen mithalten kann. Hast du denn schon ein bestimmtes Mädchen im Auge?«

»Ja«, seufzte er. »Eine Freundin von mir – sie heißt Madeleine und ist sehr hübsch. Sie läßt mich ihre Brüste streicheln!«

»Und, sind ihre Brüste schön?«

»Sie sind kleiner als Ihre – sie ist erst sechzehn. Aber es ist sehr schön, mit ihnen zu spielen.«

»Und spielt sie auch mit dir, so wie ich es jetzt tue?«
fragte Marcelle.

»Sie will mich nicht berühren, ich weiß nicht, warum.
Ich habe versucht, ihre Hand zu meiner Hose zu führen,
während ich ihre Brüste streichelte, aber sie hat sie immer
wieder weggezogen. Was meinen Sie, warum sie das getan
hat?«

»Weil sie nicht erregt war, deshalb hat Angst oder ihre
gute Erziehung sie davon zurückgehalten. Aber wie alle
Mädchen in deinem Alter ist sie bestimmt furchtbar neugierig darauf, was du in deiner Hose versteckt hast. Du
mußt noch zärtlicher mit ihren Brüsten spielen, bis du sie
richtig erregt hast, dann wird sie dich auch in ihr Höschen
fassen lassen – und selbst auf deiner Geige spielen.«

Jean-Louis stellte sich vor, es wäre Madeleine, die jetzt
mit der Hand an seinem Penis auf und ab fuhr. Er stellte
sich vor, wie sie mit weit geöffneter Bluse neben ihm
hockte und ihn massierte ... Vielleicht war auch ihr Rock
ein wenig hochgerutscht, sie hatte ihr Höschen herunter-
gezogen, und er konnte den kleinen Schlitz zwischen
ihren Beinen sehen ...

»Oh, oh, oh!« stöhnte er. Zwei perlweiße Tropfen lösten
sich von seinem zitternden Glied und fielen auf Marcelles
Hand – der Rest seiner jugendlichen Anstrengungen.

»Da!« sagte sie mit einem triumphierenden Lächeln,
denn nun war sie sicher, daß sie seine Fähigkeiten für
heute erschöpft hatte. »Du mußt dich noch ein paar Minuten ausruhen, bevor du gehst, Jean-Louis.«

Die Dürftigkeit seines Samenergusses stand in keinem
Verhältnis zu der Intensität der Gefühle, die er durchge-
macht hatte. Er lag schlaff auf dem Rücken und rang nach
Atem, sein Gesicht war totenblaß.

In Marcelles Hand schrumpfte die Quelle seines jugendlichen Stolzes schnell zusammen. Sie war froh, daß sein
Interesse an ihrem Körper schließlich zu einem natürlichen Abschluß gekommen war, doch um ganz sicher zu
gehen, legte sie sich auf den Bauch und preßte eng die

Beine zusammen. Angenehme Müdigkeit befiel sie, und bald versank sie in einen tiefen Schlaf.

Eine Viertelstunde verstrich, ehe Jean-Louis sich langsam aufrichtete. Nachdenklich betrachtete er Marcelle Gaumont. Er wußte nicht mehr, wie oft er es mit ihr getan hatte, aber er wußte, daß es genug war. Auch wenn er noch so sehr mit ihren Hinterbacken oder mit ihren Brüsten gespielt hätte, an diesem Tag wäre sein kleiner Gentleman nicht wieder steif geworden. Leise erhob er sich von seiner Matratze, denn er wollte sie nicht wecken, und ging zum Schrank. Mit einem Handtuch wischte er sich das Öl vom Körper, ehe er seine Kleider anzog und – ohne ein Wort des Abschieds – das Zimmer verließ.

Über alle Maßen befriedigt durch die unerwartete Manneskraft des Jungen, schlief Marcelle friedlich weiter. Niemand kam, um sie in ihrem Solarium zu stören, und als sie drei Stunden später wieder erwachte, war die Rückseite ihrer Beine purpurrot und ihr zartes Hinterteil so rot und wund, daß sie eine Woche lang nicht richtig sitzen konnte – geschweige denn auf dem Rücken liegen.

HENRY MILLER

Schule der Geläufigkeit

Daß die verdammte Musik immer mit dem Geschlechtlichen vermischt ist, war einer der Gründe dafür, daß ich es in ihr nie zu etwas gebracht habe. Sobald ich auch nur ein Liedchen zu spielen imstande war, umschwirrten mich die Mösen wie Mücken. Vor allem war Lola daran schuld. Lola, meine erste Klavierlehrerin. Lola Niessen. Ein lächerlicher Name, bezeichnend für das Viertel, in dem wir damals wohnten. Er klang wie ein stinkender Bückling oder eine wurmstichige Möse. Um die Wahrheit zu sagen, Lola war nicht gerade eine Schönheit. Sie sah ein wenig wie eine Kalmückin oder eine Chinook-Squaw aus; sie hatte eine schmutzige Hautfarbe und gallig blickende Augen. Sie hatte ein paar Warzen und Hautknoten, ganz zu schweigen von ihrem Schnurrbart. Was mich jedoch erregte, war ihr starker Haarwuchs; sie hatte wundervoll langes, feines schwarzes Haar, das sie in gestuften Wülsten auf ihrem Mongolenschädel anordnete. Im Nacken drehte sie es zu einem Schlangenknoten hoch. Sie kam immer ein wenig zu spät, gewissenhafte Idiotin, die sie war, und wenn sie dann kam, war ich zumeist etwas erschlafft vom Onanieren. Sobald sie jedoch auf dem Hokker neben mir saß, wurde ich, wohl infolge des durchdringenden Parfums, mit dem sie ihre Achselhöhlen bespritzte, wieder erregt. Im Sommer trug sie weit offene Ärmel, und ich konnte die Haarbüschel unter ihren Armen sehen. Dieser Anblick machte mich wild. Ich stellte mir vor, daß sie am ganzen Körper, sogar am Nabel, behaart sei. Und ich hätte mich gern darin gewälzt und

57

meine Zähne darin vergraben. Ich hätte Lolas Haar als eine Delikatesse verspeisen können, wenn noch ein bißchen Fleisch daran gehangen hätte. Jedenfalls war sie, wie ich schon sagte, sehr behaart; behaart wie ein Gorilla, lenkte sie meine Gedanken von der Musik ab und hin zu ihrer Möse. Ich war so irrsinnig versessen darauf, ihre Möse zu sehen, daß ich eines Tages ihren kleinen Bruder bestach, mich einen kurzen heimlichen Blick auf sie werfen zu lassen, während sie im Bad war. Sie war noch wunderbarer, als ich mir vorgestellt hatte: ihr zottiges Fell reichte vom Nabel bis zum Schritt, ein riesiger, dicker Busch, ein Behang, prächtig wie ein handgewebter Teppich. Als sie mit der Puderquaste darüber fuhr, glaubte ich in Ohnmacht zu fallen. Als sie das nächste Mal zum Unterricht kam, ließ ich zwei Knöpfe meines Hosenlatzes offen. Sie schien nichts zu merken. In der nächsten Stunde ließ ich meinen Latz ganz offen. Diesmal biß sie an. »Ich glaube, du hast etwas vergessen, Henry«, sagte sie. Ich sah sie an, rot wie eine Rübe, und fragte sie sanft: »Was?« Sie tat, als schaue sie weg, während sie gleichzeitig mit ihrer linken Hand darauf deutete. Ihre Hand kam so nahe, daß ich der Versuchung, sie zu ergreifen und in meinen Latz zu schieben, nicht widerstehen konnte. Sie stand rasch auf, blaß und erschrocken. Inzwischen war mein Pint bereits aus dem Latz und zuckte vor Wonne. Ich drängte mich an sie und griff ihr unters Kleid, um zu dem handgewebten Teppich vorzudringen, den ich durchs Schlüsselloch gesehen hatte. Plötzlich bekam ich eine kräftige Ohrfeige, dann noch eine, und dann ergriff sie mich am Ohr, führte mich in die Zimmerecke, stellte mich mit dem Gesicht zur Wand und sagte: »Knöpf jetzt deine Hose zu, du dummer Junge!« Ein paar Augenblicke später kehrten wir zum Klavier zurück – zurück zu Czerny und den Geläufigkeitsübungen. Ich konnte nicht mehr die Tasten unterscheiden, aber ich spielte weiter, weil ich Angst hatte, sie könnte meiner Mutter von dem Zwischenfall erzählen. Glücklicherweise war das nicht so einfach.

58

Der Zwischenfall, so peinlich er war, bezeichnete einen entschiedenen Wechsel in unseren Beziehungen. Ich glaubte, sie würde, wenn sie das nächste Mal käme, streng mit mir sein, aber im Gegenteil, sie schien sich herausgeputzt, mit noch mehr Parfum besprengt zu haben, und sie war sogar ein wenig lustig, was für Lola ungewöhnlich war, denn sie war im allgemeinen mürrisch und zurückhaltend. Ich wagte nicht, noch einmal meinen Latz zu öffnen, aber ich bekam und hatte die ganze Stunde hindurch eine Erektion, was ihr gefallen haben muß, denn sie sah immer wieder verstohlen hin. Ich war damals fünfzehn Jahre alt, und sie mindestens fünfundzwanzig oder achtundzwanzig. Ich wußte nicht mehr, was ich tun sollte, es sei denn, ich würde sie eines schönen Tages, wenn meine Mutter ausginge, vorsätzlich aufs Kreuz legen. Eine Zeitlang ging ich sogar so weit, sie abends zu beschatten, wenn sie allein ausging. Sie hatte die Gewohnheit, abends lange einsame Spaziergänge zu machen. Ich folgte ihr in der Hoffnung, sie würde zu einer verlassenen Stelle unweit des Friedhofs gehen, wo ich handgreiflich werden könnte. Manchmal hatte ich das Gefühl, als wüßte sie, daß ich ihr folgte, und fände Gefallen daran. Ich glaube, sie wartete darauf, daß ich sie überfiele – ich glaube, das war's, was sie wollte. Jedenfalls lag ich eines Abends im Gras in der Nähe des Bahngeleises; es war eine schwüle Sommernacht, und überall lagen Menschen umher wie keuchende Hunde. Ich dachte überhaupt nicht an Lola, sondern lungerte einfach dort herum – es war zu heiß für irgendwelche ernsthaften Gedanken. Plötzlich sehe ich auf dem schmalen Schlackenweg eine Frau daherkommen. Ich liege lang ausgestreckt auf dem Bahndamm, und soweit ich sehen kann, ist niemand in der Nähe. Die Frau geht langsam mit gesenktem Kopf, als träume sie. Als sie näher kommt, erkenne ich sie. »Lola!« rufe ich. »Lola!« Sie scheint ehrlich erstaunt zu sein, mich hier zu sehen. »Was treibst du denn hier?« fragt sie, und damit setzt sie sich neben mich auf den Bahndamm. Ich antwortete ihr erst gar nicht, sondern kroch wortlos über sie und drückte sie zu Boden. »Nicht hier, bitte nicht«, bettelte sie, aber ich achtete nicht darauf, schob meine Hand zwischen ihre Beine in ihren verfilzten Behang; sie war klatschnaß wie ein geiferndes Pferd. Es war bei Gott mein erster Fick, und der Zufall wollte, daß ein Zug vorbeifuhr und uns mit glühenden Funken besprühte. Lola war entsetzt. Es war zweifellos auch ihr erster Fick, und sie hatte ihn vermutlich nötiger als ich; aber als sie die Funken spürte, wollte sie sich losreißen. Es war, als versuche man, eine wilde Stute zu bändigen. Wie sehr ich auch mit ihr rang, es war nichts zu machen. Sie stand auf, strich ihr Kleid glatt und ordnete den Haarknoten im Nacken. »Du mußt heimgehen«, sagte sie. – »Nein, ich gehe nicht heim«, erwiderte ich, während ich sie beim Arm nahm und mit ihr weiterging. Wir gingen ein ganzes Stück Weg in völligem Schweigen. Keiner von uns beiden schien zu merken, wohin wir gingen. Schließlich hatten wir uns von der großen Überlandstraße entfernt, über uns ragten die Wassertanks, und unweit von ihnen war ein Teich. Instinktiv hielt ich auf den Teich zu. Wir mußten unter herabhängenden Zweigen durchschlüpfen, als wir ans Wasser kamen. Ich half Lola beim Bücken, als sie plötzlich ausrutschte und mich mitriß. Sie machte keine Anstalten, aufzustehen, vielmehr ergriff sie mich und preßte mich an sich, und zu meinem großen Erstaunen fühlte ich ihre Hand in meinen Hosenlatz schlüpfen. Sie streichelte mich so wundervoll, daß ich ihr im Nu die Finger näßte. Dann nahm sie meine Hand und brachte sie zwischen ihre Beine. Sie legte sich völlig entspannt zurück und öffnete weit ihre Schenkel. Ich beugte mich hinunter und küßte jedes Haar ihrer Möse; ich steckte die Zunge in ihren Nabel und schleckte ihn aus. Dann lag ich da, den Kopf zwischen ihren Beinen und schlürfte den aus ihr rinnenden Saft. Sie stöhnte jetzt und griff mit den Händen wie toll um sich; ihr Haar war völlig aufgegangen und lag auf ihrem nackten Bauch. Um es kurz zu machen, ich steckte

ihn noch einmal hinein und hielt es lange Zeit zurück, wofür sie verdammt dankbar gewesen sein muß, denn sie kam, ich weiß nicht wie viele Male – es war, als ginge ein Paket Knallfrösche los, und dabei schlug sie die Zähne in mich, zerbiß mir die Lippen, zerkratzte mich, zerriß mein Hemd und der Teufel weiß, was noch alles. Ich war gebrandmarkt wie ein Zuchtstier, als ich nach Hause kam und mich im Spiegel sah.

Etwa ein Jahr später gab ich selbst Stunden, und wie es das Glück wollte, war die Mutter des Mädchens, dem ich Unterricht erteilte, eine Schlampe, eine Dirne und Herumtreiberin, wie sie im Buche steht. Sie lebte mit einem Nigger zusammen, wie ich später feststellte. Anscheinend konnte sie keinen genügend großen Pint zu ihrer Befriedigung finden. Jedenfalls hielt sie mich jedesmal, wenn ich heimgehen wollte, an der Tür auf und preßte sich an mich. Ich hatte Angst, mich mit ihr einzulassen, denn es hieß, sie habe die Syphilis, aber was zum Teufel soll man machen, wenn so eine heiße Hure ihre Möse an einem wetzt und einem die Zunge den halben Schlund hinuntersteckt. Ich fickte sie im Stehen auf dem Flur, was nicht sehr schwierig war, denn sie war leicht, und ich konnte sie wie eine Puppe in meinen Händen halten. Und so halte ich sie eines Abends, als ich plötzlich höre, wie ein Schlüssel ins Schloß gesteckt wird; sie hört es ebenfalls und erstarrt vor Schreck. Kein Ausweg. Zum Glück hängt eine Portiere vor der Wohnungstür, und ich verberge mich dahinter. Dann höre ich, wie ihr schwarzhäutiger Beschäler sie küßt und sagt: »Wie geht's, mein Schatz?« und sie versichert ihm, daß sie auf ihn gewartet habe und er solle nur gleich nach oben gehen, denn sie könne es nicht mehr länger aushalten und so weiter. Und als die Treppenstufen nicht mehr knarren, öffne ich leise die Tür und schlüpfe hinaus, und dann, bei Gott, überkommt mich erst der richtige Schrecken, denn wenn dieser schwarze Hengst dahinterkommt, schneidet er mir die Gurgel durch, darüber gibt's keinen Zweifel. Deshalb höre ich sofort auf, in dieser Bude Stunden zu geben; doch bald ist die Tochter hinter mir her – sie wird gerade sechzehn –, und ob ich ihr nicht im Hause einer Freundin Stunden geben könnte? Wir fangen noch einmal mit den Fingerübungen von Czerny und dem ganzen Feuerzauber an. Zum erstenmal steigt mir der Duft einer frischen Möse in die Nase, er ist wundervoll wie frischgemähtes Heu. Wir ficken uns von einer Stunde zur anderen durch, und zwischen den Stunden wird noch ein kleiner Extrafick eingeschoben. Und dann eines Tages die übliche Tragödie – sie ist angebufft, was tun? Ich muß einen Judenjungen aufsuchen, der mir aus der Patsche helfen soll, und er verlangt fünfundzwanzig Dollar für sein Geschäft, und ich habe nie in meinem Leben eine solche Summe gesehen. Dazu ist das Mädchen noch minderjährig. Außerdem kann sie eine Blutvergiftung bekommen. Ich gebe ihm fünf Dollar als Anzahlung und verschwinde für vierzehn Tage nach den Adirondacks. In den Adirondacks lerne ich eine Lehrerin kennen, die brennend gerne Stunden nehmen möchte. Neue Geläufigkeitsübungen und Kondome. Jedesmal, wenn ich die Tasten anschlug, fiel mir eine Möse in den Schoß.

Wenn irgendwo eine Gesellschaft stattfand, mußte ich die verdammte Notenrolle mitbringen; für mich war es ganz so, als wickelte ich meinen Penis in ein Taschentuch und klemmte ihn mir unter den Arm. Zur Ferienzeit, auf einer Farm oder in einem Gasthof, wo immer ein Überfluß an Mösen herrschte, hatte die Musik eine außerordentliche Wirkung. Die Ferien waren eine Zeit, auf die ich mich das ganze Jahr hindurch freute, nicht so sehr der Mösen wegen, sondern weil ich da nicht zu arbeiten brauchte. Sobald ich aus dem Geschirr war, wurde ich zum Clown. Ich war so zum Platzen mit Energie geladen, daß ich hätte aus der Haut fahren mögen. Ich erinnere mich, wie ich eines Sommers in den Catskill-Bergen ein Mädchen namens Francie kennenlernte. Sie war schön und sinnlich, mit kräftigen schottischen Titten und einer

Reihe ebenmäßiger, weißblitzender Zähne. Es begann im Fluß, in dem wir schwammen. Wir hielten uns am Kahn fest, und eine ihrer Titten war aus dem Badeanzug geschlüpft. Ich holte auch die andere heraus, und dann knüpfte ich ihre Schulterträger auf. Sie tauchte keusch unter das Boot, ich ihr nach, und als sie wieder hochkam, um Luft zu schöpfen, streifte ich ihr den verdammten Badeanzug ab. Und hier schwamm sie nun wie eine Wassernixe, ihre großen, festen Titten hüpften auf und ab wie pralle Korken. Ich befreite mich von meinem Trikot, und wir begannen wie Delphine unter der Bootswand zu spielen. Nach einer kleinen Weile kam ihre Freundin in einem Kanu daher. Sie war ein recht kräftig gebautes Mädchen, erdbeerblond, mit Achataugen und voller Sommersprossen. Sie war ein wenig schockiert, uns nackt zu finden, aber bald kippten wir sie aus dem Kanu und zogen sie aus. Und dann begannen wir zu dritt im Wasser Haschen zu spielen, aber es war schwierig, etwas mit ihnen anzustellen, denn sie waren glitschig wie Aale. Nachdem wir genug davon hatten, liefen wir zu einer kleinen Badehütte, die wie ein verlassenes Schilderhäuschen auf freiem Feld stand. Wir hatten unsere Kleider mitgebracht und wollten uns alle drei in dieser kleinen Kabine anziehen. Es war schrecklich heiß und drückend schwül, und die Wolken ballten sich zu einem Gewitter zusammen. Agnes – so hieß Francies Freundin – hatte es sehr eilig. Sie schämte sich, nackt vor uns zu stehen. Francie dagegen schien sich durchaus wohl zu fühlen. Sie saß mit übergeschlagenen Beinen auf der Bank und rauchte eine Zigarette. Jedenfalls, als Agnes gerade ihr Hemd überziehen wollte, zuckte ein Blitz, dem unmittelbar ein furchtbarer Donnerschlag folgte. Agnes schrie auf und ließ ihr Hemd fallen. Ein paar Sekunden später flammte erneut ein Blitz auf, wieder von einem gefährlichen Donnergrollen begleitet. Die Luft rings um uns verfärbte sich blau, die Mücken begannen zu stechen. Wir wurden nervös und unruhig, und auch ein wenig ängstlich. Besonders Agnes, die Angst vor den Blitzen und mehr noch davor hatte, daß man sie tot und uns alle drei splitternackt finden könnte. Sie sagte, sie wolle ihre Sachen anziehen und zum Haus rennen. Und gerade, als sie das sagte, kam der Regen kübelweise herunter. Wir dachten, er würde in ein paar Minuten aufhören, und standen deshalb nackt in der Kabine da und blickten durch die halboffene Tür auf den dampfenden Fluß hinaus. Es schien jetzt Felstrümmer zu regnen, und die Blitze zuckten unaufhörlich um uns. Wir hatten jetzt alle regelrecht Angst und wußten nicht, was wir tun sollten. Agnes rang die Hände und betete laut; sie sah wie eine von George Grosz gezeichnete Idiotin aus, eine dieser schiefschultrigen Huren mit einem Rosenkranz um den Hals und der Gelbsucht obendrein. Ich glaubte, sie würde in Ohnmacht fallen oder so was. Plötzlich hatte ich den glänzenden Einfall, einen Kriegstanz im Regen aufzuführen, um sie abzulenken. Gerade als ich hinausging, um meine Vorführungen zu beginnen, ging ein Blitz nieder und spaltete ganz in der Nähe einen Baum. Ich war so elend erschrokken, daß ich den Verstand verlor. Immer wenn ich Angst habe, lache ich. Ich lachte also ein so wildes Lachen, daß einem das Blut gerann, und die Mädchen schrien auf. Ihr durchdringendes Geschrei ließ mich, warum weiß ich nicht, an die Geläufigkeitsübungen denken, und gleichzeitig fühlte ich, daß ich im Freien stand und es ringsherum blau war und der Regen wie ein Wechselbad auf mein zartes Fleisch trommelte. All meine Sinnesempfindungen hatten sich unter der Hautoberfläche gesammelt, und unter der äußersten Hautschicht war ich leer, leicht wie eine Feder, leichter als Luft oder Rauch oder Talkum oder Magnesium oder was immer ihr wollt. Plötzlich war ich ein Chippewa, und es war wieder die Sassafras-Tonart, und ich scherte mich den Teufel darum, ob die Mädchen heulten, in Ohnmacht fielen oder in die Hosen schissen, die sie ohnehin nicht anhatten. Beim Anblick der verrückten Agnes mit dem Rosenkranz um den Hals und ihrem vor Angst blauen dicken Brotkasten kam mich die Lust an, einen gotteslästerlichen Tanz aufzuführen, die eine Hand um den Hodensack gelegt, während die andere dem Donner und Blitz eine lange Nase drehte. Der Regen war gleichzeitig warm und kalt, und das Gras schien von Libellen zu wimmeln. Ich hüpfte wie ein Känguruh herum und brüllte aus Leibeskräften: »O Gottvater, du madiger alter Hund, hör auf mit deinen verdammten Blitzen, oder Agnes glaubt nicht mehr an dich! Hörst du mich, du alter Pint dort oben, mach Schluß mit dem Mumpitz ... du machst Agnes ganz verrückt. He du, bist du taub, alter Furzer?« Und indem ich unaufhörlich diesen lästerlichen Unsinn hervorsprudelte, tanzte ich springend und hoch-schnellend wie eine Gazelle um die Badehütte herum und schickte die schrecklichsten Flüche, die mir einfallen wollten, zum Himmel. Wenn der Blitz zuckte, sprang ich höher, und wenn der Donner rollte, brüllte ich wie ein Löwe, dann machte ich einen Handstand, und dann rollte ich mich im Gras wie ein Hündchen und kaute Gras und spie es Blitz und Donner entgegen und schlug meine Brust wie ein Gorilla, und während der ganzen Zeit sah ich die Czerny-Etüden auf dem Klavier liegen, die weißen Seiten mit Kreuzen und b's bedeckt, und dachte bei mir, der verdammte Idiot bildet sich ein, daß man auf diese Weise das wohltemperierte Klavier spielen lernt. Plötzlich glaubte ich, Czerny könnte jetzt im Himmel sein und auf mich herunterblicken, und ich spuckte zu ihm hinauf, so hoch ich konnte, und als wieder der Donner grollte, schrie ich mit aller Kraft: »Czerny, du Hund da oben, der Blitz soll dir die Eier abschlagen ... verschluck deinen eigenen krummen Schwanz und erstick daran ... hörst du mich, du verrückter Pint?«

Aber trotz aller meiner wackeren Bemühungen geriet Agnes immer mehr aus dem Häuschen. Sie war eine sture irische Katholikin und hatte nie zuvor jemand so zu Gott reden hören. Plötzlich, als ich hinter der Badehütte her-umtanzte, rannte sie auf den Fluß zu. Ich hörte Francie schreien: »Hol sie zurück! Sie will sich ertränken. Hol sie zurück!« Ich setzte ihr nach, während der Regen noch in Kübeln heruntergoß, und schrie ihr zu, sie solle zurückkommen, aber sie rannte blindlings wie vom Teufel besessen weiter, und als sie ans Wasser kam, stürzte sie sich hinein und hielt aufs Boot zu. Ich schwamm ihr nach, und als wir längsseits des Bootes kamen, von dem ich fürchtete, sie würde es zum Kentern bringen, faßte ich sie mit einer Hand um den Leib und redete ihr ruhig und begütigend zu, als spräche ich zu einem Kind. »Laß mich los!« rief sie. »Du Atheist!« Jesus, Maria und Joseph, man hätte mich mit einer Feder umwerfen können, so platt war ich, als ich das hörte. Das also war es? Dieses ganze hysterische Getue, nur weil ich Gott den Allmächtigen beleidigte. Ich hatte Lust, ihr ein blaues Auge zu schlagen, um sie zur Vernunft zu bringen. Aber wir waren beide außer uns, und ich hatte Angst, sie könne irgend etwas Verrücktes anstellen, etwa das Boot über unsere Köpfe kippen, wenn ich sie nicht richtig behandelte. Also tat ich so, als täte es mir furchtbar leid, und ich sagte, ich hätte doch kein Wort ernst gemeint und sei zu Tode erschrocken gewesen und so weiter und so fort, und während ich sanft und beruhigend auf sie einsprach, ließ ich meine Hand ihre Hüfte hinuntergleiten und streichelte zärtlich ihren Hintern. Genau das wollte sie. Sie erzählte mir schluchzend, was für eine gute Katholikin sie sei und daß sie immer versucht habe, nicht zu sündigen, und vielleicht war sie so vertieft in das, was sie sagte, daß sie gar nicht merkte, was ich tat, aber doch muß sie etwas gefühlt haben, als ich meine Hand zwischen ihre Beine brachte und ihr alle die schönen Dinge sagte, die mir über Gott, die Liebe, in die Kirche gehen und die Beichte ablegen und all den Schmarren einfielen, denn ich hatte gut drei Finger in ihr und ließ sie sich darin drehen wie beschwipste Spindeln. »Leg deine Arme um mich, Agnes«, bat ich sanft, zog meine Hand heraus und preßte sie so an mich, daß ich meine Beine zwischen die ihren bringen konnte. »So, das ist ein braves Mädchen ... nur ruhig ... es ist bald vorbei.« Und immer weiterplappernd von der Kirche, der Beichte, von Gott, der Liebe und dem ganzen Quatsch, gelang es mir, ihn hineinzuschieben. »Du bist sehr gut zu mir«, sagte sie, als wüßte sie nicht, daß mein Pint in ihr steckte, »und es tut mir leid, daß ich mich so dumm benommen habe.« – »Ich weiß, Agnes«, sagte ich, »schon gut ... hör mal, halt mich fester ... ja, so ist's recht.« – »Ich habe Angst, das Boot könnte kippen«, sagte sie und tat ihr möglichstes, ihren Hintern in der richtigen Stellung zu halten, während sie mit der rechten Hand ruderte. »Ja, laß uns zurückschwimmen«, sagte ich und wollte mich von ihr lösen. »Oh, verlaß mich nicht«, sagte sie und klammerte sich fest an mich. »Laß mich nicht los, ich ertrinke.« Gerade in diesem Augenblick kam Francie zum Wasser heruntergerannt. »Schnell«, sagte Agnes. »Schnell ... ich ertrinke.«

Francie war ein gutes Stück, das muß ich schon sagen. Sie war bestimmt keine Katholikin, und wenn sie Moral hatte, dann die eines Reptils. Sie gehörte zu den Mädchen, die zum Ficken geboren sind. Sie hatte keinen Ehrgeiz, keine großen Wünsche, zeigte keine Eifersucht, machte sich keine Sorgen, war immer gutgelaunt und durchaus nicht unintelligent. Häufig, wenn wir abends im Dunkeln auf der Veranda saßen und uns mit den Gästen unterhielten, setzte sie sich, nackt unter ihrem Kleid, auf meine Knie, und ich steckte ihn ihr hinein, während sie mit den anderen lachte und plauderte. Ich glaube, sie hätte die Stirn gehabt, es in Gegenwart des Papstes zu treiben, wenn sie dazu Gelegenheit gehabt hätte. Nach ihrer Rückkehr in die Stadt, wo ich sie zu Hause aufsuchte, führte sie dasselbe Kunststück vor ihrer Mutter auf, deren Augen zum Glück schlecht waren. Wenn wir tanzen gingen und es ihr zu heiß in der Hose wurde, zog sie mich in die nächste Telefonzelle, und dort führte dieses komische Mädchen ein Gespräch mit Agnes oder jemand anderem, während es passierte. Sie schien es besonders zu genießen, es direkt vor der Nase von anderen zu tun; sie sagte, es mache mehr Spaß, wenn man nicht zuviel daran denke. In der gedrängt vollen Untergrundbahn, wenn wir zum Beispiel vom Strand kamen, zog sie ihr Kleid verkehrt herum an, so daß der Schlitz nach vorne kam, nahm meine Hand und legte sie auf ihre Möse. Wenn der Wagen dicht besetzt war und wir gut geschützt in einer Ecke standen, zog sie meinen Piephahn aus dem Latz und hielt ihn wie einen Vogel in beiden Händen. Manchmal wurde sie übermütig und hängte ihre Handtasche an ihm auf, als wollte sie beweisen, daß nicht die geringste Gefahr bestand. Sie gab offen zu, daß ich nicht der einzige Bursche war, den sie am Bändel hatte. Ob sie mir alles erzählte, weiß ich nicht, aber jedenfalls erzählte sie mir genug. Sie erzählte mir lachend von ihren Affären, während sie auf mich kletterte oder ich ihn in ihr hatte, oder wenn ich gerade im Begriff war, zu kommen. Sie erzählte mir, wie die Männer sich dabei anstellten, wie groß oder klein sie waren, was sie sagten, wenn sie in Erregung gerieten, und so weiter und so weiter, sie berichtete mir jedes kleinste Detail, genauso als sollte ich ein Lehrbuch über dieses Thema schreiben. Sie schien nicht die geringste Ehrfurcht vor ihrem Körper oder ihren Gefühlen zuhaben. »Francie, du verdammte Fickliese«, sagte ich zu ihr, »du hast die Moral einer Muschel.« – »Aber du magst mich doch, oder nicht?« antwortete sie. »Männer ficken gern und Frauen genauso. Es tut niemandem weh, und man braucht ja auch nicht jeden zu lieben, den man fickt, oder? Ich möchte nicht verliebt sein; es muß schrecklich sein, immer denselben Mann zu ficken, was meinst du? Hör mal, wenn du die ganze Zeit niemand anderes als mich ficken würdest, würdest du mich schnell überhaben, stimmt's? Manchmal finde ich es nett, von jemand gefickt zu werden, den man überhaupt nicht kennt. Ja, das ist, glaub ich, am schönsten«, fügte sie hinzu, »es gibt keine Komplikationen, keine Telefonnummern, keine Liebesbriefe, keine Geschichten. Hör mal, findest du das sehr schlimm? Einmal versuchte ich meinen Bruder dahin zu bringen, mich zu ficken; du weißt ja, was für ein Muttersöhnchen er ist – er fällt allen auf die Nerven. Ich kann mich nicht mehr genau erinnern, wie es zuging, aber jedenfalls waren wir allein im Haus, und ich war an diesem Tag scharf. Er kam in mein Zimmer, um mich etwas zu fragen. Ich lag dort mit hochgezogenem Rock, träumte davon und sehnte mich schrecklich danach; als ich ihn hereinkommen sah, war es mir ganz gleichgültig, daß er mein Bruder war, er war ganz einfach ein Mann für mich wie jeder andere. Ich lag mit hochgeschobenem Rock da und sagte ihm, daß ich mich nicht gut fühlte, daß ich Leibschmerzen hätte. Er wollte gleich hinauslaufen und ein Mittel für mich holen, aber ich sagte ihm: ›Nein, massiere mir nur ein wenig den Bauch, das wird guttun.‹ Ich machte meinen Hüftgürtel auf und ließ ihn meine nackte Haut massieren. Der Trottel hielt die Augen zur Wand gerichtet und massierte mich, als sei ich ein Stück Holz. ›Nicht da, du Hammel‹, sagte ich, ›tiefer unten ... wovor hast du denn Angst?‹ Und ich tat, als habe ich elende Schmerzen. Schließlich berührte er mich zufällig. ›Da! Ja, da!‹ schrie ich. ›Oh, massiere da ... das tut gut!‹ Und stell dir vor, der Trottel massierte mich doch fünf Minuten lang, ohne zu merken, daß alles nur ein Vorwand war. Ich war so außer mir, daß ich ihm sagte, er solle sich zum Teufel scheren und mich in Frieden lassen. ›Du Eunuch!‹ rief ich, aber er war ein solcher Dummkopf, daß ich glaube, er wußte nicht einmal, was das Wort bedeutet.« Sie lachte bei dem Gedanken, was für ein Kamel ihr Bruder war. Sie meinte, vermutlich sei er noch unschuldig. Was ich darüber dächte – war es wirklich so schlimm? Natürlich wußte sie, daß ich mir nicht das geringste dabei denken würde. »Hör zu, Francie«, sagte ich, »hast du diese Geschichte jemals dem Bullen erzählt, mit dem du gehst?« Sie meinte nein. »Das vermute ich auch«, sagte ich. »Er würde dich windelweich schlagen, wenn er sie je hörte.« – »Das wäre nicht das erste Mal«, antwortete sie prompt. »Was?« rief ich aus. »Du läßt dich von ihm verprügeln?« – »Ich bitte ihn nicht darum«, sagte sie, »aber du weißt ja, wie jähzornig er ist. Ich laß mich von keinem anderen anrühren, aber wenn er's tut, macht's mir nicht soviel aus. Manchmal tut es mir direkt gut. Ich weiß nicht, vielleicht braucht eine Frau ab und zu Prügel. Es tut nicht so weh, wenn man den Kerl wirklich gern hat. Und danach ist er so verdammt zärtlich, daß ich mich fast vor mir selber schäme ...«

Man trifft nicht oft eine Pritsche, die solche Dinge zugibt; ich meine: eine richtige Pritsche und keine dumme Gans. Da waren zum Beispiel Trix Miranda und ihre Schwester, Mrs. Costello. Ein sauberes Paar Vögel! Trix, die mit meinem Freund MacGregor ging, versuchte ihrer eigenen Schwester, mit der sie zusammen lebte, weiszumachen, sie habe keine sexuellen Beziehungen zu MacGregor. Und die Schwester gab allen und jedem gegenüber vor, der es hören wollte, sie sei frigid und könne, selbst wenn sie wollte, mit keinem Mann Verkehr haben, weil sie ›zu eng gebaut‹ sei. Und dabei fickte mein Freund MacGregor die beiden wie ein Irrer, und jede wußte von der anderen, und doch belogen sie sich auf diese Art. Warum? Ich konnte nicht dahinterkommen. Die Costello-Hure war hysterisch: wenn sie spürte, daß sie nicht ihren gerechten Anteil an den Ficks erhielt, die MacGregor austeilte, heuchelte sie einen epileptischen Krampf. Dann mußten Handtücher über sie geworfen werden, ihre Handgelenke mußten beklopft werden, der Busen entblößt, ihre Schenkel frottiert werden, und schließlich trug man sie hinauf ins Bett, wo mein Freund MacGregor sich ihrer annahm, sobald er die andere zum Einschlafen gebracht hatte. Manchmal legten sich die beiden Schwestern gemeinsam zu einem Nachmittagsschläfchen hin; wenn MacGregor im Hause war, ging er hinauf und legte sich zwischen sie. Wie er mir lachend erklärte, bestand der Trick darin, daß er so tat, als sei er am Einschlafen. Er lag also tief atmend da und öffnete bald das eine, bald das andere Auge, um zu sehen, welche von den beiden wirklich eingedöst war. Sobald er sich überzeugt hatte, daß eine schlief, nahm er die andere her. Bei solchen Gelegenheiten schien er die hysterische Schwester, Mrs. Costello, vorzuziehen, deren Mann sie nur alle sechs Monate besuchte. Je größer die Gefahr, desto aufregender sei es, erklärte er. Wenn die andere Schwester, Trix, als deren erklärter Liebhaber er galt, an der Reihe war, mußte er so tun, als wäre es schrecklich, wenn die andere sie dabei ertappte, und gleichzeitig hoffte er immer, wie er mir gestand, daß die andere erwachen und sie erwischen würde. Aber die verheiratete Schwester, die ›zu eng gebaut‹ war, wie sie sagte, war ein verschlagenes Luder, außerdem fühlte sie sich ihrer Schwester gegenüber schuldig, und wenn ihre Schwester sie je in flagranti ertappt hätte, hätte sie vermutlich so getan, als habe sie einen Anfall und wisse nicht, was sie tue. Um nichts in der Welt hätte sie zugegeben, daß sie sich das Vergnügen gestattete, sich von einem Mann ficken zu lassen.

Ich kannte sie recht gut, denn ich unterrichtete sie eine Zeitlang, und ich gab mir alle Mühe, sie zu dem Geständnis zu bewegen, daß sie eine normale Möse hätte und sich hin und wieder gern einen guten Fick gönnte, wenn sich die Gelegenheit dazu bot. Ich erzählte ihr tolle Geschichten, die in Wirklichkeit nur schlecht getarnte Wiedergaben ihrer eigenen Abenteuer waren, aber sie blieb eisern. Eines Tages hatte ich sie sogar so weit gebracht – und das ist wohl der Gipfel –, daß sie mich den Finger hineinstecken ließ. Damit glaubte ich es geschafft zu haben. Sie war trocken, das stimmte, und ein wenig eng, aber ich schrieb das jedoch ihrer Hysterie zu. Aber man stelle sich vor, daß man soweit mit einer Möse gekommen ist und sie einem dann, während sie den Rock mit einem Ruck herunterzieht, ins Gesicht sagt: »Siehst du, ich habe dir doch gesagt, daß ich nicht richtig gebaut bin!«

»Ich sehe nichts dergleichen«, rief ich zornig. »Was erwartest du eigentlich von mir: daß ich dich mit dem Mikroskop untersuche?«

»Das hab ich gern!« sagte sie und setzte sich aufs hohe Roß. »Wie sprichst du eigentlich mit mir!«

»Du weißt verdammt gut, daß du lügst«, fuhr ich fort. »Warum lügst du so? Hältst du es nicht für natürlich, eine Möse zu haben und sie manchmal zu benutzen? Soll sie denn vertrocknen?«

»Was für eine Sprache!« sagte sie, biß sich auf die Unterlippe und wurde rot wie eine Tomate. »Ich habe dich immer für einen Gentleman gehalten!«

»Nun, du bist jedenfalls keine Dame«, gab ich zurück, »denn selbst eine Dame erlaubt sich dann und wann einen Fick, und außerdem fordert eine Dame niemals einen Gentleman auf, den Finger in sie hineinzustecken, damit er sich überzeugen kann, wie eng sie gebaut ist.«

»Ich habe dich nie gebeten, mich anzurühren«, sagte sie. »Ich würde nicht dran denken, dich darum zu bitten, mich zu berühren, und schon gar nicht meine intimen Stellen.«

»Du dachtest wohl, ich wollte dir mit dem Finger die Ohren ausputzen, was?«

»Du warst in diesem Augenblick für mich wie ein Arzt, mehr kann ich nicht sagen«, erklärte sie steif und versuchte, mich abzuwimmeln.

»Hör zu«, sagte ich und setzte alles auf eine Karte, »laß uns so tun, als wäre das Ganze ein Irrtum gewesen und nichts geschehen. Ich kenn dich zu gut, um dich beleidigen zu wollen. Ich würde nicht dran denken, dir so etwas anzutun – verdammt noch mal! Ich fragte mich einfach, ob du vielleicht nicht doch recht hattest, ob du vielleicht nicht ein bißchen zu eng gebaut bist. Du weißt ja, es ging alles so schnell, daß ich nicht sagen könnte, was ich fühlte ... ich glaube nicht einmal, daß ich den Finger drin hatte. Ich muß nur eben den Rand berührt haben, das war wohl alles. Komm, setz dich neben mich aufs Sofa, seien wir wieder Freunde!« Ich zog sie an mich – sie schmolz sichtlich – und legte meinen Arm um ihre Hüfte, als wolle ich sie zärtlicher trösten. »War es immer schon so?« tat ich unschuldig und hätte im nächsten Augenblick beinahe losgelacht, als mir zum Bewußtsein kam, was für eine törichte Frage das war. Sie ließ keusch den Kopf sinken, als berührten wir ein tragisches Thema, von dem man lieber nicht sprechen sollte. »Hör mal, wenn du dich vielleicht auf meinen Schoß setzen würdest ...« und ich hob sie sanft auf meinen Schoß, ließ gleichzeitig meine Hand vorsichtig unter ihr Kleid gleiten und legte sie dann leicht auf ihren Schenkel. »Vielleicht fühlst du dich besser, wenn du es dir einen Augenblick bequem machst ... ja, so, lehn dich nur zurück in meine Arme ... fühlst du dich so wohler?« Sie antwortete nicht, leistete aber auch keinen Widerstand; sie legte sich einfach schlaff zurück und schloß die Augen. Langsam und sehr behutsam und vorsichtig schob ich meine Hand an ihrem Bein hoch und sprach die ganze Zeit mit leiser, beruhigender Stimme auf sie ein. Als meine Finger die Spalte zwischen ihren Beinen erreichten und ich die kleinen Lippen teilte, war sie naß wie ein Waschlappen. Ich massierte sie sanft, öffnete die Spalte mehr und mehr und plapperte dabei immer weiter meine telepathischen Beschwörungen, wonach Frauen manchmal selbst nicht wüßten, daß sie sich über sich selbst täuschten und mitunter glaubten, sehr eng gebaut zu sein, während sie in Wirklichkeit ganz normal seien, und je länger ich so sprach, desto mehr geriet sie in Saft, und um so weiter öffnete sie sich. Ich hatte vier Finger in ihr, und es wäre noch für mehr Platz darin gewesen, wenn ich mehr gehabt hätte. Sie hatte eine riesige Möse, die tüchtig ausgefegt worden war, wie ich fühlen konnte. Ich sah sie an, um mich zu überzeugen, ob sie noch die Augen geschlossen hielt. Ihr Mund stand offen, und ihr Atem ging stoßweise, aber ihre Augen waren fest geschlossen, als mache sie sich selbst vor, daß alles ein Traum sei. Ich konnte sie jetzt kräftig hernehmen – es bestand nicht die geringste Gefahr, daß sie protestierte. Und vielleicht nicht ohne Bosheit schaukelte ich sie mehr als nötig herum, nur um zu sehen, ob sie kam. Sie war so weich wie ein Feder-, kissen, und sogar als ihr Kopf an die Armlehne des Sofas stieß, zeigte sie nicht die geringste Spur von Ärger. Es war, als habe sie sich selbst durch ein Betäubungsmittel zu einem Gratisfick eingeschläfert. Ich riß ihr alle Kleider herunter und warf sie auf den Fußboden, und nachdem ich es ihr auf dem Sofa besorgt hatte, zog ich ihn heraus und legte sie auf dem Fußboden auf ihre Kleider, steckte ihn wieder hinein, und sie hielt ihn fest mit jenem Saugventil umschlossen, dessen sie sich so geschickt bediente, wenn sie auch nach außen hin immer noch so tat, als läge sie im Koma.

Es scheint mir seltsam, daß die Musik bei mir immer ins Geschlechtliche mündete.

MARY McCARTHY

Dottie

Ganz zu Anfang, im dunklen Treppenhaus, war Dottie
recht sonderbar zumute. Da schlich sie nun, erst zwei
Tage nach Kays Hochzeit, zu einem Zimmer hinauf, das
ausgerechnet Haralds ehemaligem Zimmer gegenüberlag,
wo mit Kay das gleiche passiert war. Ein beklemmendes
Gefühl – wie früher, wenn die Clique zur gleichen Zeit
ihre Tage bekam. Man wurde sich auf das eigentümlichste
seiner Weiblichkeit bewußt, die wie die Gezeiten des
Meeres der Mond regierte. Seltsame, belanglose Gedanken
gingen Dottie durch den Kopf, als der Türschlüssel sich im
Schloß bewegte und sie sich zum erstenmal allein mit
einem Mann in dessen Wohnung befand. Heute war Mitt-
sommernacht, die Nacht der Sonnenwende, da die Mädchen ihr höchstes Gut darbrachten, damit es reiche Ernte
gebe. Das wußte sie von ihren folkloristischen Studien für
den ›Sommernachtstraum‹. Ihr Shakespeare-Lehrer war
sehr an Anthropologie interessiert. Die Mädchen mußten
im ›Frazer‹ über die alten Fruchtbarkeitsriten nachlesen,
und daß in Europa die Bauern noch bis vor kurzem zu
Ehren der Kornjungfrau große Feuer anzündeten und sich
dann in den Feldern paarten. Das College, dachte Dottie,
als die Lampe anging, war fast zu reich an Eindrücken. Sie
fühlte sich vollgepfropft mit interessanten Gedanken, die
sie nur Mama, aber keinesfalls einem Mann mitteilen
konnte. Der hielte einen wahrscheinlich für verrückt,
würde man ihm, wenn man gerade seine Jungfrauenschaft
verlieren sollte, von der Kornjungfrau erzählen. Selbst die
Clique würde lachen, wenn Dottie gestand, daß sie ausge-

rechnet jetzt Lust auf ein langes, gemütliches Gespräch mit Dick hatte, der so wahnsinnig attraktiv und unglücklich war und so viel zu geben hatte.

Freilich würde die Clique nie im Leben glauben, daß sie, Dottie Renfrew, jemals hierhergekommen sei, in ein Dachzimmer, das nach Bratfett roch, zu einem Mann, den sie kaum kannte, der kein Hehl aus seinen Absichten machte, der mächtig getrunken hatte und sie ganz offensichtlich nicht liebte. So kraß ausgedrückt, konnte sie es selbst kaum glauben, und der Teil ihres Ichs, der ein Gespräch wünschte, erhoffte wohl immer noch Aufschub, wie beim Zahnarzt, wo sie sich jedesmal über alles mögliche unterhielt, um den Bohrer noch einmal abzuwehren. Dotties Grübchen zuckte. Was für ein verrückter Vergleich! Wenn die Clique das hören könnte!

Und dennoch, als *es* geschah, war es gar nicht so, wie die Clique oder selbst Mama es sich vorgestellt hätten, überhaupt nicht schmierig oder unästhetisch, obwohl Dick betrunken war. Er war äußerst rücksichtsvoll, entkleidete sie langsam und sachlich, als nehme er ihr nur den Mantel ab. Er tat ihren Hut und Pelz in den Schrank und machte dann das Kleid auf. Der konzentrierte Ernst, den er den Druckknöpfen widmete, erinnerte sie an Papa, wenn er Mama für eine Party zuhakte. Sorgfältig zog er ihr das Kleid über den Kopf, musterte erst das Firmenetikett und dann Dottie, ob sie auch zueinander paßten, ehe er es, gemessenen Schritts, zum Schrank trug und sorgfältig auf einen Bügel hängte. Danach faltete er jedes weitere Kleidungsstück zusammen, legte es umständlich auf den Sessel und besah sich dabei jedesmal stirnrunzelnd das Firmenetikett. Als sie ohne Kleid dastand, wurde ihr sekundenlang etwas flau, aber er beließ ihr das Unterkleid, genau wie beim Arzt, während er ihr Schuhe und Strümpfe auszog und Büstenhalter, Hüftgürtel und Hemdhose öffnete, so daß sie, als er ihr mit größter Sorgfalt, um ihre Frisur nicht zu zerstören, das Unterkleid über den Kopf zog, schließlich, nur mit ihren Perlen bekleidet vor ihm stehend, kaum noch zitterte. Vielleicht war Dottie deshalb so tapfer, weil sie so oft zum Arzt ging oder weil Dick sich so unbeteiligt und unpersönlich verhielt, wie man es angeblich gegenüber einem Aktmodell in der Malschule tat. Er hatte sie, während er sie auszog, überhaupt nicht berührt, nur einmal versehentlich gekratzt. Dann kniff er sie leicht in jede ihrer vollen Brüste und forderte sie auf, sich zu entspannen, im selben Ton wie Dr. Perry, wenn er ihre Ischias behandelte.

Er gab ihr ein Buch mit Zeichnungen und verschwand in der Kammer, und Dottie saß im Sessel und bemühte sich, nicht zu lauschen. Das Buch auf dem Schoß, betrachtete sie eingehend das Zimmer, um mehr über Dick zu erfahren. Zimmer konnten einem eine Menge über einen Menschen erzählen. Dieses hatte ein Oberlicht und ein großes Nordfenster, für ein Männerzimmer war es ungemein ordentlich; da war ein Zeichenbrett mit einer Arbeit, die sie brennend gern angesehen hätte, da war ein einfacher langer Tisch, der aussah wie ein Bügeltisch, an den Fenstern hingen braune Wollvorhänge, auf dem schmalen Bett lag eine braune Wolldecke. Auf der Kommode stand die gerahmte Photographie einer blonden, auffallenden Frau mit kurzem strengem Haarschnitt; wahrscheinlich Betty, die ›Gattin‹. Ein Photo, vermutlich Betty im Badeanzug, sowie einige Aktzeichnungen waren mit Reißzwecken an der Wand befestigt. Dottie hatte das bedrückende Gefühl, daß sie ebenfalls Betty darstellten. Sie hatte sich bisher alle Mühe gegeben, nicht an Liebe zu denken und kühl und unbeteiligt zu bleiben, weil sie wußte, daß Dick das nicht haben wollte. Es war rein körperliche Anziehung, hatte sie sich immer wieder vorgesagt, im Bemühen, trotz ihres Herzklopfens kühl und beherrscht zu bleiben, aber jetzt plötzlich, als sie nicht mehr zurück konnte, war es um ihre Kaltblütigkeit geschehen, und sie war eifersüchtig. Schlimmer noch, ihr kam sogar der Gedanke, Dick sei vielleicht *pervers*. Sie schlug das Buch auf ihrem Schoß auf und sah wieder Akte vor sich, von einem ihr völlig unbekannten modernen Künstler. Was sie erwartet hatte, wußte sie nicht, aber als Dick in diesem Augenblick zurückkam, war es verhältnismäßig weniger schlimm.

Er kam in kurzen weißen Unterhosen, hatte ein Handtuch mit eingewebtem Hotelnamen in der Hand, schlug die Bettdecke zurück und breitete es über das Laken. Er nahm ihr das Buch fort und legte es auf einen Tisch. Dann hieß er Dottie, sich auf das Handtuch legen, forderte sie wieder mit freundlicher, dozierender Stimme auf, sich zu entspannen; während er eine Minute lang, die Hände in die Hüften gestützt, dastand und lächelnd auf sie hinunterblickte, bemühte sie sich, natürlich zu atmen, dachte an ihre gute Figur und rang sich ein dünnes Lächeln ab. *»Es wird nichts geschehen, was du nicht willst, Baby.«* Die sanfte Nachdrücklichkeit, mit der die Worte gesprochen wurden, verrieten ihr, wie angstvoll und mißtrauisch sie wohl aussah. »Ich weiß, Dick«, erwiderte sie mit einer kleinen, schwachen, dankbaren Stimme und zwang sich, seinen Namen zum erstenmal auszusprechen. »Möchtest du eine Zigarette?« Dottie schüttelte den Kopf und ließ ihn auf das Kissen zurückfallen. »Also dann?« »Ja. Gut.« Als er zum Lichtschalter ging, durchzuckte sie wieder dort unten das erregende Pochen, wie schon im italienischen Restaurant, als er sie fragte: »Willst du mit mir nach Hause kommen?« und dabei seinen tiefen, verhangenen Blick auf sie heftete. Jetzt wandte er sich um und sah sie, die Hand am Schalter, wieder unverwandt an; ihre Augen weiteten sich vor Staunen über das merkwürdige Gefühl, das sie an sich wahrnahm: als stünde die Stelle dort im Schutz ihrer Schenkel in Flammen. Sie starrte ihn, Bestätigung heischend, an; sie schluckte. Als Antwort löschte er das Licht und kam, seine Unterhose aufknöpfend, im Dunkel auf sie zu.

Diese Wendung setzte sie einen Augenblick lang in Angst. Sie hatte niemals diesen Teil des männlichen Körpers gesehen, außer an Statuen und einmal, mit sechs Jahren, als sie unverhofft Papa in der Badewanne erblickt

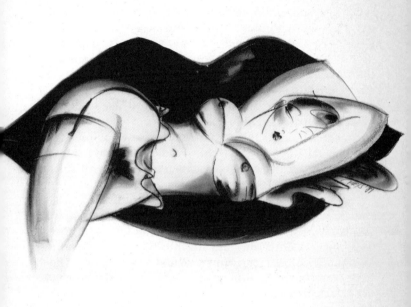

hatte, doch sie hegte den Verdacht, es sei etwas Häßliches, dunkelrot Entzündetes, von borstigen Haaren umgeben. Darum war sie dankbar, daß ihr dieser Anblick erspart wurde; sie hätte ihn, meinte sie, nicht ertragen können, und hielt, zurückzuckend, den Atem an, als sie den fremden Körper über sich spürte. »Tu die Beine auseinander«, befahl er; gehorsam öffnete sie ihre Schenkel. Seine Hand drückte sie da unten, reibend und streichelnd; ihre Schenkel öffneten sich immer weiter, und sie gab jetzt schwache stöhnende Laute von sich, fast als wollte sie, daß er aufhöre. Er nahm seine Hand fort, Gott sei Dank, und fummelte einen Augenblick herum. Dann fühlte sie, wie das Ding, vor dem sie sich so fürchtete, in sie eindrang; gleichzeitig verkrampfte sie sich in Abwehr. »Mach dich locker«, flüsterte er. »Du bist soweit.«

Es war erstaunlich warm und glatt, aber sein Stoßen und Stechen tat fürchterlich weh. »Verdammt«, sagte er, »sei locker. Du machst es ja nur schwerer.« In diesem Augenblick schrie Dottie leise auf; es war ganz in sie eingedrungen. Er hielt ihr den Mund zu, legte ihre Beine um sich und bewegte es in ihr hin und her. Anfangs tat es so weh, daß sie bei jedem Stoß zusammenzuckte und sich ihm zu entwinden suchte, aber das machte ihn anscheinend nur um so entschlossener. Dann, o Wunder, während sie noch betete, daß es bald vorüber sein möge, fand sie ein gewisses Gefallen daran. Sie begriff, worauf es ankam, auch ihr Körper antwortete jetzt den Bewegungen Dicks, der es langsam und immer wieder in sie hineinstieß und langsam wieder zurückzog, als wiederhole er eine Frage. Ihr Atem ging schneller. Jede neue Berührung, wie das Ritardando eines Geigenbogens, steigerte ihre Lust auf die kommende. Dann, plötzlich, meinte sie, in einem Anfall von anhaltenden, krampfartigen Zuckungen zu vergehen, was sie, kaum war es vorbei, so verlegen machte wie ein Schluckauf. Denn es war, als habe sie den Menschen Dick völlig vergessen. Und er, als hätte er es gemerkt, ließ von ihr ab und preßte dann jenes Ding auf ihren Bauch, gegen den es schlug und stieß. Dann zuckte auch er stöhnend zusammen, und Dottie fühlte etwas Klebrig-Feuchtes an ihrem Leib herabrinnen.

Minuten vergingen. Im Zimmer war es ganz still. Durch das Oberlicht konnte Dottie den Mond sehen. Sie lag da, Dicks Last noch immer auf sich; wahrscheinlich war etwas schiefgegangen – vermutlich ihre Schuld. Sein Gesicht war abgewandt, so daß sie es nicht sehen konnte. Sein Oberkörper quetschte ihr so sehr die Brüste, daß sie kaum Luft bekam. Ihre beiden Körper waren naß, sein kalter Schweiß tropfte auf ihr Gesicht, klebte ihr die Haare an die Schläfen und rann wie ein Bächlein zwischen ihren Brüsten; er brannte salzig auf ihren Lippen und erinnerte sie trostlos an Tränen. Sie schämte sich der Seligkeit, die sie empfunden hatte. Offensichtlich war sie ihm nicht die richtige Partnerin gewesen, sonst würde er irgend etwas sagen. Vielleicht durfte die Frau sich dabei nicht bewegen? »Verdammt«, hatte er gesagt, als er ihr weh tat, in einem so ärgerlichen Ton, wie ein Mann, der sagt: »Verdammt, warum können wir nicht pünktlich essen?« oder etwas ähnlich Unromantisches. Hatte etwa ihr Aufschrei alles verdorben? Oder hatte sie am Schluß irgendwie einen Fauxpas gemacht? Wenn Bücher doch bloß etwas ausführlicher wären; Krafft-Ebing, den Kay und Helena antiquarisch gekauft hatten und aus dem sie ständig vorlasen, als wäre er besonders komisch, beschrieb nur Scheußlichkeiten, wie Männer, die es mit Hennen treiben, und erklärte selbst dann nicht, wie es gemacht wurde. Der Gedanke an die Blondine auf der Kommodo erfüllte sie mit hoffnungslosem Neid; wahrscheinlich stellte Dick jetzt gerade schlimme Vergleiche an. Sie spürte seinen Atem und roch den schalen Alkoholdunst, den er stoßweise verströmte. Im Bett roch es merkwürdig penetrant, sie fürchtete, sie sei daran schuld.

Ihr kam der gräßliche Gedanke, daß Dick eingeschlafen sei; sie machte ein paar zaghafte Bewegungen, um sich von seinem Gesicht zu befreien. Die feuchte Haut ihrer aneinanderklebenden Körper machte ein leise schmatzendes Geräusch, als sie sich von ihm löste, aber es gelang ihr nicht, ihn abzuwälzen. Da wußte sie, daß er schlief. Wahrscheinlich war er müde, sagte sie sich zu seiner Entschuldigung; er hatte ja so dunkle Schatten um die Augen. Aber im Herzen wußte sie, daß er nicht wie ein Zentner Backsteine auf ihr hätte einschlafen dürfen; es war der endgültige Beweis – sofern es noch eines solchen bedurfte –, daß sie ihm nicht das geringste bedeutete. Wenn er morgen früh beim Aufwachen entdeckte, daß sie verschwunden war, würde er vermutlich heilfroh sein. Oder vielleicht erinnerte er sich dann nicht einmal, wer bei ihm gewesen war; sie ahnte nicht, was er alles getrunken hatte, ehe er sich mit ihr zum Essen traf. Wahrscheinlich war er einfach sternhagelbetrunken. Es gab für sie nur eine Möglichkeit, sich nicht noch mehr zu vergeben, nämlich sich im Dunkeln anzuziehen und heimlich zu verschwinden. Aber vorher mußte sie in dem unbeleuchteten Gang das Badezimmer finden. Dick fing an zu schnarchen, die klebrige Flüssigkeit überzog wie eine Kruste ihren Bauch; sie konnte unmöglich in den Vassar-Club zurückkehren, ohne das vorher abzuwaschen. Dann durchfuhr sie ein Gedanke, der fast schlimmer war als alles andere. Wenn er nun einen Erguß gehabt hätte, während er noch in ihr war? Oder wenn er eins von diesen Gummidingen benutzt hatte und es zerrissen wäre, als sie zuckte, und er darum sich so schnell aus ihr zurückgezogen hatte? Sie wußte vom Hörensagen, daß die Gummidinger reißen oder undicht sein können, daß eine Frau von einem einzigen Tropfen schwanger werden kann. Entschlossen wand und stemmte Dottie sich, um sich endlich zu befreien, bis Dick den Kopf hob und sie, ohne sie zu erkennen, im Mondlicht anstarrte. Es stimmt also, dachte Dottie unglücklich. Er war einfach eingeschlafen und hatte sie vergessen. Sie wollte aus dem Bett schlüpfen.

Dick setzte sich auf und rieb die Augen. »Ach, du bist es, Boston«, murmelte er undeutlich und legte den Arm

84

um ihre Taille. »Verzeih, daß ich eingeschlafen bin.« Er erhob sich und knipste die Stehlampe an. Dottie bedeckte sich hastig mit dem Leinentuch und wandte ihr Gesicht ab, denn sie hatte immer noch Hemmungen, ihn splitternackt zu sehen. »Ich muß nach Hause, Dick«, sagte sie kleinlaut und blickte verstohlen auf ihre Wäsche, die gefaltet auf dem Sessel lag. »*Mußt du?*« fragte er in spöttischem Ton. Sie konnte sich vorstellen, wie seine rötlichen Augenbrauen hochschnellten. »Du brauchst dich nicht erst anzuziehen und mich hinunterzubringen«, fuhr sie rasch und bestimmt fort und starrte dabei auf seine schönen nackten Füße. Breitbeinig stand er auf dem Teppich. Er bückte sich nach der Unterhose, und sie sah zu, wie er hineinstieg. Dann hob sie langsam die Augen und traf seinen forschenden Blick. »Was ist los, Boston?« fragte er freundlich. »Mädchen laufen doch in ihrer ersten Nacht nicht nach Hause. Hat's dir sehr weh getan?« Dottie schüttelte den Kopf. »Blutest du?« wollte er wissen. »Komm, laß mich nachschauen.« Er hob sie hoch, schob sie an das Bettende, das Leintuch glitt mit, auf dem Handtuch war ein kleiner Blutfleck. »Das allerblaueste«, sagte er, »aber nur eine ganze Kleinigkeit. Betty blutete wie ein Schwein.« Dottie schwieg. »Heraus mit der Sprache, Boston«, rief er und wies mit dem Daumen auf die gerahmte Photographie. »Verdirbt etwa sie dir die Laune?« Dottie machte eine tapfere verneinende Bewegung. Etwas aber mußte sie sagen. »Dick« – sie schloß vor Scham die Augen –, »meinst du, ich müßte eine Spülung machen?« »Eine Spülung?« fragte er verständnislos. »Aber warum denn? Wozu?« »Nun, falls du ... du weißt doch ... Empfängnisverhütung«, murmelte Dottie. Dick starrte sie an und lachte dann plötzlich aus vollem Halse. Er ließ sich auf einen Stuhl fallen und warf den schönen Kopf in den Nacken. »Mein liebes Kind«, sagte er, »wir wandten soeben die älteste Form der Empfängnisverhütung an. Coitus interruptus nannten es die alten Römer, und es ist wirklich verdammt unangenehm.« »Ich dachte nur ...«

sagte Dottie. »Denke nicht! Was dachtest du? Ich verspreche dir, kein einziges Sperma schwimmt hinauf, um dein untadeliges Ovum zu befruchten. Wie bei dem Mann in der Bibel ergoß sich mein Samen auf die Erde oder vielmehr auf deinen wunderhübschen Bauch.« Mit einer raschen Bewegung zog er, ehe sie ihn hindern konnte, das Leinentuch von ihr fort. »Jetzt«, befahl er, »enthülle deine Gedanken.« Dottie schüttelte den Kopf und errötete. Nichts in der Welt hätte sie dazu bewegen können, denn die Wörter machten sie schrecklich verlegen. Sie war schon an den Worten ›Spülung‹ und ‹Empfängnisverhütung‹ fast erstickt. »Wir müssen dich säubern«, bestimmte er nach sekundenlangem Schweigen. Er schlüpfte in Schlafrock und Hausschuhe und verschwand im Badezimmer. Es schien ihr geraume Zeit zu dauern, bis er mit einem feuchten Handtuch zurückkam und ihr den Bauch wusch. Dann trocknete er sie ab, indem er sie mit dem trockenen Ende des Tuches kräftig rubbelte, und setzte sich neben sie aufs Bett. Er selbst wirkte viel frischer, als habe er sich gewaschen, und roch nach Mundwasser und Zahnpulver. Er steckte zwei Zigaretten an, gab ihr eine und stellte den Aschenbecher zwischen sie.

»Du bist gekommen, Boston«, bemerkte er im Ton eines zufriedenen Lehrers. Dottie sah ihn unsicher an. Meinte er etwa das, woran sie nur ungern dachte? »Wie bitte?« murmelte sie. »Das heißt, daß du einen Orgasmus gehabt hast.« Aus Dotties Kehle erklang ein noch immer fragender Laut. Sie war ziemlich sicher, daß sie begriff, was er meinte, aber die neue Vokabel verwirrte sie. »Eine Klimax«, ergänzte er in schärferem Ton. »Bringt man euch das Wort in Vassar bei?« »Ach«, sagte Dottie, fast enttäuscht, daß es nichts anderes sei, »war das …?« Sie brachte die Frage nicht zu Ende. »Das war's.« Er nickte. »Soweit ich es beurteilen kann.« »Das ist also normal?« wollte sie wissen und fühlte sich bereits viel wohler. Dick zuckte die Achseln. »Nicht für Mädchen mit deiner Erziehung. Jedenfalls nicht beim ersten Mal. Obgleich man dir's nicht ansieht, bist du wohl sehr sinnlich.«

Dottie errötete noch mehr. Laut Kay war eine Klimax etwas sehr Ungewöhnliches, etwas, was der Ehemann nur durch sorgfältiges Eingehen auf die Wünsche der Frau und durch geduldige manuelle Stimulation zuwege brachte. Schon die bloße Terminologie ließ Dottie schaudern. In Krafft-Ebing gab es eine scheußliche Stelle, ganz auf lateinisch, über die Kaiserin Maria Theresia und den Rat des Hofarztes an den Prinzgemahl, die Dottie überflogen hatte und so schnell wie möglich zu vergessen suchte. Aber selbst Mama deutete an, daß Befriedigung etwas sei, was sich erst nach langer Zeit und Erfahrung einstelle, und daß die Liebe dabei eine entscheidende Rolle spiele. Aber wenn Mama über Befriedigung sprach, war nicht genau zu ersehen, was sie damit meinte, und auch Kay drückte sich nicht klar aus, wenn sie nicht gerade aus Büchern zitierte. Polly Andrews hatte sie einmal gefragt, ob es dasselbe leidenschaftliche Gefühl sei, wie wenn man sich abküßte (damals war Polly verlobt), und Kay hatte gesagt: Ja, es sei ziemlich dasselbe. Aber jetzt glaubte Dottie, daß Kay sich geirrt hatte oder Polly aus irgendeinem Grunde nicht die Wahrheit sagen wollte. Dottie hatte sehr häufig ähnliche Gefühle gehabt, wenn sie mit jemand schrecklich Attraktivem tanzte, aber das war etwas ganz anderes als das, was Dick meinte. Fast schien es, als rede Kay wie der Blinde von der Farbe. Oder als meinten Kay und Mama etwas völlig anderes, und diese Sache mit Dick war anormal. Und doch wirkte er so zufrieden, wie er dasaß und Rauchringe blies. Wahrscheinlich wußte er, weil er so lange im Ausland gelebt hatte, mehr als Mama und Kay.

»Worüber grübelst du jetzt nach, Boston?« Dottie fuhr zusammen. »Wenn eine Frau sehr sinnlich ist«, bemerkte er sanft, »so ist das großartig. Du mußt dich deshalb nicht schämen.« Er nahm ihr die Zigarette ab, drückte sie aus und legte seine Hände auf ihre Schultern. »Komm«, sagte er, »was du jetzt empfindest, ist ganz natürlich. ›Post coitum omne animal triste‹, wie der römische Dichter sagt.« Er ließ seine Hand über die Rundung ihrer Schulter hinabgleiten und berührte leicht ihre Brustwarze. »Dein Körper hat dich heute abend in Erstaunen gesetzt. Du mußt ihn kennenlernen.« Dottie nickte. »Weich«, murmelte er und drückte die Warze zwischen Daumen und Zeigefinger. »Detumeszenz, das ist es, was du im Augenblick durchmachst.« Dottie hielt fasziniert den Atem an, alle Zweifel verflogen. Als er fortfuhr, die Warze zu drücken, richtete diese sich auf. »Erektiles Gewebe«, belehrte er sie und berührte die andere Brust. »Schau«, sagte er, und beide blickten darauf. Die Brustwarzen waren hart und voll, von einer kreisförmigen Gänsehaut umgeben; auf ihrer Brust wuchsen ein paar schwarze Haare. Dottie wartete gespannt, eine große Erleichterung erfaßte sie. Das waren dieselben Ausdrücke, die Kay aus einem Eheberater zitiert hatte. Da unten begann es abermals zu pochen. Ihre Lippen öffneten sich. Dick lächelte. »Fühlst du etwas?« Dottie nickte. »Möchtest du es noch einmal?« fragte er und betastete sie prüfend. Dottie machte sich steif und preßte die Schenkel zusammen. Sie schämte sich der heftigen Empfindung, der seine tastenden Finger auf die Spur gekommen waren. Aber er behielt die Hand dort zwischen ihren geschlossenen Schenkeln und ergriff ihre Rechte mit seiner anderen, führte sie in den auseinanderfallenden Schlafrock und drückte sie auf jenen Körperteil, der jetzt weich und schlaff und eigentlich recht herzig zusammengerollt dalag, wie eine dicke Schnecke. Er saß noch immer neben ihr und sah ihr ins Gesicht, während er sie dort unten streichelte und ihre Hand fester gegen sich drückte. »Da ist eine kleine Erhöhung«, flüsterte er. »Streichle sie.«

Dottie gehorchte staunend. Sie fühlte, wie sein Glied steifer wurde, und das gab ihr ein seltsames Machtgefühl. Sie wehrte sich gegen die Erregung, die sein kitzelnder Daumen über der Scheide hervorrief, und als sie merkte, wie er sie beobachtete, schloß sie die Augen, und ihre

Schenkel öffneten sich. Er löste ihre Hand, und sie fiel keuchend hintenüber aufs Bett. Sein Daumen setzte sein Spiel fort, und sie gab sich dem willenlos hin, völlig auf einen bestimmten Höhepunkt der Erregung konzentriert, die sich jäh in einer nervösen, flatternden Zuckung entlud. Ihr Körper spannte sich, bäumte sich und lag dann still. Als seine Hand sie abermals berühren wollte, schlug sie sie sacht beiseite. »Nicht«, stöhnte sie und rollte sich auf den Bauch. Die zweite Klimax, die sie jetzt durch den Vergleich mit der ersten erkennen konnte, machte sie nervös und verwirrt. Sie war weniger beglückend, eher, als würde man unbarmherzig gekitzelt oder müßte dringend aufs Clo. »Hat dir das nicht gefallen?« fragte er und drehte ihren Kopf auf dem Kissen, so daß sie sich vor ihm nicht verstecken konnte. Der Gedanke, daß er sie beobachtete, während er *das* mit ihr tat, war ihr gräßlich. Langsam schlug Dottie die Augen auf, entschlossen, die Wahrheit zu sagen. »Das andere gefiel mir besser, Dick.« Dick lachte. »Ein nettes, normales Mädchen. Manche Mädchen mögen dies lieber.« Dottie schauderte; sie konnte zwar nicht leugnen, daß es sie erregt hatte, aber es kam ihr fast pervers vor. Es war, als errate er ihre Gedanken. »Hast du es je mit einem Mädchen gemacht, Boston?« Er packte sie am Kinn, um sie eindringlich mustern zu können. Dottie errötete. »Gott bewahre!« »Du kommst aber wie die Feuerwehr. Wie erklärst du dir das?« Dottie schwieg. »Hast du es je mit dir selbst gemacht?« Dottie schüttelte heftig den Kopf; allein die Vorstellung verletzte sie. »In deinen Träumen?« Dottie nickte widerwillig. »Ein bißchen. Nicht bis zum Ende.« »Üppige erotische Phantasien einer Chestnut-Street-Jungfrau«, bemerkte Dick und räkelte sich. Er stand auf, ging zur Kommode, holte zwei Pyjamas und warf einen davon Dottie zu. »Zieh ihn an und geh ins Badezimmer. Für heute nacht ist der Unterricht zu Ende!«

Nachdem sie das Badezimmer von innen verriegelt hatte, zog Dottie in Gedanken Bilanz. »Wer hätte das gedacht?« zitierte sie Pokey Prothero, als sie verdonnert in den Spiegel starrte. Ihr Gesicht mit den kräftigen Farben, den starken Augenbrauen, der langen geraden Nase und den dunkelbraunen Augen war genau so bostonisch wie immer.

Eine aus der Clique hatte einmal gesagt, Dottie sähe aus, als sei sie mit dem Doktorhut auf die Welt gekommen. Sie bemerkte jetzt selbst das Magisterhafte iher äußeren Erscheinung. In dem weißen Pyjama, aus dessen Kragen das kantige neuenglische Kinn ragte, erinnerte sie an einen alten Richter oder eine Amsel auf einem Zaun. Papa sagte manchmal scherzend, sie hätte Anwalt werden sollen. Und doch gab es da noch das Lachgrübchen, das in der Wange lauerte, und ihre Tanzlust und Sangesfreude – womöglich war sie eine gespaltene Persönlichkeit, ein regelrechter Doktor-Jekyll-und-Mister-Hyde! Nachdenklich spülte sich Dottie mit Dicks Mundwasser den Mund und warf zum Gurgeln den Kopf in den Nacken. Sie wischte den Lippenstift mit einem Stück Toilettenpapier ab und musterte in Gedanken an ihre empfindliche Haut ängstlich die Seife in Dicks Seifenschüssel. Sie mußte schrecklich aufpassen, aber erleichtert stellte sie fest, daß das Badezimmer peinlich sauber und mit Gebrauchsanweisungen der Zimmerwirtin tapeziert war: »Bitte, verlassen Sie diesen Raum, wie Sie ihn vorzufinden wünschen. Danke für Ihr Verständnis.« »Bitte benutzen Sie beim Duschen den Badeteppich. Danke.« Die Zimmerwirtin, dachte Dottie, war wohl sehr großzügig, wenn sie nichts gegen Damenbesuch hatte. Immerhin hatte Kay hier oft ein ganzes Wochenende mit Harald verbracht.

Sie dachte nur ungern an die weiblichen Gäste, die neben der bereits erwähnten Betty Dick besucht hatten. Wie, wenn er neulich abend, nachdem die beiden sie abgesetzt hatten, Lakey hergebracht hätte? Schwer atmend stützte sie sich auf das Waschbecken und kratzte nervös ihr Kinn. Lakey, überlegte sie, hätte nicht zugelassen, was er mit *ihr* getan hatte; bei Lakey hätte er das nicht gewagt.

Dieser Gedanke war jedoch zu beunruhigend, um weiter ausgesponnen zu werden. Woher wußte er eigentlich, daß *sie* es zulassen würde? Eins war merkwürdig – sie hatte die ganze Zeit den Gedanken daran verdrängt –, er hatte sie überhaupt nicht geküßt, nicht ein einziges Mal. Dafür gab es natürlich Erklärungen: Vielleicht sollte sie seine Alkoholfahne nicht merken, oder vielleicht roch sie selbst aus dem Mund ...? Nein, sagte sich Dottie, so darfst du nicht weiterdenken. Eins jedoch war sonnenklar: Dick war einmal sehr verletzt worden, von Frauen oder von einer bestimmten Frau. Das gab ihm eine Sonderstellung; jedenfalls gestand sie ihm das zu. Wenn er nun einmal keine Lust hatte, sie zu küssen, so war das *seine* Sache. Sie kämmte sich mit dem Taschenkamm das Haar und summte dazu mit ihrer warmen Altstimme: »Er ist der Mann, der eine Frau wie mi-ich braucht.« Dann tat sie einen munteren Tanzschritt und stolperte, von dem langen Pyjama etwas behindert, zur Tür. Sie schnippte mit den Fingern, als sie das Deckenlicht mittels der langen Schnur ausmachte.

ALBERTO MORAVIA

Lady Godiva

Mein Mann idealisierte mich, was mir gar nicht angenehm war, im Gegenteil, es war mir, ehrlich gesagt,
höchst lästig. Zugegeben, ich bin eine anziehende, vielleicht sogar schöne Frau. Ich bin zwar klein von Gestalt,
aber ich habe einen durchtrainierten, energiegeladenen
Körper, tiefblaue Augen, die meinem viereckigen Gesicht
einen sanften Reiz verleihen, und blondes, dichtes Haar.
Aber welche Frau ist mit fünfundzwanzig Jahren nicht
anziehend? Zugegeben ferner, bin ich eine passionierte
Sportlerin, eine gute Schwimmerin, eine überdurch-
schnittliche Reiterin, eine geübte Skifahrerin, aber ich bin
da nicht die einzige, eine sportliche Frau ist heute eine
Alltäglichkeit. Doch in den Augen meines Mannes war
ich etwas Seltenes, eine Ausnahme. In seinem blöden
Hirn verschmolzen mein ansprechendes Äußeres und
meine sportlichen Fähigkeiten zu einem Idealbild, in dem
ich mich absolut nicht wiedererkannte.

Außerdem müßte in einer Ehe alles auf Gegenseitigkeit
beruhen, auch die Idealisierung. Aber während mein
Mann mich idealisierte, idealisierte ich ihn nicht im
geringsten. Ich sah ihn so wie er war. Und er war von
unglücklichem Äußeren (er hatte etwas von einem Küster
an sich: ein fettes, salbungsvolles Gesicht, ein törichtes
Lächeln, zudem war er kurzsichtig wie ein Maulwurf), er
war ein Versager in seinen sogenannten Studien (etruski-
sche Archäologie und Psychoanalyse, seit Jahren kritzelte
er herum, ohne daß jemals etwas dabei herausgekommen
wäre), war erblich belastet (er stammt aus einer alten

Familie von niedrigem Adel in den Maremmen, in der es von Eigenbrötlern, Sonderlingen und Verrückten nur so wimmelt).

Manchmal, wenn er mir zu sehr auf die Nerven ging, schrie ich ihm die Wahrheit ins Gesicht: »Weißt du, warum du mich nicht so siehst, wie ich bin? Warum du mich idealisierst? Weil du auf deinen Gütern nur von deren Erträgen lebst und nichts arbeitest. Weil du den ganzen Tag müßig gehst und der Müßiggang schließlich stets zum Verlust des Wirklichkeitssinnes führt, zur Morbidität. Jawohl, denn es ist etwas Morbides, Krankhaftes in deiner Art, mich zu sehen. Ich bin nicht das, wofür du mich hältst. Ich bin eine sportliche, junge, schicke Frau, das ist alles. Du sollst auch meinen Charakter nicht idealisieren: Da ich arm war und reich werden wollte, habe ich dich aus Berechnung geheiratet, ohne dich zu lieben. Verstehst du?«

Ist es zu fassen? Meine brutale Aufrichtigkeit machte keinen wie immer gearteten Eindruck auf ihn! Er sagte bloß, ihm komme es weniger darauf an, geliebt zu werden als zu lieben. In seinem Liebestaumel ging er zuweilen sogar so weit, sich mir zu Füßen zu werfen und meine Reitstiefel zu küssen, die ich zur lederbesetzten Hose und zur karierten Bluse üblicherweise auf dem Lande trage, also fast immer.

Lady Godiva! Dauernd lag mir mein Mann mit der Sage von der adeligen Dame aus vergangenen Jahrhunderten in den Ohren: Um ihre Bauern von der drückenden Steuerlast zu befreien, die ihr Gemahl ihnen auferlegte, nahm sie die ihr von ihm gestellte Bedingung an und ritt, nur mit ihren Haaren bekleidet, durch die Straßen von Coventry. Mein Mann behauptete, daß ich ihr völlig gleiche, da ich mich dank meines kleinen Wuchses und meiner enormen Haarfülle wie Lady Godiva in mein Haar einhüllen könnte. Er verstieg sich sogar, mich in zärtlichen Augenblicken Godiva zu nennen, statt Paola, wie ich wirklich heiße. Eine solche Ähnlichkeit aber gab es gar nicht. Ich

94

bin weder adeliger Abstammung (mein Vater war Bahn-wärter), noch hatte ich je Sympathien für die Bauern: ich kenne sie zu gut. Auch bin ich absolut keine Exhibitioni-stin, nicht im geringsten. Denn es kann mir niemand aus-reden, daß diese Lady Geschmack daran fand, sich nackt zu Roß zu zeigen.

Die Lady Godiva wurde für meinen Mann zu einer Zwangsvorstellung, von der er sich nicht loslösen konnte, weil er, wie gesagt, im Müßiggang lebte und den ganzen Tag Zeit hatte, über seine Narreteien zu grübeln. Schließ-lich machte er mir den Vorschlag, ich sollte ihm zu Gefal-len einmal vollkommen nackt ein Pferd besteigen, ganz langsam um den Platz vor unserer Villa reiten und mich dabei von ihm bewundern lassen. All dies womöglich des Nachts bei Vollmond. Der Vorschlag eines Irren, zögernd hervorgestammelt mit einem verlorenen Lächeln und einem unbeschreiblichen Aufleuchten der Augen hinter den dicken Brillengläsern. Wir saßen zu Tisch, und ich sagte ihm prompt und empört ins Gesicht, was ich von der Sache dachte: »Weißt du, was deine fixe Idee, mich die Lady Godiva spielen zu lassen, bedeutet? Daß du ein Voyeur bist! Jawohl, ein Voyeur, meinetwegen von beson-derer Art, aber ein Voyeur.«

Er zuckte mit keiner Wimper. Was das Einstecken von Hieben betrifft, war er ein wahrer Dickhäuter. Wenige Tage später ging er wieder zum Angriff über, wobei er diesmal an meiner schwachen Stelle ansetzte, meiner Pferdeleidenschaft. Mit seinem üblichen Gestammel, sei-nem üblichen verlorenen Lächeln und seinem üblichen Leuchten in den Augen sagte er, wenn ich vor ihm wie Lady Godiva auf dem Pferd paradierte, werde er mir ein ungarisches Vollblut schenken, das wir zusammen vor einem Monat während einer Ungarnreise in einem berühmten Gestüt gesehen hatten. Es kostete fünfzigtau-send Forint, also eine runde Million Lire. Ein guter Preis für einen kleinen Spazierritt im Mondenschein. So wil-ligte ich ein, wenn auch verärgert und widerwillig.

Wir fuhren wieder nach Ungarn, zu dem zweihundert Kilometer von Budapest entfernten Gestüt. Mein Herz schlug höher, als ich die kahle Ebene unter dem unendlichen Himmel wiedersah, die Spitzen der Lattenzäune der Reitbahnen und die langgestreckten Stallungen mit ihren vielen Luken. Bebend vor Freude betrat ich einen der Ställe, diesmal nicht mehr als Besucherin, sondern als Käuferin. Und als Käuferin prüfte ich, den wunderbaren Geruch nach frischem Mist, nach Stroh, Leder und Hafer einatmend, eines der herrlichen Pferde nach dem anderen, die nebeneinander in den Boxen standen, die Köpfe über den Futterkrippen, die Schwänze uns zugekehrt. Atemberaubende Pferde, Feuerfüchse, Apfelschimmel, Rappen, Schimmel. Ich tat, als prüfte ich sie einzeln, in meinem Herzen aber hatte ich die Wahl schon beim vorangegangenen Besuch getroffen: sie fiel auf einen fünfjährigen Hengst mit Goldreflexen im weißen Seidenfell, mit einem langen wehenden Schwanz und einer langen, dichten champagnerfarbenen Mähne. Mit eigenartigen, fast roten Augen, als wäre er ein Albino. Als ich das Pferd probeweise ritt, kam ich immer wieder an meinem Mann vorbei. Klein war ich, ganz klein, auf diesem mächtigen Pferd, und zum erstenmal störte mich der verzückte Ausdruck meines Mannes, wenn er mich anblickte, nicht mehr. So groß war meine Freude, daß ich fast meinte, ihn zu lieben, oder zumindest glauben konnte, seine seltsame Art, mich zu lieben, sei richtig und erträglich.

Genug, wir kehrten nach Italien zurück. Der Hengst traf aus Ungarn ein, mein Mann sagte kein Wort, aber ich wußte, daß er ungeduldig auf die Vollmondnacht wartete, in der ich ein paar Minuten lang seine Traumvision eines intellektuellen Voyeurs erfüllen würde. Ich war boshaft genug, jede Anspielung auf mein Versprechen zu vermeiden, es machte mir Spaß, ihn an der Longe zu lassen. Meine Leidenschaft für das ungarische Vollblut wurde unwiderstehlich. Heimlich schlich ich mich immer wieder in den Stall, versperrte die Türen und stand in

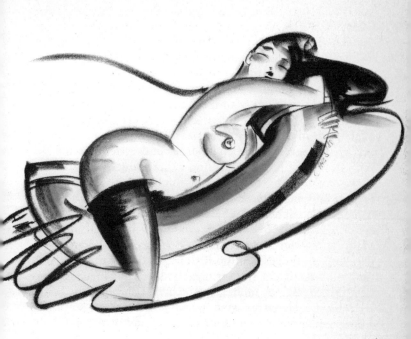

verzückter Betrachtung vor dem Hengst in seiner Box. Ich sah ihn an, weil er schön ist, vor allem aber, weil ich den Sinn seiner Schönheit ergründen wollte, die mich geradezu betörte. Aber es gelang mir nicht.

Der Mond am klaren Junihimmel war zuerst ein krummer Rand, dann eine Sichel, dann eine angenagte Scheibe und schließlich, in seiner ganzen Fülle eine silbern leuchtende Scheibe. So kam der Abend, an dem wir uns auf den in weißes Mondlicht getauchten Vorplatz begaben. Die Fassade der Villa war voll erhellt, die Steineichen und Zypressen rings um den Platz standen dunkel und reglos. Ich sagte zu meinem Mann, er möge auf mich warten, ich würde jetzt das Pferd holen und im Kreis um den Platz reiten, nur in mein Haar gehüllt wie seine Lady Godiva. Er nickte und sah dabei noch alberner und verwirrter aus als sonst. Ich ging in den Stall und näherte mich der Box des ungarischen Hengstes. Als ich mich anschickte, ihn zu satteln und aus dem Stall zu führen, geriet ich bei seinem Anblick in neuerliches Entzücken, ich konnte seine Schönheit kaum fassen. Und während ich mich an dem hellen Blond der Mähne und des Schwanzes, an dem Weiß der glatten und gespannten Kruppe, an der anmutigen und eleganten Kraft der im Sprunggelenk leicht eingebogenen stämmigen Beine nicht satt sehen konnte und beim Anblick des Hengstes ganz vergaß, wozu ich zu so ungewöhnlicher Stunde gekommen war, wurde mir plötzlich bewußt, daß ich mit dem Pferd das machte, was mein Mann mit mir machte: ich idealisierte es, verwandelte es in ein Traumwesen. Auch ich war also nicht der praktisch und vernünftig denkende Mensch, der zu sein ich immer vorgegeben hatte. Auch ich war eine Verrückte wie mein Mann.

Dieser Gedanke bringt mich in zähneknirschende Wut. Mit einer Willensanstrengung, die mir fast Qual bereitet, nehme ich den Sattel vom Haken, lege ihn aufs Pferd. Entkleide mich. Ziehe die Bluse aus, die Hose, die anderen Kleidungsstücke, behalte nur die Stiefel an. Nun zu den

Haaren. Ich trage das Haar in einem riesigen Knoten. Ich löse ihn, die Haare fallen herab, reichen mir bis zu den Hüften. Der Hengst, möglicherweise durch diese Vorbereitungen erregt, wendet den Kopf und blickt mich an, und als ich mich ihm nackt und gestiefelt nähere, stößt er ein anhaltendes und seltsames Gewieher aus, als wollte er sagen: »Auch du bist schön.« Ich binde ihn los, führe ihn an den Zügeln aus dem Stall, auf den Vorplatz hinaus.

Mein Mann steht immer noch in der Mitte des Vorplatzes, albern und verwirrt. Langsam gehe ich, das Pferd an den Zügeln führend, auf ihn zu. Das Mondlicht überflutet mich. Einen Augenblick empfinde ich sogar Scham. Aber was liegt daran? Schließlich ist es mein Mann, der mich sieht. Ich gebe ihm die Zügel zu halten, springe mit einem Satz aufs Pferd und beginne langsam, im Kreis um den Platz zu reiten. Das Pferd ist zuerst störrisch, nervös, bäumt sich kurz auf, vollführt eine Volte. Ich versuche, es zu beruhigen, indem ich das Geräusch eines Kusses nachmache, ihm leicht mit der Hand auf den Hals schlage. Schließlich gelingt es mir, ihn in Trab zu bringen, er ist aber immer noch merkwürdig unruhig, als führe er etwas im Schilde. Ich reite weiter um den Vorplatz herum. Mein Mann steht weiter in der Mitte und dreht sich mit, um mich im Blick zu haben, während ich im Kreis reite. Über meinen Rücken ergießt sich das Haar auf den Sattel. Vorne fallen mir zwei parallele Haarwellen auf den Busen und bedecken meinen Bauch. Ich ziehe einen Kreis, dann einen zweiten, dann einen dritten, immer im gleichen langsamen Trab, wie bei einer Parade. Mit einemmal merke ich, daß der Hengst die Kreise um meinen Mann immer enger zieht, den Wirbeln eines Wasserstrudels gleich, die seinem Zentrum zustreben. Ich versuche, die Richtung des Pferdes zu korrigieren, glaube auch schon, daß es mir gelungen ist. Bei der siebenten Runde bin ich meinem Mann so gefährlich nahe gekommen, daß ich ihn fast mit der Stiefelspitze streife. Ich ziehe die Zügel straff an, um von ihm fortzugelangen, aber gerade in diesem

Augenblick sträubt sich das Pferd, stellt sich auf die Hinterbeine, richtet sich immer höher auf, scheint sich einen endlosen Moment lang riesengroß, fast senkrecht zu erheben, und läßt sich sodann mit seinem ganzen Gewicht auf meinen Mann fallen, der nicht rasch genug ausweichen kann. Es gelingt mir sofort und zu meiner Verwunderung verhältnismäßig leicht, den Hengst zu bändigen. Und da begreife ich: Der Hengst hatte gewiß das verhängnisvolle Sichaufbäumen schon von dem Augenblick an im Sinne gehabt, als ich ihn aus dem Stall führte. Jetzt, da mein Mann regungslos mitten auf dem Vorplatz liegt, hat sich der Hengst, nach erreichtem Ziel, beruhigt. Er stampft leicht auf und scharrt mit dem Huf im Kies.

SANDY BOUCHER

Summen

Wie froh ich bin, daß sie nicht wie eine meiner drei Töchter aussieht. Besonders in den letzten Jahren, in denen ich Meditationsübungen gemacht und mich dem Studium der großartigen eleganten Texte des Buddhismus gewidmet habe, hatte ich oft das Empfinden, daß die Zeit nicht existiert, oder daß die Spanne eines Lebens nicht größer ist als ein Tautropfen, der zitternd an einer Blüte hängt und genauso flüchtig ist. Was kann in dieser Sichtweise das jeweilige Lebensalter noch bedeuten?

Und dennoch, wenn Jeannine mich an eine meiner Töchter erinnerte, wäre mir das unbehaglich. Immerhin lebe auch ich in der zeitlich begrenzten Welt der Bedingungen. Eine dieser Bedingungen ist mein alternder Körper, über den derzeit die Stürme der Wechseljahre hinweggehen. Eine andere ist das alte Haus mit dem Schindeldach, in dem Ralph und ich leben. Mit verfaulendem Fundament und in Gefahr, auf der Rückseite am steilen Hang abzusacken, steht es noch immer mit verblichenem, schäbig gewordenem Charme leicht auf den Hügeln von Berkeley. Das Haus spricht zu einigen Menschen von einem noblen, unbeschwerten Jahrzehnt, als Bäume noch zahlreicher waren als die Häuser auf den Hügeln; wie vielleicht auch meine Erscheinung in manchen Menschen eine Nostaglie für die späten Vierziger, frühen Fünfziger Jahre weckt, als junge Menschen vermutlich unschuldiger waren und größeres Vertrauen in das Leben setzten als heutzutage. Ich selbst bin an jener Zeit meiner Jugend nicht interessiert oder an Jahren der Mutterschaft, die danach gekommen waren.

Eigentlich bin ich jetzt einzig interessiert an diesem bestimmten Augenblick in dem großen, schattigen Schlafzimmer mit seinem Blick auf die ferne Golden Gate Bridge, die sich rot über das funkelnde Wasser schwingt. An diesem stillen Nachmittag höre ich hin und wieder nur das Gurren der Tauben, die unter der Dachtraufe wohnen. Ein sanfter, grauer Ton, von irgendwo weit her dringt er in mein Bewußtsein, als ich auf schwarze Locken schaue, die flachgedrückt sind wie bei einem neugeborenen Lamm, feucht von unserem Schweiß und einem süßeren, dickeren Saft. Ein feines Gekräusel flaumiger Haare zieht sich wenige Zentimeter den Schenkel hinab, weich liegt es an der Unterseite des Bauches. Dieses Fleckchen dunklen Haars, so fein, daß die Haut darunter sichtbar ist, feucht und warm, heißt mich willkommen. Ich lecke das sanfte Gekräusel Locke um Locke, grase weiter bis dorthin, wo das Haar dichter wächst, der Duft kräftiger wird. Geruch einer salzigen Feuchte, der Höhlen in meinem Bewußtsein auftut, ein reicher Duft ozeantiefer Geheimnisse, von sonnenwarmen Oliven, von Sonnenlicht, das sich in dicke, goldene Flüssigkeit verwandelt, in die ich hingegeben tauche. Jeannines Duft.

Ich strich über die zarte Haut an der Innenseite ihrer Schenkel, meine Finger trafen sich bei den rosigen Lippen, die unter dem Haar sichtbar waren, streiften leicht darüber hin. Dann ihre Stimme, ein weich gehauchtes Ohhh der Vorfreude. Ich hebe den Kopf und schaue zu ihr hoch, sehe ihre braunen Augen, die mich mit demselben eindringlichen Blick ansehen, demselben konzentrierten Ausdruck, der in ihr Gesicht tritt, wenn sie sich an meine Brust schmiegt, eine meiner Knospen in den Mund nimmt und sie sacht mit ihrer Zunge untersucht, mir mit ihren Lippen Nahrung gibt. Welche Sammlung, welche leidenschaftliche Wachheit. Meine eigene Möse beginnt zu pochen, mein Körper ist heiß und scheint anzuschwellen, die Empfindlichkeit meiner Haut ist gesteigert.

Während die Finger meiner rechten Hand mit ihrem Haar spielen, leicht über ihre Vulva tasten, greife ich mit meiner linken nach ihrer kleinen, schwieligen Hand. Ich küsse ihre Finger, mein Mund verweilt in ihrer Innenhand, ich sauge an ihrem Daumen, lasse meine Zunge langsam kreisen. Ahhh, sagt sie, hebt ihr Becken an, bietet sich mir dar. Ich drücke eine meiner Brüste gegen die geöffneten Lippen, fühle ihre feuchte Wärme auf meiner Haut, an meiner hart sich zusammenziehenden Brustwarze. Jeannine schaudert, sie sagt meinen Namen, und ich senke mein Gesicht herab, fahre damit über ihren Schenkel, bewege mich sacht gleitend nach oben, bis ich ihre äußeren Schamlippen küssen kann. Sie ist dazu übergegangen, fast unmerklich sacht, ihr Becken in kleinen Kreisen zu bewegen, mit jedem näher mir entgegenkommend, als Geste des Verlangens, mit jeder mich lockend, einladend ihr zu folgen. Das tue ich jetzt. Leicht mit meinen Fingern ihre Lippen spreizend, dränge ich meinen feuchten Mund zwischen sie, grüße die pralle Knospe, die ihr Kitzler ist, schiebe meine Zunge vor, um die Öffnung ihrer Scheide zu erkunden, gehe mit dem Mund höher, um sie wieder zu saugen. Jeannines Mund entringt sich ein weiches Summen, das vibrierend durch ihren Körper fährt und das mein Mund noch spürt. Meine Arme an ihren angehobenen Schenkeln vorbeischiebend, greife ich hoch, um ihre Brüste zu umspannen, umspiele die harten rosa Warzen, während mein Mund hungrig jeder stoßenden, Erlösung suchenden Bewegung ihres Verlangens folgt.

Dieselben Brüste halte ich eine halbe Stunde später sanft umspannt, während wir im tiefen, heißen Wasser der Badewanne liegen. Als ich sie einlud, zu mir hineinzusteigen, hatte sie gefragt: »Wann kommt Ralph nach Hause?« »Nicht vor sieben, glaube ich.« Ihre Brauen zogen sich zusammen. »Du glaubst!« Aber sie stieg zur mir hinein, hob ihre kurzen, kräftigen Beine über den Wannenrand, tauchte den kleinen Hintern ins Wasser, so daß wir jetzt Gesicht zu Gesicht sitzen. Ich seife ihre Brüste ein, lange Brüste mit nach unten zeigenden Knospen, während sie mir erzählt, daß immer dann, wenn sie zu sehr abmagert, ihre Brüste wie leere Taschen auf ihrem Brustkorb liegen. Ich kann es mir gar nicht vorstellen, sie sind jetzt so prall, quellen mit ihrem schlüpfrigen Gewicht über meine Hände. Jetzt berührt auch sie mich dort, murmelt in mein Haar: »Deine Brüste sind so anheimelnd.« »Hmmmm«, sagte ich, ein kleiner Laut voller Zustimmung und Zufriedenheit.

Nur an solchen verstohlenen Nachmittagen können wir zusammensein. Ich bin seit vierzig Jahren verheiratet, mit drei verschiedenen Männern. Manche Frauen finden die Ehe einschränkend: Ich finde sie befreiend. Sogar die Ehe mit einem Mann wie Ralph, der einen Buchladen mit parapsychologischer und metaphysischer Literatur betreibt und dem es mehr ums Meditieren geht, als darum, Geld zu verdienen. Er kommt für mich auf. Und ich mag die Sicherheit einer Ehe, die beruhigende Routine, die Behaglichkeit. Meine Mutter hat mich einst dazu ermuntert, eine praktische Haltung dem Leben gegenüber einzunehmen und mir dabei einen unstillbaren Appetit für seine Freuden zu bewahren. Auch Jeannine mag Ralph gern: sie möchte ihn nicht verletzen. Sie trägt ihre Liebe für mich verschlossen in sich wie einen geheimen Schatz, gefaltet und eingewickelt dicht bei ihrem Herzen. Ihr Verlangen jagt Flammen durch ihren Leib, leuchtet aus ihren Augen. Manchmal treffen mich diese Augen ganz unvorbereitet, so, wenn ich mich beispielsweise hinüberbeuge, um Ralph Kaffee einzuschenken. Ich schaue hoch, dorthin, wo sie sitzt, an ihrem Fensterplatz, die Zeitung aufgeschlagen weghaltend. Doch sie liest nicht: ihre Augen folgen beobachtend jeder meiner Bewegungen mit einer wachen, so gebündelten Aufmerksamkeit, daß es mich aus der Fassung bringt. Sie schaut in mich hinein, und ohne mich auch nur um einen Zentimeter zu rühren, habe

ich das Gefühl, als stürzte ich zu ihr, als würde ich mit ihr niedersinken, tief, immer tiefer, bis ins Innere jenes Ortes, den wir gemeinsam besuchen, der Ort, wo Stille ist, wo wir einander halten.

Jetzt, in der Badewanne, haben wir unsere Köpfe einander an die Schultern gelehnt; der Dampf, der vom Wasser aufsteigt, macht unsere Gesichter feucht. Ich weiß nicht, ob es meine tobenden Hormone sind oder die Hitze des Badewassers, die bewirken, daß mir der Schweiß von der Stirn strömt. Während meine Hände unter Wasser sind, um über ihre Flanken zu streichen, sich um ihre Hinterbacken zu schließen, wendet Jeannine den Kopf, um ihn an meiner Schulter zu reiben. Ich lächle in Erinnerung daran, wie ich ihrer zum ersten Mal ansichtig wurde und wie völlig unmöglich es mir damals gewesen wäre, mir auch nur diese Freude vorzustellen, die mich unter der Berührung ihrer Lippen an meiner Kehle durchflutet. Sie war eine Frau um die dreißig in einem schmuddeligen blauen Overall, deren schwarzes Haar schlaff und strähnig bis kurz über ihre Ohren ging. Sie grub mit einer Schaufel in unserem Vorgarten. Ich liebte es, ihr bei der Arbeit zuzusehen, wie ihre Arme vorstießen und sich hoben, jetzt mit gebeugtem, dann mit gestrecktem Rücken. Dann fielen mir ihre Augen auf, die die Farbe von altem Mahagoni haben, das Aufflackern von Interesse, das aufleuchtete, als sie zu mir hinschaute. Ich bemerkte ihren Mund mit der vollen, schwellenden Unterlippe. Am zweiten Tag hatte sie ihr Haar zu glänzender Weichheit gewaschen und trug einen sauberen Overall; sie saß auf der Veranda und unterhielt sich mit mir, lächelte mich einladend an, bevor sie mit ihrer Arbeit anfing. Am dritten Tag begann ich, ihr zur Hand zu gehen.

Jeannine und ich haben oft gekichert in Erinnerung an Lady Chatterly's Lover, da sie ja jetzt unsere Gärtnerin war. In Wirklichkeit sind wir weit entfernt von den klassischen Herrin-Dienerin-Rollen aus den Trivialromanen, denn sie hat sich nur Urlaub genommen von den vielen

Jobs bei den Medien, die ihr bisher ein reichliches Auskommen ermöglicht haben: jetzt leistet sie sich den Luxus, sich körperlich tüchtig auszuarbeiten, genießt die relative Einfachheit ihres Jobs als Gärtnerin. Wenn jemand aus kleinen Verhältnissen stammt, dann eher ich, Tochter einer verwitweten Mutter, die für meine Schwester und mich aufkommen mußte, indem sie als Kassiererin in Kinos arbeitete. Heirat war mein Ausweg aus der überfüllten, heruntergekommenen Wohnung, wo wir alle im selben Bett schliefen, weil es nur eins gab; sie war meine Leiter, auf der ich Sorgen und Mangel unter mir ließ. Ich erklomm sie mit Freuden.

Ich spüre die flachen, starken Muskeln oben an ihrem Rücken und an den Schultern, massiere sie, lockere sie, während Jeannine wohlig vor sich hin schnurrt, als sie sich plötzlich versteift, hochschreckt, kleine Wellen heißen Wassers über meinen Bauch rinnen läßt. Den Kopf zurückgeworfen, werden ihre Augen weit.

»War das nicht ein Auto in der Einfahrt?«

Ich lausche, höre nichts.

Jeannine steht in der Wanne auf, das Wasser rinnt von ihrem Körper, und sie streckt sich nach dem Fenster, das auf die Einfahrt hinaus geht.

»Oh Gott, es ist Ralph!«

Von unten ist der dumpfe Knall einer zugeworfenen Autotür zu hören.

Jetzt steht sie neben der Wanne, ihr Körper ganz verrenkt vor Panik.

»Was soll ich bloß tun?« fragt sie mit flehend zu mir gewandten Augen.

Ich sitze im warmen Wasser, umgeben von Dampf, und meine Nervosität entlädt sich in einem kaum hörbaren Kichern.

Auch sie schüttelt es einen kurzen Augenblick lang, doch dann fragt sie noch einmal. »Was soll ich bloß tun?« Sie spreizt ihre Hände in einer hilflosen Geste.

»Zieh deine Sachen an«, sprudele ich hervor, »schnell!«, denn ich kann hören, wie Ralph unten die Tür aufschließt und im Wohnzimmer herumwandert.

Sie zieht kleine graue Söckchen über, die ganz lächerlich aussehen, dann ihre Cordhosen, ihr rotes Hemd und alles über ihren noch nassen Körper.

»Er ist jetzt in der Küche«, zische ich. »Geh' nach unten und rede mit ihm.«

»Oh Scheiße, meine Unterhosen!«

»Ich verstecke sie.«

Sie wischt den Spiegel klar, schaut in ihr gerötetes, nasses Gesicht, auf ihr strubbeliges Haar.

Ich kichere noch immer.

Halb schon aus der Tür, dreht sich Jeannine noch einmal um, fixiert mich mit einem wilden Blick.

»Ich hasse so etwas!«

Dann sehe ich nur noch das glatte, weiß gestrichene Holz der Tür.

Wenige Minuten später höre ich Stimmen in der Küche, Ralph und Jeannine, die eine Unterhaltung angefangen haben. Er hat ihr wahrscheinlich ein Getränk angeboten. Karottensaft, frisch aus dem Mixer; vermutlich hat sie ihn nach einem Buch ausgefragt, etwas reichlich Exotisches und schwer Aufzutreibendes, wie etwa ›Initiates and Initiations in Tibet‹ von Alexandra David-Neel. Diese bibliographische Fachsimpelei wird eine sichere Tarnung bieten für Jeannines verdächtig aufgelöste Erscheinung, denn sobald Ralph nach esoterischen Büchern gefragt wird, verliert er jede Verbindung zur Welt um ihn her, und er sucht in seinem Kopf herum wie in einer altertümlichen, labyrinthischen Bibliothek, wo ein Buchtitel ihn zum nächsten führt, im behaglichen Stöbern nach dem wurmzerfressensten, am stärksten von Milben befallenen Band, der jemals ausgegraben wurde. Er schert sich nur wenig um den Inhalt jener Bücher oder um deren Erhaltungszustand; es ist die Suche, von der er heiße Bäckchen bekommt.

In meinem dampfenden Versteck lasse ich mich jetzt treiben, lasse mich tief ins noch immer heiße Wasser sinken, überlasse mich Schauern der Lust, unter denen ich mich winde. Unten hört man weiter Stimmen, oder vielmehr Ralphs Stimme. Ich kann mir sein hingerissenes Gesicht ausmalen, sein aufgeregt vorgerecktes Kinn. Und Jeannine, die ihn aus großen, erleichterten Augen anschaut.

Ich sehe sie erst am nächsten Sonnabend wieder. Ralph und ich sind zu einem Liederabend im Clear Light Institute gegangen, dessen Direktor er ist. Ich hätte mich fast noch entschlossen, zu Hause zu bleiben, weil ich unter der Schlaffheit und fliegenden Hitze litt, die jetzt eine ständige Begleiterscheinung meiner Periode sind. Ich habe andere Frauen von einem heißen Aufflammen erzählen hören, aber dies ist anders, nicht ein Aufflammen, sondern eine beharrliche, tiefe, kreisende Hitze, die mich verschwitzt und lethargisch macht. Ich war den ganzen Nachmittag lesend im Bett geblieben, als Ralph hereinkam, mich zu fragen, ob ich mitkommen wollte. Nach kurzem Nachdenken beschloß ich, daß das Singen und die Meditation vielleicht genau das Richtige wären, um mein wallendes Blut abzukühlen.

»Wenn Frauen den buddhistischen Kanon verfaßt hätten«, sagte ich zu Ralph, als wir durch Berkeley fuhren, »gäbe es sicher spezielle Meditationen für die Wechseljahre.«

Ralph hing diesem Gedanken nach und begann dann, mir von der Thergatha zu erzählen, einem Gedichtband, der von den ersten buddhistischen Nonnen geschrieben worden ist. »Sie waren Zeitgenossinnen Buddhas. Sie schrieben in Pali, dieser ganz archaischen Sprache. Es ist ein ziemlich dicker Band ... Geschichten aus dem klösterlichen Leben, Gesänge über ihre Augenblicke der Erleuchtung ...« So ging es die nächsten zehn Minuten weiter. Er berichtete mir von den verschiedenen Übersetzungen, dem Verbleib des Originals und wie es aufgefunden wurde. Dieser Vortrag war so gedankenreich, von so großer gründlicher Sachkenntnis und Sensibilität, daß ich ganz stark meine Zuneigung für Ralph empfand, nach seinem Arm faßte und ihn sanft drückte.

Der Meditationsraum im Clear Light Institute ist mit üppigen tibetanischen Malereien auf seidenen Schriftrollen behängt: blaugesichtige Dämonen tanzen vor aufgefächerten orangefarbenen Flammen, grünhäutige Göttinnen fuchteln mit ihren vielen Armen. Die Wandverkleidungen sind tiefrot angestrichen und in jenem klaren, matten Blau, das die Tibetaner so lieben. Vergoldungen ranken sich die Säulen hoch. Vielleicht dreißig Menschen sitzen auf Kissen, die Augen geschlossen, mit offenen Mündern, um die heiligen Silben zu singen, diese Laute, die im Bauch vibrieren, in der Kehle und einen mit dem großen Klang verbinden, dessen Echo durchs Universum hallt. Manchmal spüre ich wirklich diese Verschmelzung des Klanges, wenn nicht ich den Gesang, sondern der Gesang mich singt, aber heute abend bin ich rastlos, unangenehm berührt von dem schleppenden Gebrumm, das mein Hitzegefühl und die Benommenheit verstärken. Vielleicht war es ein Fehler, hierher zu kommen. Ich denke daran, mich nach oben zu schleichen und mich in den Vorraum oder auf die Terrasse zu setzen.

Dann kommt Jeannine. Ich fühle, wie sie den Raum betritt. Es ist eine Empfindung wie von einer kühlen Hand, die auf meinem Rücken hochgleitet, ein Signal, aufzuwachen. Während sich meine Augen öffnen, sehe ich, daß sie gerade durch die Tür geschlüpft ist und bemerke an der steifen Haltung ihrer Schultern, daß ihr die Verspätung peinlich ist. Sie trägt ein purpurnes, weites Oberteil und Jeans; ihre kleinen Füße sind nackt. Ein schmales Goldkettchen umschließt ihr sonnengebräuntes Fußgelenk.

Ob sie wohl weiß, daß ich hier bin? Mein Herz hämmert. Ich brauche all meine Kraft, ihr nicht zuzuwinken,

nicht meine Hand zu heben. Dann stelle ich fest, daß
sie sich rechts neben mich, das Gesicht mir zugewandt, auf ein Kissen gesetzt hat. Ihre wache Gegenwart hüllt mich ein wie ein Tuch. Vor Aufregung wird
mir ganz schwach, denn ich weiß, daß sie diesen Platz
eingenommen hat, um mich anzuschauen.

Der Singsang hört auf, die letzte lange Silbe im
Raum zerdehnt und angehalten, kräftig und laut von
wenigen tiefen Männerstimmen getragen, über denen
sich die höheren Stimmen der anderen Männer und
Frauen erheben. Und dann tritt Stille ein, eine Stille,
in der der Gesang noch immer nachhallt, in der sich
eine vielschichtige Sensibilität aufgebaut hat. Ich spüre
meinen Körper noch vibrieren, während ich mich für
die halbe Stunde Meditation zurechtsetze, die sich
immer an den Gesang anschließt.

Um die Steifheit meiner gekreuzten Beine zu lockern,
verändere ich vorsichtig meine Stellung und lege meine
rechte Hand auf mein Knie. Eine ganz schlichte Haltung,
einfach zu beschreiben, doch ihre Bedeutung reißt mich in
einen Taumel. Während sich meine Hand auf mein Knie
zubewegt, wird mir bewußt, daß ihre Aufmerksamkeit voll
darauf gerichtet ist. Es sind kurze, quälende Augenblicke
mit stockendem Atem, als mein Arm sich bewegt und
meine Hand mit dem Ballen nach unten sich der Rundung
meines Knies nähert. Jeannines gebanntes Zuschauen
spüre ich wie ein Gewicht an mir, so als höbe ich sie mit
meinem Arm und als trüge ich sie durch die Weite des
Raums. Mein Arm ist schwer vom Gewicht seiner Aufgabe, während er die kurze Strecke überbrückt und dann
innehält, meine Hand nur zentimeterbreit über dem Knie
schwebt. Dann, mit einem unhörbaren Laut wie das
schwebende ›Ahhh‹ der Hingabe, legen sich meine Finger
auf den Stoff meines Rockes, bis sich meine Innenhand
sanft über der Rundung meiner Kniescheibe schließt. Es
ist, als hätte sich die Luft zu einem festen Stoff verdickt.
Nichts in diesem Raum, nur diese Hand, die auf einem

Knie ruht. Sie ist gewaltig, würdig der Leidenschaft, die Jeannine ihr darbringt. Sie ist magisch hell, perlend im Schein ihrer geheimnisvollen Gegenwärtigkeit. Die vergoldeten Säulen, die Gesichter von Dämonen und Menschen bleiben hinter ihrer mystischen Kraft zurück.

Ganz leicht öffne ich die Augen und sehe aus den Winkeln Jeannines vornübergebeugte Gestalt, mit vor Verwirrtheit zitterndem Mund. Ich fühle, wie zart meine Hand auf meinem Knie liegt, wie eine Wolke aus Morgennebel auf der Kuppe eines Hügels, gewichtslos einhüllend, uns beide in einem Zustand der Gnade haltend.

Nach dem Gesang kommen wir alle noch einmal im Vorraum zusammen. Ralph ist mit den anderen Übungsleitern zu einer Besprechung gegangen, hat vorher meinen Ellenbogen genommen und mir versichert, daß er nicht lange bleiben wird. Dieses sachte Berühren am Arm scheint sich bei uns zum Ritual entwickelt zu haben, um die Zuneigung und die beiderseitige Trägheit zum Ausdruck zu bringen, die uns aneinander binden. Jeannine vermeidet geflissentlich, vom anderen Ende des Raumes zu mir herüberzusehen, wo sie sich mit einem der jungen Meditationslehrer unterhält. Also bin ich jetzt dran, sie anzuschauen. Ich sehe gern zu, wie sie auf jemanden eingeht, sogar auf diesen jungen Mann, der ein bißchen allzu besitzergreifend ist, wie er sich so beharrlich über sie beugt und seinen starren Blick nicht von ihrem Mund lösen kann. Jeannine summt vor gleichbleibender Begeisterung, wann immer sie mit Menschen zusammen ist. Vielleicht stellt er sich vor, daß ihr gerader Blick in seine Augen ihn zu allerlei Artigkeiten ermuntern soll, doch das ist nur die Art, wie sie jeden anschaut, dem sie begegnet. Ihr Haar ist heute abend weich und knisternd mit seiner kurzen Pagenfrisur, die ich manchmal so lustig finde. Gegen das Purpur ihres Hemdes hebt sich das schimmernde Braun ihres Halses ab. Unsere Augen begegnen sich jetzt, und ich spüre, wie ich vor schierem Vergnügen grinse. Jeannine entschuldigt sich bei dem jungen Mann: plötzlich steht sie vor mir.

Noch immer lächelnd, möchte ich mich ihr mitteilen, von meinem schwierigen Tag erzählen, meiner Schwäche.

Als sie mich an sich drückt, spüre ich, wie klebrig meine Haut ist, wie mein ganzer Leib zittert.

»Tut mir leid, ich hab' so viel geschwitzt, ich muß riechen.«

Mich festhaltend, beugt sie ihren Kopf auf meine Schulter herab, ihre Wange an den dünnen Baumwollstoff meines Kleides gelegt. »Ich liebe deinen Geruch.«

Die Worte ergreifen mich, als kämen sie von ihren Armen, ihren Schultern, ihren Schenkeln; etwas in mir gibt nach, ich verliere die Fassung.

»Oh, wer wird denn weinen?« Jeannine legt ihre Hände auf meine Wangen, wischt die Tränen mit den Daumen fort.

»Komm mit mir«, flüstert sie, »ich möchte dich festhalten.«

Ich zögere, blicke mich um nach all den Menschen hier im Foyer, die in kleinen Gruppen zusammenstehen und uns scheinbar nicht beachten.

»Ich kenne genau den richtigen Ort«, murmelt Jeannine, während sie mich zur Treppe ins Souterrain führt.

Wir steigen enge, gewundene Treppen zu einem Flur hinab, von dem verschiedene Türen abgehen. Ganz am Ende des Ganges schiebt Jeannine einen schweren Vorhang zur Seite und führt mich in einen winzigen, höhlenartig dunklen Raum, der nur von kleinen Kerzen auf einem Altar erhellt ist. Dieser Raum ist denen vorbehalten, die ganz allein meditieren wollen. Jeannine zieht den Vorhang vor dem Eingang straff, macht ihn fest, wendet sich dann zu mir und berührt mein Handgelenk mit kühlen, beruhigenden Fingern. »Du weißt doch, wenn der Vorhang vorgezogen ist«, flüstert sie, »würde niemand wagen, hereinzukommen.«

113

Ich schaue mich um, langsam passen sich meine Augen dem Dämmerlicht dieses vertrauten Raumes an. Er ist vielleicht drei Quadratmeter groß, mit einem einzigen Meditationskissen neben der Tür gegenüber dem Altar. Seine Wände bedecken Teppiche und Wandbilder, dämpfen das Geräusch der Gebetsmühle, die sich in einer Ecke dreht. Das Rad ist ein hoher, breiter, in grünes Papier eingeschlagener Zylinder mit einem Saum von zuckendem Rot. Das Summen bei jeder seiner Umdrehungen gibt ein eindringlich beharrliches Geräusch in diesem engen Raum, die in ihm versammelten Gebete werden wie vom Flügelschlag eines Schmetterlings ins Universum geschickt.

Jeannine schließt mich in ihr sachtes Pochen ein, als sie mich in die Arme nimmt. Einen Augenblick hält sie mich zart, während sich ihre Brust, tief Atem holend, hebt.

Dieser Raum ist dunkel, eng umschlossen wie ein Mutterleib. Jeannine beginnt zur Gebetsmühle zu singen, in einem Tonfall, der wie das Pulsieren unseres Blutes in unseren Adern ist. Sie schaukelt mich, besänftigt meinen Körper, glättet meine brennende Haut. Ihr Duft vermischt sich mit dem Geruch der Räucherstäbchen, der den Raum erfüllt. Langsam beugt sie ihren Kopf zurück, um meine Lippen zu suchen, und ich schmecke ihre Nässe, Minze, ein feiner Nachgeschmack des Tees, den sie nach dem Gesang getrunken hat. Jetzt bewegt sie die Lippen, mich suchend, ihre Zunge stellt meinem Mund Fragen, und meine Antwort ist ein schnelleres Atmen, das meine Brust erschüttert. Sie ist verspielt, lockt, zwingt meine Zunge, ihren schnellenden Bewegungen zu folgen; und ich spüre kleine zuckende Bewegungen in meiner Klitoris. Ich will sie näher und immer näher bei mir haben. Ich möchte sie ganz umschließen, sie mit meinem Inneren aufnehmen.

Das Gebetsrad singt schnurrend von Sonnenschein, klarer Bergluft, einem vielfenstrigen Kloster, das an einer Klippe hängt, während Jeannine mich einlädt, mich auf die mehreren Schichten von Teppichen zu legen. »Hier?«

flüstere ich. »Wie können wir das tun?« Glänzend vor
Verlangen lächeln mir ihre braunen Augen zu. »Hier
kommt niemand herein ... nicht, wenn der Vorhang zugezogen ist. Man wird glauben, daß wir meditieren.«

Ich schaue mich unsicher um. Der Buddha sitzt mit
geschlossenen Augen auf dem Altar und hängt eigenen
Gedanken nach. Die Farbe der Decke unter ihm hat die
Farbe des zarten inneren Gewebes der Schleimhäute; sie
schimmert in sattem Rot und rosig im Kerzenlicht. Ein
einzelnes Bild, auf eine Schreibrolle gemalt, hängt an der
Wand. Es zeigt eine Göttin im Tanz. Sie ist nackt bis auf
eine Schnur, auf die Juwelen aufgereiht sind und die sich
zwischen ihren Brüsten hinabschlängelt, ihre Schenkel
säumt. Ihr Leib ist silbrig, das Gesicht golden. Über zorni-
gen Augen steigen die Brauen an wie Vogelschwingen. Ihr
Kopfschmuck ist ein aus Gold getriebenes und mit Juwelen besetztes Schwein.

Doch Jeannine berührt mich, drängt mich, zieht mich
hinab, bis ich zur dunklen Decke hochstarre, die mit
Malereien von so hohem Alter bedeckt ist, daß ihre Farben
ganz verwaschen sind. Jetzt liegen wir Brust an Brust, und
die Hitze meines Körpers, die mir den ganzen Tag so
unwillkommen gewesen ist, nimmt zu. »Ja«, murmelt
Jeannine an meiner Kehle. »Oh ja, Liebe ...« Sie hat ihre
Hände unter mein weites Kleid geschoben, tastend, unter
dem Stoff umspannt sie meine Brüste und ihre Daumen
flattern gegen meine hart werdenden Brustwarzen. Sie
küßt mich, ihre Zunge tief in meinen Mund getaucht, und
ich spüre, wie ich mich ihr öffne, ganz der Hitze meines
Körpers hingegeben, die zu einem steten Brausen
anschwillt, machtvoll wie eine gewaltige Woge. Auf dieser
Woge reitet Jeannine, kommt schwimmend meinem Mittelpunkt näher und näher. Ihre Hüfte reibt sich an meiner,
der feste Hügel ihres Schambeins erschüttert mich mit
sanftem Stoßen, quält mich süß mit seinem Drängen.

Dann hebt sie sich leicht von mir, und ich erkenne an
ihren tief geröteten Wangen, ihrem wild glänzenden Blick,

daß meine Hitze auf sie übergegangen ist. »Wir müssen unsere Sachen ausziehen«, murmelt sie, »oder alles wird knittrig und feucht.«

Ich schaue zum Eingang mit dem Vorhang. »Aber wie können wir ...?«

»Doch, das wird besser sein.« Um mich zu überzeugen, hebt sie ihr purpurnes Hemd, einen Augenblick lang sind ihre Arme hocherhoben, ihr Oberkörper gestreckt, und mein ganzer Leib zittert vor Lust beim Anblick ihrer Brüste, lang und voll, die rosa Brustwarzen pralle Beeren. Sie streift sich die blauen Jeans herunter und wirft sie zur Seite. Das Fußkettchen ist ein zerbrechlicher goldener Streifen auf ihrer nackten Haut.

»Komm, ich helfe dir.« Sie schiebt das Kleid höher und streift es mir über den Kopf. Jetzt bin auch ich nackt, und ich spüre die Luft auf meiner Haut.

Langsam läßt sie sich hinabsinken und liegt in ganzer Länge auf mir, ein Bein zwischen meinen Schenkeln, und ihr Becken scheint in meines einzusinken. Ich bin ganz ohne Widerstand. Ich fühle, wie ihr Herz in schnellem Rhythmus gegen meinen Brustkorb pocht.

Dann küßt sie meine Schulter und bewegt sich meinen Arm hinab, bis ihr Mund die Innenseite meines Ellenbogens findet. Ihre Zunge leckt über die zarte Haut, ihre Lippen küssen feucht. Mein ganzer Arm vibriert vor Lust, und ich kann fühlen, wie meine Möse sich unter dem Gewicht und der Wärme ihres Körpers öffnet. Jetzt streicht sie weiter zu meinem Handgelenk, ihre Zunge untersucht jeden Zentimeter empfindlicher Haut, bis sie abläßt und meinen Handballen küßt.

Heftig stemmt sie sich hoch und gleitet hinab, um meine Schenkel glatt und weich zu machen. Sie beugt sich zum Kuß hinab, ihre Wange streift mein Schamhaar und löst ein Pochen in meiner Möse aus. Sie schiebt sich weiter hinunter bis zu meinem Knie, ihr Mund fährt kreisend über meine Kniescheibe, die Zunge zeichnet ihren Umriß nach. Dann legt sie saugend den Mund an den Muskel kurz unterhalb der Kniescheibe, und flatternde Stöße von Energie jagen die Innenseite meines Schenkels hinauf zu meiner Scheide. Sie streift mit dem Mund noch tiefer, liebkost meinen Fußknöchel und ist dann bei meinen Füßen, die sie in ihre zärtlichen Hände nimmt. Sie küßt die Wölbung meines Fußes, und als sie dort zu saugen beginnt, muß ich stöhnen.

Ich habe die Augen geöffnet und entdecke, daß das Bild der Gottheit an der Wand tanzt. Ihre Brüste leuchten im schummrigen Licht auf. Ein Arm, ein Fuß sind erhoben. Sie schickt sich an, den nächsten Schritt zu tun, bildet einen Rhythmus, der sich von ihrem silbrigen Körper auf meinen überträgt. Ich lasse ihn in meine Bewegung übergehen, meine Hüften kreisen jetzt langsam und sacht, meine Brüste sind aufgerichtet, die Hände stemmen sich gegen den Tisch.

Jeannine schiebt sich hoch zu mir, ihr Mund sucht meine Brust. Ich schließe die Augen, als sie sie küßt, spielerisch zupft, sie anhebt und umfaßt, und ich sehe vor mir den Leib der Silberfrau in ihrem bewegten, leidenschaftlichen Tanz. Ich erkenne jene Brüste wieder, die schönen, schmalen Hüften, die kräftigen Locken dunklen Schamhaars. Die Augen öffnend, sehe ich, wie ihr Gesicht über meine Brust gebeugt ist, ihr Haar fällt nach vorn auf mich, ihr Blick ist intensiv und konzentriert. Ihre Lippen schließen sich über meiner Brustwarze und sie saugt, kostend, zart. Unsere Bewegungen vollziehen sich jetzt gleichzeitig, Hüften und Schenkel heben und senken sich. Ich lasse den Kopf zurückfallen, schließe meine Augen, überlasse mich ganz diesem Tanz, während Jeannine hungriger saugt, ihre Zähne mit qualvoller Zartheit meine harte, gespannte Brustwarze fassen. Ich dränge meine Brust in ihren Mund und sie nimmt sie, saugt so viel in sich auf, wie ihr Mund fassen kann.

Ihre Hand bewegt sich zwischen meinen Beinen, suchend, in meiner Scheide, die jetzt so feucht und offen ist. Ihre Finger gleiten in mich hinein, bewegen sich innen aufwärts, und der Daumenballen ihrer Hand reibt langsam meinen prallen Kitzler. Mein Kitzler ist jetzt wie die Spitze meiner Brust, will gesaugt werden.

Meine Hände umspannen Jeannines Rücken, kneten ihre Schultern, drücken sie an mich. Wo wir einander berühren, sind wir schlüpfrig von Schweiß. Mein Mund hungert danach, sie zu schmecken.

Jeannine hebt sich, wendet sich um, läßt meine Brüste, um meine Hüften zu umfangen. Ihre Beine sind über mir. Kurz bevor sie sich auf mich senkt, schaue ich hinauf in den dunklen Busch der Haare zwischen ihren Schenkeln, fasse dorthin, um die kleinen, seidig-rosa Lippen ihrer Scheide aufzufalten. An der Wand, über den Monden ihrer beiden Hinterbacken, tanzt der Silberleib der Frau in ekstatischer Bewegung.

Dann ist sie über mir, ihr Mund schließt sich über meiner Möse, ihre Brüste pressen sich in meinen Bauch, das Gewicht ihrer Hüften liegt auf meinen Schultern und dann, ganz dicht, die heiße, fruchtige Öffnung ihrer Scheide, die sich meinem Mund zum Saugen und Eintauchen darbietet. Jeannine stöhnt auf und bewegt sich in instinktiven kleinen Schauern, während sie auf mich herabsinkt. Ich fange das Gewicht und das Gefühl ihres ganzen Körpers auf; er öffnet sich mir noch mehr. Mein Gesicht geht ganz in ihrer Möse auf. Wir sind nur ein einziges Wesen, unsere Bewegung reißt uns fort zu einem uralten Bild der Lust. Es gibt nicht Innen noch Außen. Es gibt einzig diese Bewegung, dennoch weiß ich, daß ich Jeannines Hinterteil umklammere, ihren Rücken streichele, sie noch tiefer in mich hineinpresse. Mitten im Sturm des Begehrens sind die leisen Bewegungen des Tanzes in unseren Leibern, die sich tief in uns regen, uns dem Moment der Auflösung entgegentragen.

Jeannine summt in meine Scheide, die sanften Erschütterungen heben meinen Körper, während ich das Pulsieren der Gebetsmühle laut, überlaut im Raum höre. Wir sind jetzt nichts weiter als Klang, fortgetragen hinaus über die

118

Grenzen unseres Bewußtseins, rauschhaftes Bewegen, Willen ohne Mittelpunkt und Ränder. Ich weiß einzig noch von der herben, heißen Weichheit ihrer Möse, mein Gesicht ist eingetaucht, zu saugen, zu saugen. Ihr eigenes Saugen jagt Wellen durch meinen Körper. Die heiße Not steigt zum Höhepunkt und es kommt ein Augenblick der Gier, der so dicht ist wie ein Schmerz. Ich werfe mich gegen sie und ihr Mund preßt sich in mich, jetzt ganz fest, hart, sie wird mich nicht lassen, sie wird mit mir kommen, ich sauge und sauge.

Der Augenblick bricht. Ich drehe den Kopf, um meine Schreie im weichen Fleisch ihrer Schenkel zu ersticken. Hohe abgerissene Laute entringen sich mir. Ich spüre das Stöhnen ihrer Erfüllung, das in meiner Möse nachzittert, während meine Hüften zucken, meine Finger sich in ihren Rücken graben.

Und dann sind wir frei, treiben außerhalb unserer Grenzen im Leeren. Ruhe, ein vollständiger Stillstand tut sich unter uns auf.

Frieden.

Ich liege unter ihr, meine Arme gleiten von ihr herab. Ihre Wange liegt ganz ruhig und warm an meinem Schenkel.

Den Kopf wendend, schlage ich die Augen auf, um noch einmal zu der tanzenden Göttin zu sehen. Sie ist zur Bewegungslosigkeit zurückgekehrt, ihr einer Fuß mit der Spange angehoben bis in alle Ewigkeit. Doch ich sehe jetzt, daß der Ausdruck ihres geöffneten Mundes, den ich mir als böse Fratze gedeutet hatte, vielmehr ein Lächeln von solch ergreifender Süße ist, daß sich mir ein langer, stoßweiser Seufzer entringt.

»Ja, Liebe«, antwortet mir Jeannine. »Oh ja, mein Liebling.« Ihr Atem streicht heiß über die Innenseite meines Schenkels.

Wir halten einander lange Zeit in den Armen, bis wir imstande sind, uns aufzusetzen. Und dann dauert es noch ein bißchen, ehe sie mein Kleid aufnimmt, um es mir über den Kopf zu streifen, wobei sie innehält, mich küßt, und unsere Münder schlüpfrig sind, feucht vom schweren Saft unserer Leiber. Dann sehe ich zu, wie sich die purpurfarbene Bluse über ihren Brüsten schließt, sie die Jeans über ihre Hüften zieht. Wir stehen da, berühren einander sacht, eine die Hand auf der Hüfte der anderen, und ich versinke in diesen dunklen Augen, die jetzt so weit sind, mich auf ihrer Tiefe tragen. Das Geräusch der Gebetsmühle ist ein stetes Pochen, uns an die Ewigkeit erinnernd, die wir gerade verlassen haben. Als wir den Vorhang heben, um hinauszugehen, schaue ich noch einmal zurück zu der Frau, deren Körper im Tanz aufblinkt, deren goldenes Gesicht zu mir herüberstrahlt.

Als wir draußen vor dem kleinen Raum stehen, unsere Kleider glätten, haben wir eine ganz andere Wirklichkeit betreten. Ein hellerleuchteter Flur mit blauem Paneel führt zu den Treppen. Rechts und links von uns verschlossene Türen. Jeannine und ich schauen einander mit weit offenen, friedvollen Augen an.

Wir gehen getrennt davon, um Ralph zu suchen, der auf der Terrasse auf mich wartet.

»Du warst verschwunden«, sagte er ganz ohne Vorwurf.

Und später, als er mir in den Wagen hilft: »Fühlst du dich besser?« Und während er auf der anderen Seite einsteigt, betrachtet er mich mit nachdenklichem Blick. »Du siehst ... hmmm ... entspannter aus ...«

Ich kann dazu nur nicken und sehe ihm stumm in sein langes, ernstes Gesicht.

Wir fahren unter alten Bäumen dahin, die von einem tiefen Schwarz sind und in der Dunkelheit aufragen. Hoch über uns der blasse aufgehende Mond. Die Nacht schien unfaßbar alt.

EMMANUELLE ARSAN

Marie-Anne

»Wollen Sie nicht auf einen Milkshake mit zu mir kommen?«

Emmanuelle hat das Mädchen, das soeben mit einem Sprung aufgestanden ist, vorher gar nicht bemerkt. Aber sofort belustigen sie die entschlossene Miene und die fast gönnerhafte Selbstsicherheit dieses jungen Geschöpfs mit dem Gesicht eines kleinen Mädchens.

So klein ist sie gar nicht, korrigiert sie sich, während die Halbwüchsige sich breitbeinig vor sie hinstellt, als wolle sie sie unter ihre Fittiche nehmen. Dreizehn wird sie sein, aber sie ist fast genauso groß wie ich. Nur ihr Körper ist noch nicht voll entwickelt, er hat etwas Eckiges, noch nicht ganz Gelöstes. Vielleicht ist es aber auch nur die körnige Haut, die ihn noch so kindlich erscheinen läßt: eine Haut, die die Sonne nicht annimmt – die keinen warmen Ton hat, nicht gepflegt und perlmuttern ist wie die Arianes. Auf den ersten Blick kommt einem diese Haut sogar etwas rauh vor ... und doch auch wieder nicht: eher wie eine ganz leichte Gänsehaut, vor allem an den Armen; an den Beinen scheint sie glatter zu sein. Schöne Knabenbeine – straffe Sehnen an den Knöcheln, harte Knie und Waden, nervige Oberschenkel. Und das Vergnügen, sie zu betrachten, entspringt eher ihren wohlgeratenen Proportionen und ihrer behenden Kraft als der etwas verwirrenden Erregung, die Frauenbeine gewöhnlich hervorrufen. Diese Beine hier stellt sich Emmanuelle eher vor, wie sie über Sand laufen oder sich auf einem Sprungbrett spannen, als daß sie, von den Liebkosungen einer Hand besiegt, einem ungeduldigen Drängen die Pforte zu einem gefügigen Leib öffnen.

Ähnlich wirkt auf Emmanuelle die konkave, vom sportlichen Training ausgehöhlte Bauchgrube, die mit der ganzen Spannung ihrer Muskelbänder wie ein Herz pocht und deren Anblick nicht einmal das knappe Stoffdreieck – weniger hat auch eine Nackttänzerin auf der Bühne nicht an – unzüchtig erscheinen zu lassen vermag.

Auch die kleinen, spitzen Brüste, die das symbolische Band des Bikinis kaum verhüllt, sind es nicht, was sie so kindlich erscheinen läßt. ›Hübsch‹, sagt sich Emmanuelle, ›aber selbst wenn sie mit nacktem Oberkörper herumliefe, käme niemand auf schlechte Gedanken‹ (allerdings, wenn Emmanuelle es sich genau überlegt, ist sie dessen nicht mehr ganz so sicher). Sie fragt sich, worin die Sinnlichkeit solcher Brüste liegen mag, und dann denkt sie an ihre eigenen und an das lustvolle Vergnügen, das sie ihnen schon entlockte, als sie noch kaum richtig ausgebildet waren, sich noch nicht einmal so rundeten wie diese hier, die, je genauer sie sie betrachtet, ihr um so ansehnlicher erscheinen. Möglicherweise war es der Gegensatz zu Arianes Brüsten, die sie vorschnell hatte urteilen lassen, oder vielleicht die schmalen Hüften oder die Schulmädchenfigur ...

Vielleicht liegt es auch an den langen, dicken Zöpfen, die über dieser rosigen Brust spielen. Diese Zöpfe sind Emmanuelles ganzes Entzücken. Solches Haar hat sie noch nie gesehen. So blond und so fein, daß es im Sonnenlicht fast nicht zu sehen ist – weder strohblond noch flachsfarben; es erinnerte nicht an Sand, an Gold, an Platin, Silber oder Asche ... Womit könnte man es vergleichen? Mit einer gewissen Rohseide, die nicht ganz weiß ist und die man zum Sticken nimmt. Oder mit dem Silberstreifen der Morgendämmerung. Oder mit dem Fell des Schneefuchses ... Da begegnet Emmanuelles Blick den grünen Augen, und sie vergißt alles andere.

Schräggestellt, mandelförmig, in einem so seltenen Schwung zu den Schläfen hin ansteigend, daß man versucht ist zu glauben, sie hätten sich auf diese hellhäutigen Wangen einer Europäerin nur verirrt – wären sie nicht so grün! So voller Licht! Emmanuelle sieht, wie es in ihnen aufleuchtet gleich dem kreisenden Blinken eines Leuchtturms, Funken von Ironie, Ernst, Vernunft, starker Autorität, dann plötzlich ein Schimmer von Besorgnis, von Mitgefühl und dann ein Aufblitzen von Schalkhaftigkeit, Fantasie und Naivität: betörendes Feuer.

»Ich heiße Marie-Anne.«

Und weil die in ihren Anblick versunkene Emmanuelle ganz vergessen hat, ihr zu antworten, wiederholt sie ihre Einladung: »Wollen Sie nicht mit zu mir kommen?«

Diesmal lächelt Emmanuelle ihr zu und erhebt sich. Sie erklärt, heute könne sie leider nicht, da Jean sie im Club abholen komme und mit ihr Besuche machen wolle, sie käme wohl erst spät wieder nach Hause. Aber sie wäre überglücklich, wenn Marie-Anne sie am nächsten Tag besuchen würde. Ob sie denn wisse, wo sie wohne?

»Ja«, sagt Marie-Anne kurz. »Also dann bis morgen nachmittag.«

Emmanuelle nutzt die Gelegenheit, da alle abgelenkt sind, sich davonzustehlen. Unter dem Vorwand, daß sie ihren Mann nicht warten lassen will, eilt sie in ihre Kabine.

Marie-Anne kam in einem weißen amerikanischen Wagen, an dessen Steuer ein indischer Chauffeur mit Turban und schwarzem Schnurrbart saß. Er setzte sie ab und fuhr gleich weiter.

»Kannst du mich später nach Hause fahren, Emmanuelle?« fragte Marie-Anne.

Das ›Du‹ überraschte Emmanuelle. Noch deutlicher als am Vortag empfand sie, wie gut die Stimme zu den Zöpfen und zu der Haut paßte. Impulsiv hätte sie das Kind gern auf beide Wangen geküßt, aber irgend etwas hielt sie davon ab. Waren es vielleicht die kleinen, spitzen Brüste unter der blauen Hemdbluse? Ach, Unsinn! Marie-Anne stand ganz dicht neben ihr.

»Gib nichts auf das, was diese dummen Gänse erzählen«, sagte sie. »Die geben nur an. Sie tun nicht den zehnten Teil von dem, was sie behaupten.«

»Ich versteh' schon«, pflichtete ihr Emmanuelle nach einem Augenblick des Nichtbegreifens bei: Offensichtlich bezog sich Marie-Anne auf ihre älteren Gefährtinnen am Swimmingpool. »Was meinen Sie: wollen wir auf die Terrasse gehen?«

Im nächsten Augenblick schon bereute sie das ›Sie‹, das sie instinktiv gebraucht hatte. Marie-Anne nahm den Vorschlag mit einem Kopfnicken an. Sie gingen die Treppe hinauf, und als sie am Schlafzimmer vorbeikamen, fiel Emmanuelle plötzlich das große Aktfoto von ihr ein, das auf Jeans Nachttisch stand. Sie beschleunigte ihre Schritte, aber Marie-Anne war schon vor dem Moskito-Gitter stehengeblieben, das das Zimmer vom Treppenflur abtrennte.

»Ist das dein Schlafzimmer?« fragte sie. »Darf ich es sehen?« Ohne die Antwort abzuwarten, stieß sie die Gittertür auf. Emmanuelle folgte ihr. Die Besucherin lachte auf.

»Was für ein riesiges Bett! Zu wievielt schlaft ihr denn darin?«

Emmanuelle errötete. »Das sind eigentlich zwei Einzelbetten. Sie sind nur aneinandergeschoben.«

Marie-Anne betrachtete das Foto. »Wie schön du bist«, sagte sie. »Wer hat es aufgenommen?«

Emmanuelle wollte erst sagen, es sei Jean gewesen, aber sie brachte diese Lüge nicht über die Lippen.

»Ein Künstler, ein Freund meines Mannes«, gab sie zu.

»Hast du noch mehr solcher Fotos? Er hat doch bestimmt nicht nur dieses eine gemacht. Und hast du keins, auf dem du gerade einen Mann liebst?«

Emmanuelle schwindelte es. Was war das für ein seltsames Mädchen, das sie mit so großen, hellen Augen und einem so frischen Lächeln ansah und dabei, augenscheinlich ungerührt und in ganz kameradschaftlichem Ton, so erstaunliche Fragen stellte? Das Schlimmste war, daß Emmanuelle fühlte, unter diesem Blick würde sie nur die Wahrheit sagen können, und daß dieses Kind die Macht besaß, ihr, wenn es nur wollte, die geheimsten Geständnisse zu entlocken. Unvermittelt öffnete sie die Tür, so als wollte sie sich durch diese Geste schützen.

»Kommen Sie?« sagte sie.

Schon wieder hatte sie das ›Du‹ vergessen.

Marie-Anne lächelte flüchtig. Sie traten auf eine Terrasse hinaus, von der eine gelb-weiß gestreifte Markise die Sonne abschirmte. Vom nahen Fluß wehte eine leichte Brise herauf. Marie-Anne rief aus: »Was hast du für ein Glück! Es gibt in Bangkok kein zweites Haus mit einer solchen Lage. Welch herrlicher Blick, und wie wohl man sich hier fühlen muß!«

Einen Augenblick verharrte sie reglos vor dieser Landschaft mit den Kokospalmen und Flamboyant-Bäumen, dann hakte sie ganz ungezwungen den breiten Gürtel aus Raphia-Bast auf, der ihre Taille fest umschloß, und warf ihn in einen der Korbsessel. Ohne weiteres Zögern öffnete sie den Verschluß ihres bunten Rocks, der ihr sofort bis auf die Füße herabglitt. Das Mädchen sprang aus dem Kreis, den der Stoff auf den Steinfliesen bildete. Die Bluse reichte ihr bis zu den Hüften, tiefer als der seitliche Rand des Höschens, so daß von ihm vorn und hinten nur ein schmales, waagerechtes, scharlachrotes und mit Spitzen besetztes Stück zu sehen war. Sie ließ sich auf einen der Liegestühle fallen und griff sogleich nach einer der herumliegenden Zeitschriften.

»Ich habe schon lange keine französischen Zeitschriften mehr gesehen! Woher hast du die alle?«

Sie machte es sich bequem und streckte ganz brav die Beine nebeneinander aus. Emmanuelle seufzte, ver-

126

scheuchte die sie bedrängenden wirren Gedanken und setzte sich Marie-Anne gegenüber.

»Was ist denn das für eine komische Geschichte: ›Das Eulenöl‹?« lachte sie los. »Es macht dir doch nichts aus, wenn ich sie jetzt lese?«

»Aber nein, Marie-Anne.«

Und schon war sie in die Lektüre vertieft. Das offene Heft verbarg ihr Gesicht.

Aber sie blieb nicht lange so ruhig liegen: Bald wurde ihr Körper lebendig, zuckte ab und zu wie ein nervöses Füllen. Sie hob ein Knie, und ihr linker Schenkel, der sich eben noch, auf gleicher Höhe mit dem anderen, gegen diesen gepreßt hatte, legte sich weich gegen die Armlehne des Sitzes. Emmanuelle versuchte, in das nun leicht geöffnete Höschen zu spähen. Die eine Hand von Marie-Anne löste sich vom Heft und glitt, ohne zu zaudern, zwischen die Beine, schob den Nylonstoff beiseite und suchte in der Tiefe einen Punkt, den sie auch zu finden schien und auf den sie sich einen Augenblick lang konzentrierte. Aber schon glitt sie wieder höher und entblößte dabei, indem sie darüber hinfuhr, den Spalt zwischen den Fleischlippen. Sie spielte mit der Schwellung, die den Stoff spannte, glitt wieder hinab, schob sich unter das Gesäß und begann ihre Reise von neuem. Diesmal aber war nur der Mittelfinger abwärts gerichtet, während die anderen anmutig emporgestreckten Finger ihn wie entfaltete Elytren umgaben: Er strich leicht über die Haut, bis das jäh abknickende Handgelenk wieder zur Ruhe kam. Emmanuelle fühlte ihr Herz so mächtig schlagen, daß sie fürchtete, man könne es hören. Ihre Zungenspitze schob sich zwischen ihre Lippen.

Marie-Anne trieb ihr Spiel weiter. Der große Finger preßte sich tiefer hinein und drückte dabei die Lippen auseinander. Dann hielt er inne, beschrieb einen Kreis, zögerte, tupfte über die Haut hin, bebte kaum merklich. Unwillkürlich entfuhr Emmanuelles Kehle ein Laut. Marie-Anne ließ die Illustrierte sinken und lächelte ihr zu.

»Streichelst du dich nicht?« sagte sie verwundert. Sie legte den Kopf auf die Schulter, und in ihren Augen glänzte der Schalk: »Ich streichle mich immer, wenn ich lese.«

Emmanuelle nickte, sie war unfähig, zu sprechen. Marie-Anne legte das Heft fort, wölbte das Becken vor, griff nach ihren Hüften und schob sich rasch das rote Höschen über die Schenkel herunter. Sie strampelte mit den Beinen in der Luft, bis sie sich ganz davon befreit hatte. Dann entspannte sie sich, schloß die Augen und spreizte mit zwei Fingern die feuchte, rosenfarbene Scham auseinander.

»Das tut gut, gerade hier«, sagte sie, »findest du nicht auch?«

Emmanuelle nickte erneut. Wie etwas ganz Alltägliches sagte Marie-Anne: »Ich mag es, wenn es lange dauert. Deshalb berühre ich nicht zu oft die Stelle oben. Das Hin- und Hergleiten in der Spalte ist besser.«

Sie veranschaulichte sogleich, was sie damit sagen wollte. Schließlich wölbten sich ihre Lenden zu einem Bogen, und sie gab einen leisen Klageton von sich.

»Ah!« sagte sie. »Ich halte es nicht mehr aus.«

Jetzt zitterte der Finger wie eine Libelle über der Klitoris. Der Klageruf wurde zum Schrei. Ihre Schenkel spreizten sich ungestüm und schlugen über der gefangenen Hand wieder zusammen. Lange schrie sie geradezu herzzerreißend und sank endlich keuchend zurück. Nach wenigen Sekunden kam sie wieder zu Atem und öffnete die Augen.

»Das tut wirklich gut!« hauchte sie.

Mit vorgeneigtem Kopf führte sie nun wieder den Mittelfinger vorsichtig und zart in ihr Geschlecht ein. Emmanuelle biß sich auf die Lippen. Als der Finger ganz eingetaucht war, stieß Marie-Anne einen langen Seufzer aus. Sie strahlte förmlich vor Gesundheit, gutem Gewissen und Genugtuung über die geleistete Arbeit.

»Streichle dich auch«, sagte sie ermunternd.

Emmanuelle zögerte, als suche sie eine Ausflucht. Doch dann erhob sie sich unvermittelt und ließ ihre Shorts heruntergleiten. Sie hatte kein Höschen darunter an. Ihr orangefarbener Pullover betonte den schwarzen Glanz ihrer Schamhaare.

Als Emmanuelle sich wieder hingelegt hatte, setzte sich Marie-Anne ihr zu Füßen auf einen Plüschhocker. Beide waren oben bekleidet und von der Taille abwärts nackt. Marie-Anne betrachtete das Geschlecht ihrer Freundin ganz aus der Nähe.

»Wie streichelst du dich am liebsten?« fragte sie.

»Nun, wie die anderen auch!« sagte Emmanuelle, der Marie-Annes Atem, den sie auf ihren Schenkeln spürte, die Sinne verwirrte.

Hätte das Mädchen ihre Hand auf Emmanuelles Schoß gelegt, so hätte sie das wohl von der Anspannung ihrer Sinne und gewiß auch von ihrer Verlegenheit befreit. Aber Marie-Anne rührte sich nicht.

»Laß mich sehen«, sagte sie nur.

Das Masturbieren brachte Emmanuelle sofortige Erleichterung. Ihr war, als läge die Welt hinter einem Vorhang, und nachdem ihre Finger zwischen ihren Beinen die ihnen vertraute Aufgabe erfüllt hatten, gewann sie ihre innere Ruhe wieder. Diesmal mühte sie sich nicht, den Genuß der Erwartung zu verlängern. Sie mußte sich rasch in das strahlende Refugium des Orgasmus flüchten, um wieder einen Halt zu finden.

»Wie bist *du* darauf gekommen?« fragte Marie-Anne, als ihre Freundin wieder die Augen öffnete.

»Ganz von allein. Meine Hände haben das selbst entdeckt«, sagte Emmanuelle lachend.

Sie war gutgelaunt und nun zum Plaudern aufgelegt.

»Konntest du es auch schon mit dreizehn?« fragte Marie-Anne zweifelnd.

»Das will ich meinen! Lange vorher schon! Du nicht?«

Marie-Anne gab keine Antwort und setzte ihr Verhör fort: »An welcher Stelle streichelst du dich am liebsten?«

»Oh, an verschiedenen. An der Spitze, am Schaft oder an der Wurzel, hier, überall ist das Gefühl anders. Ist das bei dir nicht genauso?«

Wieder ließ Marie-Anne die Frage unbeantwortet. Sie fragte: »Streichelst du denn nur deine Klitoris?«

»Nein, wo denkst du hin! Vor allem die ganz kleine Öffnung, weißt du, direkt darunter: die Harnröhre. Die Stelle ist auch sehr empfindsam. Ich brauche sie nur mit den Fingerspitzen zu berühren, und schon habe ich einen Orgasmus.«

»Was machst du sonst noch?«

»Ich streichle mir gern die Innenseiten der Schamlippen, dort, wo es so feucht ist.«

»Mit deinen Fingern?«

»Auch mit Bananen –« Emmanuelles Stimme bekam einen stolzen Klang – »ich stoße sie ganz hinein. Aber zuerst schäle ich sie. Sie dürfen nicht reif sein. Die langen, grünen, die man hier auf dem schwimmenden Markt bekommt – oh, wie gut das tut!«

Bei der Erinnerung an diese Wollust schwanden ihr die Sinne. Sie war von der Vorstellung ihrer einsamen Wonnen so überwältigt, daß sie darüber die Anwesenheit der anderen fast vergaß. Ihre Finger massierten die Schamspalte. Sie sehnte sich danach, daß sich etwas in sie hineinbohrte. Sie drehte sich auf die Seite, zu Marie-Anne hin, und mit geschlossenen Lidern öffnete sie weit ihre Beine. Sie mußte ihre Begierde ganz einfach noch einmal stillen. Ihre Finger strichen mit schnellen, sehr gleichmäßigen Bewegungen einige Minuten lang über die Innenseite ihrer Schamlippen, so lange, bis sie befriedigt war.

»Siehst du, ich kann mir mehrere Male hintereinander Lust verschaffen.«

»Machst du das oft?«

»Ja.«

»Wie oft am Tag?«

»Das kommt darauf an. Weißt du, in Paris war ich den größten Teil des Tages nicht zu Hause, sondern in der

Fakultät oder bummelte durch die Geschäfte. Meist konnte ich mich morgens nur ein- oder zweimal befriedigen: beim Aufwachen und im Bad. Und dann zwei- oder dreimal abends vor dem Einschlafen. Und dann noch einmal nachts, wenn ich aufwachte. Aber in den Ferien habe ich nichts anderes zu tun: dann kann ich mir viel häufiger Lust verschaffen. Und hier habe ich ja die ganze Zeit Ferien!«

Still lagen sie nebeneinander und genossen die Freundschaft, die ihrer Offenheit entsprang. Emmanuelle war beglückt, daß sie es vermocht hatte, über diese Dinge zu sprechen, daß sie ihre Scheu überwunden hatte; glücklich war sie aber, ohne es sich ganz einzugestehen, vor allem deshalb, weil sie sich vor diesem Mädchen, dem das Zusehen Freude machte und das die Sinnenlust kannte, befriedigt hatte. Schon stattete sie sie in ihrem Herzen mit allen Vorzügen der Vollkommenheit aus. Sie erschien ihr jetzt so schön! Diese Elfenaugen ... Und dieser träumende Spalt, der ebenso ausdrucksvoll, ebenso unnahbar, ebenso fleischig war wie der andere Schmollmund auch! Und diese gespreizten Schenkel, schamlos-unbekümmert in ihrer Nacktheit ...

Sie fragte: »Woran denkst du, Marie-Anne? Du siehst so ernst aus.« Und zum Spaß zog sie an einem der Zöpfe.

»Ich denke an Bananen«, sagte Marie-Anne.

Sie kräuselte das Näschen, und beide lachten, bis ihnen der Atem ausging.

»Wie gut, daß man keine Jungfrau mehr ist«, erläuterte die ältere. »Früher wußte ich nichts von Bananen und ahnte nicht, was ich mir entgehen ließ.«

»Und wie hat es bei dir mit den Männern angefangen?« erkundigte sich Marie-Anne.

»Jean hat mich defloriert«, sagte Emmanuelle.

»Vorher hat es niemanden gegeben?« rief Marie-Anne erstaunt und geradezu entrüstet, so daß Emmanuelle im Ton einer Entschuldigung antwortete:

131

»Nein. Jedenfalls nicht richtig. Natürlich haben mich Jungens gestreichelt. Aber sie wußten nicht so recht, wie sie es anfangen sollten!« Und dann fuhr sie, wieder selbstsicher, fort: »Jean hat sofort mit mir geschlafen. Deshalb habe ich ihn geliebt.«

»Sofort?«

»Ja, am zweiten Tag, nachdem ich ihn kennengelernt hatte. Am ersten ist er zu uns nach Hause gekommen; er war mit meinen Eltern befreundet. Er hat mich die ganze Zeit amüsiert angesehen, als wollte er mich wütend machen. Dann hat er es so eingerichtet, daß er allein mit mir blieb, und hat mich über alles ausgefragt: wie viele Flirts ich gehabt hätte, ob mir die Liebe Spaß machte. Mir war das schrecklich peinlich, aber ich konnte nicht anders, ich mußte ihm die Wahrheit sagen. So ähnlich wie bei dir! Auch er wollte alles möglichst genau wissen. Am Nachmittag des nächsten Tages hat er mich zu einer Spazierfahrt in seinem schönen Wagen eingeladen. Er sagte mir, ich solle mich ganz dicht neben ihn setzen, und streichelte sofort erst meine Schultern und dann meine Brüste, während er fuhr. Schließlich hat er den Wagen auf einem Weg im Wald bei Fontainebleau angehalten und mich zum erstenmal geküßt. In einem Ton, der mir, ich weiß nicht, weshalb, jede Angst vor dem, was folgen sollte, nahm, hat er zu mir gesagt: ›Du bist noch Jungfrau, ich werde dich öffnen.‹ Und dann sind wir lange dort sitzen geblieben, still und wortlos aneinandergeschmiegt. Endlich ließ mein Herzklopfen nach. Ich war glücklich. Es war genauso, wie ich es mir erträumt hatte (obwohl ich in Wirklichkeit niemals davon geträumt hatte). Jean sagte, ich solle mir mein Höschen selber ausziehen, und ich beeilte mich, ihm zu gehorchen, denn ich wollte bei meiner Deflorierung mithelfen, sie nicht untätig erdulden. Er befahl mir, mich auf die Sitzbank des Autos zu legen, dessen Verdeck geöffnet war: Ich sah in die grünen Wipfel der Bäume. Er stand an der Öffnung der Wagentür. Er hat gar nicht erst versucht, mich zu

132

streicheln, sondern ist sofort in mich eingedrungen, jedoch so, daß ich mich nicht erinnern kann, Schmerzen empfunden zu haben. Im Gegenteil, meine Lustgefühle waren so überwältigend, daß ich ohnmächtig geworden oder eingeschlafen bin, ich weiß es nicht mehr. Jedenfalls kann ich mich an nichts mehr erinnern, bis wir in dem Restaurant im Wald saßen, wo wir beide zusammen zu Abend gegessen haben. Es war herrlich! Jean hat dann ein Zimmer genommen, und wir haben uns bis Mitternacht weitergeliebt. Ich habe es schnell gelernt!«

»Was haben deine Eltern gesagt?«

»Oh, nichts! Am nächsten Tag habe ich überall herausposaunt, daß ich keine Jungfrau mehr sei und mich verliebt hätte. Sie schienen das ganz normal zu finden.«

»Hat Jean um deine Hand angehalten?«

»Natürlich nicht! Weder er noch ich hatten die Absicht zu heiraten. Ich war noch keine siebzehn. Ich hatte gerade mein Abitur gemacht. Und ich war viel zu froh, einen Geliebten zu haben, die Mätresse eines Mannes zu sein.«

»Warum hast du denn dann geheiratet?«

»Eines schönen Tages hat mir Jean ruhig wie immer erzählt, seine Gesellschaft schicke ihn nach Siam. Ich meinte, vor Kummer in die Erde versinken zu müssen. Aber dazu ließ er mir gar keine Zeit. Ohne große Umschweife fuhr er fort: ›Wir werden vor meiner Abreise heiraten. Sobald ich ein Haus gefunden habe, kommst du nach.‹«

»Wie hast du es aufgenommen?«

»Es kam mir vor wie ein Märchen, zu schön, um wahr zu sein. Ich lachte wie närrisch. Einen Monat später waren wir schon verheiratet. Daß ich Jeans Geliebte war, hatten meine Eltern für ganz natürlich gehalten, aber jetzt, da er mich heiraten wollte, war das Geschrei groß. Sie hielten ihm vor, daß er zu alt und ich zu jung und ›unschuldig‹ sei. Was sagst du dazu? Aber schließlich hat er sie überzeugt. Zu gern wüßte ich, wie ihm das gelungen ist. Besonders mein Vater muß hartnäckig gewesen sein: Er konnte sich nicht damit abfinden, daß ich die höhere Mathematik aufgab.«

»Mathematik?« fragte Marie-Anne.

»Ja, ich hatte schon ein Jahr Mathematik studiert.«

»Was für eine Schnapsidee!« Marie-Anne lachte.

»Es war Papas Idee. Ursprünglich sollte Jean gleich nach unserer Hochzeit abreisen, aber glücklicherweise hat sich das um ein halbes Jahr verzögert. So brauchten wir uns nicht gleich wieder zu trennen, sechs Monate führte ich das Leben einer Ehefrau, ebenso lange, wie ich seine Geliebte gewesen war. Ich fand es amüsant, verheiratet zu sein, und komisch, daß wir nun jede Nacht miteinander schliefen.«

»Und dann? Wo hast du während seiner Abwesenheit gewohnt? Bei deinen Eltern?«

»Aber nein! In seiner oder vielmehr in ›unserer‹ Wohnung, in der Rue du Docteur-Blanche.«

»Hat er keine Angst gehabt, dich so ganz allein zu lassen?«

»Angst? Wovor?«

»Nun, daß du ihn betrügst?«

Emmanuelle lachte auf. »Offenbar nicht. Wir haben nie darüber gesprochen. Dieser Gedanke ist ihm wohl gar nicht gekommen. Mir übrigens auch nicht.«

»Aber später hast du es dann doch wohl getan?«

»Nein, warum? Die Männer liefen mir zwar nach, aber ich fand sie lächerlich ...«

»Dann hast du also im Club die Wahrheit gesagt?«

»Im Club?«

»Ja, gestern, erinnerst du dich nicht mehr? Du hast behauptet, du hättest noch nie mit einem anderen Mann als Jean geschlafen.«

Emmanuelle zögerte den Bruchteil einer Sekunde. Das jedoch genügte schon, um Marie-Anne hellhörig zu machen. Sie sprang auf, kniete vor Emmanuelle nieder, beugte sich vor und schleuderte ihren Verdacht heraus.

»Davon ist doch kein Wort wahr«, verkündete sie in der Pose der Anklägerin. »Man braucht dich nur anzusehen. Dein Gesicht verrät alles!«

Emmanuelle wand sich und sagte ohne große Überzeugung: »Erstens habe ich etwas Derartiges nie behauptet ...«

»Aber hör mal, du hast doch zu Ariane gesagt, daß du deinen Mann nicht betrügst. Deshalb wollte ich ja gerade mit dir sprechen, ich habe dir nämlich nicht geglaubt. Und ich hatte recht damit, wie sich zeigt!«

Emmanuelle blieb bei ihren sophistischen Ausflüchten: »Dann irrst du dich eben. Ich habe es nicht so gesagt, wie du es wahrhaben willst. Ich habe nichts weiter gesagt, als daß ich Jean in Paris treu geblieben bin. Das ist alles.«

»Alles? Verbirgst du mir auch nichts?«

Marie-Anne sah Emmanuelle, die sich alle Mühe gab, ungezwungen zu erscheinen, forschend an. Unvermittelt änderte die Jüngere ihre Taktik und sagte schmeichelnd: »Warum hättest du denn treu sein sollen? Weshalb hättest du dir etwas entgehen lassen sollen?«

»Aber ich habe mir ja gar nichts entgehen lassen; ich hatte ganz einfach keine Lust.«

Marie-Anne verzog den Mund, dachte einen Moment nach und fragte dann: »Das heißt also, hättest du Lust gehabt, wärst du mit jemandem ins Bett begangen.«

»Richtig.«

»Wie soll ich das glauben?« sagte Marie-Anne herausfordernd in kindlicher Streitsucht.

Emmanuelle sah sie unentschlossen an und sagte dann plötzlich: »Ich habe es getan.«

Marie-Anne sprang wie elektrisiert auf, setzte sich im Schneidersitz wieder hin und stützte beide Hände auf die Knie.

»Na also«, sagte sie vorwurfsvoll und entrüstet. »Und du wolltest mir das Gegenteil weismachen!«

»Es war nicht in Paris«, erklärte Emmanuelle geduldig, »sondern im Flugzeug. Im Flugzeug, das mich hierher gebracht hat. Verstehst du?«

»Und mit wem?« drängte Marie-Anne ungläubig.

Emmanuelle ließ sich Zeit, bevor sie sagte: »Mit zwei Unbekannten.«

Wenn sie geglaubt hatte, das würde Eindruck machen, so wurde sie enttäuscht. Marie-Anne setzte ungerührt ihr Verhör fort: »Waren sie richtig in dir drin?«

»Ja!«

»Sind sie in dir gekommen?«

»O ja.«

Instinktiv legte Emmanuelle eine Hand auf ihren Schoß.

»Streichle dich, während du erzählst«, befahl Marie-Anne.

Aber Emmanuelle schüttelte den Kopf. Sie schien plötzlich die Sprache verloren zu haben. Marie-Anne musterte sie kritisch. »Los«, gebot sie, »sprich!«

Emmanuelle gehorchte, anfangs widerwillig und verlegen, dann aber ließ sie sich, von ihrer eigenen Geschichte erregt, nicht weiter bitten und war sogar bemüht, kein Detail auszulassen. Sie erzählte, wie die griechische Statue sie entführt hatte. Dann hielt sie inne. Marie-Anne hatte ihr begierig zugehört und dabei mehrmals ihre Haltung gewechselt ... Aber sie schien nicht sonderlich beeindruckt.

»Hast du es Jean erzählt?« erkundigte sie sich.

»Nein.«

»Hast du die beiden Männer wiedergesehen?«

»Nein, natürlich nicht.«

Für den Augenblick schien Marie-Anne keine Fragen mehr zu haben.

LYNN SCOTT MYERS

Siebzehn Jahre

Wenn ich ein Porträt mit braunen Augen male, setze ich immer einen Tupfer Himmelblau neben die Umbra- und Sienatöne. Augen müssen glänzen und den Blick anziehen; sie sind das erste, was man auf einem Porträt und bei einem Menschen anschaut. Darrell hatte solche Augen; wie für ein Porträt saß er oft lange Zeit da und schaute mich unablässig an mit einem Blick, bei dem ich mich wie eine Göttin fühlte. Jedes Porträt mit braunen Augen, das ich male, hat Darrells Augen. Jeder Mann, den ich seither geliebt habe, verdankt es Darrell, daß ich hinter den Augen und hinter dem Pcnis immer auch die Seele sah.

Als ich vor siebzehn Jahren meine sexuelle Erstkommunion erlebte, war das wie eine Befreiung; ich explodierte in Orgasmen, die mein ganzes Sein in wellenförmige Bewegung versetzten. Das geschah, weil ich ihn liebte und noch zu jung war, um Liebe von Sex zu trennen, mit achtzehn Jahren aber doch alt genug, um zu wissen, was da eigentlich vor sich ging. Damals dachte ich, genau dafür geschaffen und geboren zu sein: die sexuelle Offenbarung von Penetration und Empfängnis. Die vollkommene schöpferische Vereinigung. Gerade darauf hatte ich gewartet, denn ich war eine Künstlerin auf der Suche nach dem ästhetischen Ideal. Mir war ein wunderbar erotischer, liebender Mann geschenkt worden, doch gleichzeitig wurde ich zu dem Glauben verdammt, alle Männer könnten so sein. Dieser Mensch mit den braunen Augen zeichnete mich aus, erfüllte mich für alle Zeit mit übermütigem

Begehren und entdeckte meine Wollust: die Energie, ohne die es Inspiration, Abenteuer, Erfindung nicht gäbe. In jenem Sommer in England wurde ich völlig umgekrempelt und gewann eine ganz natürliche, unabhängige Kraft, indem ich mit einem anderen Menschen eins wurde.

Wisbech ist eine kleine Stadt drei Eisenbahnstunden nördlich von London nahe der Ostküste Englands. Die Gegend ist so fruchtbar wie eine dralle junge Frau. Ihr straffer Leib ist sanft gerundet und trägt üppige Obstgärten mit Kirschen, Pflaumen, Birnen und Äpfeln. Vögel tauchen in die aufgepflügten Erdschollen hinter den Traktoren, die Felder von Zuckerrüben und Erdbeeren bearbeiten. Die goldenen Honig- und Ockertöne von Gerste und Weizen schimmern neben dem Saftgrün der Obstgärten und Büsche. Und im frühen Juli, im regnerischen Juli brechen weintraubengroße Erbsen hervor und überziehen das Patchworkmuster der Farmen aus cremeweißen Häusern und roten Blumenkästen mit einem grünen Nebel.

Ich kam mit sechzehn anderen amerikanischen Studenten nach Wisbech zur Obsternte. Die örtliche Obstverwertungsgesellschaft hatte die Idee gehabt, Studenten aus aller Welt als eine Art billiger Gastarbeiter anzuheuern. In der kleinen Stadt gab es nicht genug Hände, um die üppig tragenden Bäume abzuernten. Wir wohnten in Baracken, die noch aus dem Zweiten Weltkrieg stammten und nun der Firma gehörten. Wir waren eine buntgemischte internationale Truppe: Dänen, Deutsche, Griechen, Holländer, Afrikaner, Tschechen, Türken, Pakistani, Franzosen, Skandinavier und Spanier. Und weil es die Zeit der Beatles und Bob Dylans war, gab es Auflehnung gegen das Althergebrachte, Rebellion, heiße Diskussionen, Drogen, östliche Philosophie, westliche Psychologie, Sprachlektionen, Feste, Musik, Musik und nochmals Musik. Wir waren ein zeitloser Mikrokosmos ethnologischer und geistiger Erlebnisse, ein Nachtasyl des Lebens, ein Stück Atmosphäre, in dem alles und nichts geschah.

Die Firma hatte in Wisbech Angestellte als Aufseher und Transporteure, die uns jeden Tag zu den Plantagen brachten, die Leitern austeilten, bestimmte Bäume markierten, unsere Ernte abwogen und uns ganz allgemein verabscheuten, weil wir fremd waren, Hippies, glücklich und vermutlich verlaust. Was für Eindringlinge in den Augen der puritanischen Einheimischen! Das wurde allerdings dadurch ausgeglichen, daß niemand sonst die überreichen Früchte für einen Shilling pro Korb geerntet hätte. Uns gefiel es; die Gesellschaft stellte drei warme Mahlzeiten und eine Schlafkoje für fünf Pfund pro Woche und einen frechen, ältlichen Homosexuellen namens Arthur (ihn verabscheute man ebenfalls), der ständig herumlief und vergeblich Kartoffelschäler für den Küchendienst suchte. Im örtlichen Gasthaus wurden wir zu unserem Entzücken in ein lärmendes Hinterzimmer verbannt – eine Fortsetzung unseres Mikrokosmos. Die einheimischen Bauern und Aufseher tranken im Vorderzimmer warmes, helles Bier, würfelten und klatschten über die Fremden und den ›Schwulen‹.

Mir kam all das gerade recht. Ich saugte es in mich auf, ebenso kraftvoll und vital wie die Landschaft um mich herum. Mir war es gleich, ob die Schlafkojen Ungeziefer hatten und die Suppe mehlig war. Niemand beklagte sich; nach einem Erntetag und ein paar Stunden im Wirtshaus fielen wir todmüde in die Betten, während draußen die Gerstenfelder wisperten oder der Regen auf das Blechdach fiel.

An meinem ersten Morgen in den Feldern sah ich von der Ladefläche des Lastwagens aus die Kirschbäume durch einen feinen, grünlichen Nieselregen. Die Norwegerinnen beendeten ihr Volkslied, als der Lastwagen anhielt. Wir waren etwa fünfunddreißig langhaarige, abgerissene, rührende Pflücker in Räuberzivil. Die Geschlechter ließen sich in diesem Aufzug nicht unterscheiden. Wir sprangen von der Ladefläche, lachend, aufgeregt, tatendurstig. Ich stand vor einem Baum und bestaunte die Kirschen, unter

139

deren saftiger, süßer Fülle sich die Äste bogen. Grelles Kadmiumrot und Karmesinrot sprangen mir in die Augen, die saftgrünen Blätter klebten an meinen Backen, als ich zwischen den Zweigen hindurch nach den Früchten griff. Der Saft lief mir beim Pflücken in die Achselhöhlen. Ich aß und saugte. Meine Finger wurden rot und rissig, meine Lippen glänzten blutrot. Ich tanzte. Ich sang im grünen Nieselregen. Es war wie Weihnachten.

Ich brachte meine ersten vier Körbe zur Wiegestelle und stellte mich hinter einem lächelnden Türken an. Zum erstenmal sah ich aus der Nähe die in Tweed gekleideten Aufseher, die einheimischen Burschen, denen alles unterstand. Rittlings auf einem Traktor hinter dem Wiegetisch saß ein junger, robuster Mensch, derselbe, der uns vor zwei Tagen mit dem Lastwagen von der Bahnstation abgeholt hatte und dessen bewußtes Starren mich verblüfft hatte. Er war der Jüngste einer Vierergruppe, die den kleinen, hölzernen Klapptisch mit der Waage und einer Schachtel mit blechernem Farm-›Geld‹ umstand. In dem feuchten Dunst muß ich ihnen lächerlich eifrig erschienen sein, und sie hatten ihren Spaß dran. Einer, etwa fünfzig Jahre alt, mit flacher Kappe, abgetragener Fischgrätjacke mit Lederflikken auf den Ellbogen und dicken Wollhosen, die in schwarze Schaftstiefel gesteckt waren, lehnte sich zurück und wischte seine Stirn ab. »Unsere Bäume gefallen dir, was, Mädchen?« Der auf dem Traktor wandte seinen ruhigen Blick nicht von mir, sprach kein Wort und grinste bloß. Er trug eine Strickmütze schräg auf einem Gewirr brauner Locken; sein dicker, handgestrickter Pullover über dem Flanellhemd perlte vor Nässe. Die Blue jeans, die seine massiven Schenkel bedeckten, waren über hohen, ledernen Schnürstiefeln aufgekrempelt. Der ständige Blickkontakt mit ihm war mir unangenehm; verlegen nahm ich mein Geld in Empfang und trabte zurück zu meinem Baum. Mit rotem Gesicht lief ich vorbei an einer spanischen Tona-

dilla, einem griechischen Nomos-Gesang und einem Chor typisch amerikanischer Klagen.

Nach einem herrlichen Tag kletterten wir wieder auf den Lastwagen, naß bis auf die Haut. Das Farmgeld klimperte in unseren Hosentaschen. Unter den Bäumen, die über unseren Köpfen dahinzogen, purzelten wir auf der Ladefläche durcheinander; die Gänge des Lastwagens quietschten. Wir waren ein roter, schlammiger Haufen. Unsere feuchten Wollsachen rochen nach Moschus, nasses Haar klebte an müde lächelnden Gesichtern. Im Lager wurden wir alle miteinander auf dem Kies abgesetzt. Ich war merkwürdig beschwingt, als hätten sich die Kirschen, die ich gegessen hatte, in Wein verwandelt.

Ich traf Darrell an diesem Abend im Gasthaus. Er war mit zweien seiner Kameraden in das Hinterzimmer gekommen, um einigen Zigeunern bei Streichholztricks zuzusehen. Der Raum war überfüllt. Aus allen Ecken hörte man Chansons, Madrigale, Lieder, Canzonette und Flamencos. Ich saß, berauscht von den Tönen und der ganzen Szene, neben meiner Freundin Louise.

Einer der Zigeuner hatte es ihr angetan.

»Schau dir mal den an, er hat keine Schneidezähne«, sagte sie und stieß mich leise an. Er streckte ihr die Zunge heraus, während seine spitzen Finger flink mit den Münzen hantierten.

»Ja, sieht komisch aus.« Ich glühte.

»Wer ist der, der dich da anstarrt?«

»Einer von denen von der Plantage.« Der ganze Raum war voller Mädchen. Ich verstand nicht, warum er dauernd mich ansah.

»Ach so. Wahrscheinlich wirst du markiert.« Louise kicherte unterdrückt ihr schwüles Kichern. Wir waren unzertrennlich seit Amsterdam, dem Beginn unseres Trecks. Louise mußte sich ihr Psychologiestudium selbst verdienen. Sie war nicht auf den Mund gefallen.

»Meinst du, daß er mit seinen Kumpels gewettet hat oder so was?«

»Aber nein, übertreib nicht gleich!«

Nach einer Stunde voller Tricks, Gekreische und Spä-ßen ging Louise mit dem Zigeuner weg. Sie sagte, sie wolle etwas über seine Lebensweise erfahren, doch in Wirklichkeit wollte sie mit einem ›ungewöhnlichen Rei-seerlebnis‹ nach Hause zurückkehren. Ich war verblüfft über ihre Courage; sie zwinkerte mir zu, als sie ging. Gegen zehn leerte sich der Raum; nur Darrell und seine Freunde und ein paar andere waren noch da. Ich konnte jetzt hören, was sie sprachen, aber kaum etwas verstehen.

»He, Darry, kann fast vierzig Kilo am Tag wegbringen«, sagte der erste.

»Nee, Peter. Ich war damit in King's Lynn, mit dem alten Ding, und es hat mir fast die Kurbelwelle zerrissen«, sagte Darrell.

»Komm, Darr, du in King's, hör doch auf. Weißt du noch, als du die Kurbel mit den Zähnen wieder hinge-kriegt hast?« sagte der zweite Bursche, und alle brachen in Gelächter aus.

Ich stand auf, um mit der letzten Gruppe zu unserem Camp zurückzugehen. Darrell sprang auf und holte mich an der Tür ein.

»Kann ich dich zum Camp zurückbringen?«

»Nein, vielen Dank, eh ... es ist ja nicht weit«, stam-melte ich.

»Na, dann trink noch einen Schluck mit uns.« Ich blickte auf den Fußboden, dann auf seine schlammver-spritzten Stiefel, auf seine aufgekrempelten Jeans, die gro-ßen, unregelmäßigen Maschen seines Pullovers und schließlich in sein Gesicht, das erwartungsvoll grinste.

»Gut, okay.« Ein Stuhl wurde für mich geholt, und ich setzte mich zu ihnen.

»Ich heiße Darrell, aber meine Freunde nennen mich Darry. Das hier ist Low und das Peter«, sagte er lächelnd und lebhaft, eindeutig der Anführer der Gruppe. Ein Bier wurde vor mich hingestellt, und Darry beugte sich vor, um mich zu studieren und auf das zu warten, was ich sagen würde. Seine langen Beine waren gespreizt, sein breiter Rücken vorgeneigt, die Ellbogen auf dem Tisch. Er hatte seine großen Hände zusammengelegt und wartete. »Das ist die, von der ich dir erzählt habe, Low.« Ich räusperte mich und sagte ihnen, wer ich sei und woher ich käme.

Wir redeten bis zur Sperrstunde, über das Camp, über amerikanische Autos und darüber, wieso ich in Wisbech war; darüber, was sie über die Fremden dachten, über ihre eigene Arbeit, darüber, wer ihre Väter waren und welche Art von Auto sie hatten oder sich wünschten. Darrell führte einen Trick mit einem Streichholz und einem Shilling vor, die er geschickt zwischen seinen Fingern manipulierte. Wir verstanden uns gut mit der Gruppe und miteinander, waren etwas schüchtern, aber neugierig. Ich hörte ihren Reden aufmerksam zu und bat sie oft, Worte zu wiederholen. Dafür machte ich ihnen einige amerikanische Dialekte vor. Ihr Lachen und ihre echte Anteilnahme aneinander hatten nichts Argwöhnisches oder Hinterlistiges. Ich sah zu, wie seine Freunde Darrell beobachteten und dann mich. Sie hatten ihn gern, das war klar. Zur Sperrstunde stand Darrell auf und reichte mir seine schwielige Hand, charmant wie ein englischer Gentleman. Keiner wandte den Blick ab, als ich aufstand und meine Hand in seine legte.

»Jetzt bringe ich dich zum Camp zurück.«

Ich war sehr spröde und schüchtern und ging an die falsche Seite seines Autos, eines kleinen, blauen, viertürigen Vauxhall. Er lachte. Ich blickte auf sein Gesicht, die hohe Stirn, glatt und hell im Mondlicht, und die großen, dunklen Augen, die traurig und nachdenklich wirkten. Er war galant, sicher und anständig. Eine Ausnahme. Er bestand darauf, ich solle nicht mit ihm kommen, wenn ich Angst hätte, doch ich hätte nichts zu befürchten. Ich saß auf dem Sitz, der eigentlich der Fahrersitz hätte sein müssen, und wir fuhren los in die Nacht. Auf dem Kiesweg zum Eingang des Camps verlangsamte Darrell die Fahrt und wandte sich mir zu.

»Ich möchte mit dir reden, ist das in Ordnung?« Ich nickte und nahm an, er würde an Ort und Stelle anhalten. Doch er fuhr am Eingang vorbei. Ich holte tief Luft. Er fuhr direkt zu der Kirschplantage, wo wir am gleichen Tag gepflückt hatten. Darrell hielt den Wagen an, blickte gerade vor sich hin, zündete eine Zigarette an und begann zu sprechen. Der Klang seiner Worte hypnotisierte mich, ich stellte mich langsam darauf ein und verstand seinen Dialekt besser. Er sprach von seinen Wünschen und seinen Schuldgefühlen. Er wollte ausbrechen aus Wisbech und die Welt entdecken. Ich repräsentierte für ihn ein Guckloch. Amerika. Europa. Sein Vater war Farmer, auch er würde eines Tages eine Farm haben, aber erst später, nachdem er Reisen gemacht, gearbeitet oder gekämpft hätte, irgendwo, irgendwas. Er liebte sein Land, seine Mutter und seinen ›Pa‹, seine Brüder und Schwestern. Darrell war neunzehn, die Welt war für ihn ein Fest. Ich lauschte, fasziniert und verstand. Seine Lippen, die die Worte formten, waren schön und geschmeidig. Er gestand, er könne über diese Dinge mit seinen alteingesessenen Freunden nicht so frei reden. Seine langen, kräftigen Arme gestikulierten, zeugten von Stärke und Angst. Er löcherte mich mit Fragen über meine Familie und mein Zuhause und verglich sie mit den seinen. Seine Energie war grenzenlos. Nach mehreren Stunden rutschte er auf seinem Sitz hin und her und fragte, ob ich ein bißchen über die Wiese laufen wolle.

Wir stiegen aus und verschwanden beide für einen Augenblick in den Büschen. Dann rannten wir auf eine Scheune zu, die sich im Mondlicht duckte. Der Mond war hell und klar, der Himmel wolkenlos. Am Ende der Wiese hielt Darrell an, nahm spielerisch eine Boxerpose ein und hob die Fäuste. Wir sprangen und alberten herum. Unabsichtlich berührte seine Hand meine Wange. »Oh, tut mir leid«, sagte er und zuckte zurück wegen seiner Tolpatschigkeit, »meine Liebste«, und er warf seine Arme um mich und hob mich hoch in die Luft. Ich war hingerissen. Eine Liebste!

An den nächsten drei Abenden suchten wir dieselbe Plantage auf. Wir redeten ohne Unterlaß: wir verglichen die Vorurteile unserer Gesellschaften, unserer Heimat. Was von den Männern erwartet wurde und was von den Frauen. Darrells Hand in meinem Nacken oder eine Zigarette haltend, seine Zähne zusammengebissen, die Brauen gerunzelt. Tagsüber pflückte ich wie in Trance. Die Aufseher wußten, daß ihr Darry sich mit der Amerikanerin traf. Ich trabte vergnügt mit meinen Körben herum, immer von seinem geheimen Blick verfolgt. Er wollte sehen, wie verantwortungsbewußt ich mit dem Stück von ihm umging, das er mir gab. Daran, daß die Aufseher auf einmal reizend und aufmerksam zu mir waren, merkte ich, daß er ebenso verantwortungsbewußt war. Ich bewährte mich und wahrte seine Geheimnisse. Mein Herz wurde weich. Ich war jetzt die einzige Amerikanerin, die noch im Camp war. Louise, immer rastlos, fuhr ohne mich nach Edinburgh weiter.

Daß ich nicht mit Louise gegangen war, war das Zeichen, das er sich wünschte. Erst am nächsten Abend sprachen wir über unser explosives Entzücken aneinander. Er merkte, daß ich mich allein sicher fühlte. Daß ich aber bei ihm blieb, weil ich bleiben wollte, fähig, meine eigenen Entscheidungen zu treffen, ohne Anforderungen oder Erwartungen an ihn. Er sprach über die kommende Kartoffelernte, den üblichen Wetterumschwung im August mit einer neuen Art Wind, die vom Fluß herüberkommen würde. Und ob ich gern am nächsten Tag mit ihm auf dem Traktor fahren würde, um die Erdbeerfelder zu bearbeiten? Darrell hielt mitten im Satz inne und sah mich an. Dann nahm er mich in die Arme und zog mich an sich. Ich blickte in sein Gesicht, so hell und blaß im abendlichen Dämmerlicht; wispernd fiel ein leichter Regen. Seine traurigen braunen Augen blickten lange in meine. Er legte seine Arme um meine Schultern, ich suchte seine Lippen, und wir hielten einander in der Wärme unserer dicken Pullover umfaßt. Endlich – es war wie eine Erlösung. Darrell seufzte vor Erleichterung und hauchte gegen meine Wange: »Meine starke Liebste, meine Liebste, meine Liebste.« Ich war aufgewühlt und selig; sein Geruch, das leichte Kratzen seines Kinns, die Weichheit seines Halses, seine feuchten Wangen, seine starke Umarmung, in der ich seinen Herzschlag spürte. Ich küßte seine Augen, umfaßte seinen lockigen Hinterkopf und drückte meine Lippen auf seine, überwältigt von seiner Aufrichtigkeit. Er küßte mich mit einer Mischung aus Verzweiflung und Qual.

»Ich muß dich lieben, meine liebe Liebste. Wenn du bereit bist. Ich weiß, daß du Jungfrau bist.«

»Ja«, sagte ich ohne Zögern.

»Den ersten vergißt du nie.«

»Ich weiß.« Ich sah ihn an, sah direkt in ihn hinein, wollte so viel sagen und wußte doch nichts zu sagen. Er strich mit dem Finger über meine Wange bis zu den Lippen.

»Morgen«, sagte er.

»Ja.«

»Ich möchte der erste sein.« Wir umarmten und küßten uns, bis mein Kinn rauh war von seinem Bart und meine Lippen taub. In glücklicher Vorfreude auf unsere ›Hochzeit‹ rannten wir an diesem Abend wieder die Wiese hinunter. Er ließ mich gewinnen, holte mich von hinten ein, hob mich hoch und wirbelte mich herum.

Am nächsten Abend erwartete mich Darrell an der Tür zum Gasthaus. Er trug eine wollene Jacke über einem weißen Hemd, eine weite lange Hose und diesmal keine Stiefel. Er war glattrasiert und duftete nach Old Spice. Ich hatte einen weißen Pullover, einen braunen Rock und Strümpfe an und versuchte, unauffällig auszusehen. Die Leute vom Camp kamen nach und nach in das Hinterzimmer und beachteten uns nicht. Ich ging mit Darrell in das vordere Zimmer, zum ersten Mal. Die Aufseher waren da und die alten Farmer, die ihre Nasen in dunkelbraune Biergläser steckten. Peter und Low erwarteten uns an einem Tisch neben dem Kamin, dessen Sims mit geschnitzten Holzenten und Zinnkrügen vollgestellt war. Alle hoben den Blick, denn Darrell war für sie das Ideal, der vielversprechende junge Mann, und er führte seine Liebste vor. Die Amerikanerin. Eine Fremde. Ich war gewissermaßen auserwählt, und wegen der Stellung ihres Lieblingssohnes wurde ich vollkommen akzeptiert. Sie stießen einander leise an. Wir setzten uns zu Darrells Freunden, und der ganze Raum summte. Ich war der Mittelpunkt der Aufmerksamkeit. Eine gewisse Erregung lag in der Luft. Da, das war die Amerikanerin, und heute abend würde Darrell sie in Besitz nehmen. Mir war noch gar nicht aufgegangen, wie bedeutungsschwer das Ganze war. Es war so einfach, aber vielsagend; förmlich, aber doch freundlich und natürlich. Mein Gesicht war heiß, Darrell hatte einen roten Kopf wie ein Truthahn. Die Aufmerksamkeit machte ihn verlegen. Ich benahm mich so anmutig wie möglich, eine errötende Braut. Jetzt gab es kein Zurück mehr.

Wir fuhren in den Kirschgarten. Wolken zogen vor dem Mond vorbei und färbten die grüngrauen Schatten violett. Ich erwiderte Darrells liebevollen Blick, froh, endlich mit ihm allein zu sein. Er nahm mich in die Arme und bewunderte mich als seine Königin; mein Auftritt vor seinem Publikum war vielsagend gewesen.

»Ich liebe dich, mein lieber, lieber Liebling«, sagte er. »Ich möchte dir Freude machen, damit du es nie vergißt.« Er vergrub sein Gesicht an meinem Hals und schob seine Hände unter meinen Pullover, zum erstenmal. Kühl lagen sie auf meinem Rücken. Seufzend zog er mich an sich. Ich küßte ihn, erregt und zitternd von der Elektrizität seiner Berührung.

»Darrell, ich bin ganz überwältigt, ich –« Er brachte

mich mit einem Kuß zum Schweigen und nahm meine Hand. Er führte mich zum Rücksitz und öffnete beide Türen, um Platz zu schaffen. Er zog seine Jacke aus und legte sie auf den Vordersitz, dann setzte er sich neben mich. Leise flüsterten wir miteinander; Darrell bedeckte mein Gesicht mit zarten Küssen, als sei ich ein Gegenstand der Andacht. Er legte mir die Hände auf den Rücken, murmelte mir ins Ohr, wie er mich begehre, und öffnete kundig meinen Büstenhalter. Ich atmete schwer, als die zitternden, rauhen Handflächen seitlich unter meinen Achselhöhlen vorbeistrichen und sich um meine Brüste legten. »Meine Schöne, meine Liebste, wie habe ich darauf gewartet.« Er zog mir den Pullover hoch, bog meinen Kopf nach hinten und umfaßte sanft meine Brüste. Dann küßte er sie rund um die Brustwarzen herum, bis ich mich stöhnend in den Sitz zurücklegte.

»Darrell, Darrell.«

Der Mond verschwand hinter einer perlgrauen Wolke.

Ich blickte auf, als ich seine Zunge weich auf meiner rechten Brustwarze spürte. Ich schloß die Augen, hob ihm meine Brüste entgegen, drückte ihn an mich. Er rieb seine Wangen, seine Ohren, sein Haar an mir. Dann schob er sich über mich und küßte meinen geöffneten Mund. Ich spürte durch das Hemd seinen Rücken, seine Schultern, die gespannten Muskeln seiner Arme. Wie eine Blinde tastete ich nach seiner Brust und fühlte die aufgerichteten Brustwarzen. Er lag mit seinem ganzen Gewicht auf mir, flüsterte an meinem Ohr und meinem Hals.

Ich blickte nach draußen in die Bäume, deren Blätter sich im Mondlicht bewegten, und drückte Darrells lockigen Kopf an meine Lippen.

Mein Pullover war bis zum Hals hochgezogen. Darrell saugte an meiner linken Brustwarze, während er mir den Rock hochschob. Er berührte meine warmen Schenkel über den Strümpfen mit den Fingerspitzen. Dann kniete er sich auf den Boden, beugte sich vor und rieb seine Lippen an meinen Schenkeln, während er meine Strümpfe vom

149

Strumpfgürtel löste. Mit der Zunge schob er die Strümpfe herunter und küßte zart am Rand meiner Höschen entlang, ließ seine nasse Zunge darunter und in mein Schamhaar schlüpfen. Ich liebte ihn. Ich begehrte ihn so, daß es wehtat.

Still standen die Obstbäume im Dunkel. Der köstliche Geruch von nassem Gras und Erde hüllte uns ein. Der Mond verschwand.

Darrell richtete sich draußen auf, zog sein Hemd aus und öffnete seine Hose. Ich sah seine mächtige Brust und seine Muskeln. Ich wand mich auf meinem Sitz. Darrell legte sich auf mich und wärmte mich, küssend, drückend, saugend. Ich fühlte seinen glatten Rücken, seine heißen Achseln. Ich zog ihn an mich, um ihn zu küssen, suchte seine Zunge mit meiner. Ich saugte an seinen Lippen, seinen Wangen, seinem Hals, während er sein erigiertes Glied gegen meinen Schenkel preßte und seine Hand in meine Höschen gleiten ließ. Er schob sie herunter; sein Mittelfinger verweilte leicht auf meiner klopfenden Klitoris. Ich keuchte. Er bewegte seinen Finger tiefer zu meiner feuchten Vagina. »O Gott, wie süß du bist, du bist so bereit, so geil, meine liebe, liebe Liebste.« Ich küßte ihn, preßte mich ihm entgegen. Er erwiderte meinen Kuß so, als wolle er mich beruhigen. Der glatte Kopf seines Gliedes liebkoste langsam meine Klitoris, rundherum, herauf und herunter, vor und zurück. Ich war so naß, daß der Sitz unter mir schlüpfrig war. Ich glaubte, ich würde schreien, ich wollte gestraft, zurechtgewiesen, festgehalten, durchbohrt werden. Ich wand mich vor Verlangen danach, die Beine gespreizt, den Rücken durchgebogen. »Ich komme zu dir, Liebste, ich liebe dich, meine starke Liebste«, flüsterte Darrell heiser und schwer atmend, als wolle er sich ein wenig unter Kontrolle bringen. Langsam glitt sein Glied tiefer und verweilte vor meiner nassen Vagina. Er drückte nach oben und preßte den Kopf seines Gliedes gegen meine dünne Membrane. Er schob sein Glied leicht hinein, dann wieder heraus, wieder hinein, drang jedesmal ein wenig tiefer ein. »Ich will dir nicht wehtun, Liebste«, keuchte er.

»Oh, bitte, bitte, o mein Gott.« Ich umklammerte seine Schultern und zog die Knie an, um ihn eindringen zu lassen, ihn durch das Hindernis zu drücken, ihm näher zu kommen. Lustvolle Zuckungen brachen irgendwo am Ende meiner Wirbelsäule hervor. Ich konnte mich nicht mehr beherrschen und griff nach seinem Gesäß, preßte es herunter und drückte mich ihm entgegen. Etwas in mir gab nach. »Oh, Darry, ich liebe dich, ich liebe dich«, schrie ich. Ich preßte meine erregte Klitoris an ihn, und sein Penis stieß tief in mich hinein. Die Wände meiner Vagina pulsierten. Mein Orgasmus war ebenso stark wie seiner und durchflutete mich, während er sein Glied hart gegen und in mich stieß. »AAAAAAAAAA. Ahhhhhhhhhhh.«

»O mein Gott«, ächzte Darrell, »Jesus.«

Ich war aufgelöst, ich verströmte. Darrell hielt inne. Seine tiefen Stöße und sein starkes Glied ängstigten mich. Der Schaft seines Penis pulsierte wieder und wieder. Ich konnte sein Eindringen spüren, die Wellenbewegung, seinen Orgasmus und den Nachhall. Darrell hielt mich, blieb in mir.

Unsere Herzen rasten. Tränen liefen mir über die Wangen, während er mich zärtlich umfaßte, heftig atmend und murmelnd. »Liebling, meine süße, süße Liebste.«

Mir war schwindlig, als schwebte ich über den Bäumen, während Darrells Penis zärtlich mein Inneres massierte. Wir umklammerten einander, bis unser Atem sich beruhigt hatte. Sanft zog sich Darrell mit einem Strom von Wärme zurück. Er rieb seine nassen Wangen an meinen Brustwarzen, küßte dann meinen Bauch. Mir war, als segelte ich unter Wolken und Mond und streifte die Bäume. Seine Lippen spielten mit meinem Schamhaar, er küßte meine Klitoris, leckte sanft und zärtlich die Ränder meiner Vagina. Ich spürte, wie seine Zunge forschte, suchte, als wolle sie jeden Schmerz wiedergutmachen. Er küßte mich über und über. Ich schwebte.

Darrell richtete sich auf, nahm mich in die Arme und schaute mich an. Er zog mich hoch, um mich zu küssen. Ich schmeckte mein Blut, seine Tränen, Salz, Erde, Blätter, Meer, Gerste, Kirschen und Wein.

Damals, vor siebzehn Jahren, machte ich eine Riesendummheit. Ich will nicht von unseren sechs glücklichen Wochen erzählen, unseren vagen Heiratsplänen, dem Landhaus, das wir uns aussuchten, davon, wie gastlich die Stadt unser strahlendes Verhältnis aufnahm; davon, wie freundlich seine Familie unserer innigen Verbindung begegnete; von den Geschenken. Ich will mich nicht weiter auslassen über meine törichten innerlichen Besorgnisse, ich würde Darrell behindern oder er mich, oder wir seien zu jung, oder was meine ferne Familie dazu sagen würde, oder ich würde meine Heimat vermissen und dergleichen Dummheiten. Nein.

Ich ging in das gute, alte Amerika zurück, um zu studieren, wie es von mir erwartet wurde. Um Mathematik zu lernen, wo ich doch den Mond schon besaß. Um Sprachen und anthropologische Theorie zu lernen, wo ich sie doch schon am eigenen Leib erfahren hatte. Ich wurde blasiert und trug Wimperntusche. Ich hatte hundert Jobs. Ich legte Tausende von Meilen zurück, hatte tausend Liebhaber, malte tausend Porträts. Ich ließ mir die Zehen lecken, mich auf Trapeze schwingen, ich schnupfte Koks. Und nun, siebzehn Jahre danach, werde ich, ehe das Jahr um ist, wieder auf dem Bahnsteig in Wisbech, England, stehen. Ich habe meine Fahrkarte. Und durch den grünen Nieselregen werde ich die goldenen Honig- und Ockertöne jener Felder wiedersehen. Und das Patchworkmuster der Farmen mit den cremefarbenen Häusern und den roten Blumenkästen. Ich weiß nicht, was aus mir werden wird. Ich muß meinen Schmerz entweder in mir verschließen, oder ich muß ihn loswerden: die Qual, zu wissen, daß ich eine Närrin war, als ich fortging.

VLADIMIR NABOKOV

Lolita

Noch in Parkington. Schließlich wurde mir doch noch
eine Stunde Schlaf zuteil – aus dem ich in sinnloser und
erschöpfender Angst vor der Zudringlichkeit eines kleinen, behaarten Hermaphroditen aufschreckte, der mir
vollkommen fremd war. Mittlerweile war es sechs Uhr
morgens; und mir kam plötzlich der Gedanke, es könne
gut sein, früher, als ich gesagt hatte, im Camp anzukom-
men. Ich hatte noch hundert Meilen von Parkington aus
zu fahren, und bis zu den Hazy Hills und Briceland würden es noch mehr sein. Wenn ich gesagt hatte, ich würde
Dolly nachmittags abholen, so nur, weil meine Phantasie
darauf bestand, so früh wie möglich eine barmherzige
Nacht über meine Ungeduld herabsinken zu lassen. Aber
jetzt sah ich Mißverständnisse aller Art voraus und zitterte bei dem Gedanken, daß eine Verzögerung ihr Gelegenheit zu einem Telefonanruf in Ramsdale geben könne.
Als ich aber um 9.30 zu starten versuchte, fand ich meine
Batterie leer, und es war nahezu Mittag, als ich endlich
Parkington verließ.

Ich erreichte meinen Bestimmungsort gegen halb drei;
parkte meinen Wagen in einem Kiefernwäldchen, wo ein
grünbehemdeter, rothaariger Schlingel stand und sich in
verdrossener Einsamkeit im Hufeisenwerfen übte; wurde
wortlos von ihm zum Büro in einer weißen Stuckvilla
geführt, mußte mehrere Minuten mehr tot als lebendig
das neugierige Mitgefühl der Camp-Leiterin ertragen,
eines schlampigen, abgekämpften Weibsbildes mit rosti-
gem Haar. Dolly, sagte sie, habe schon gepackt und sei

reisefertig. Das Kind wisse, daß die Mutter krank, aber nicht, daß sie ernstlich krank sei. Würde Mr. Haze, ich meine, Mr. Humbert, gern die Campberater kennenlernen? Oder die Kabinen besichtigen, in denen die Mädchen hausten? Jede einem Disneygeschöpf gewidmet? Oder den Wigwam sehen? Oder solle Charlie hingeschickt werden, sie zu holen? Die Mädchen legten gerade für einen Tanzabend letzte Hand an den Schmuck des Eßsaals. (Und später würde sie vielleicht zu diesem oder jenem sagen: »Der arme Kerl sah aus wie sein eigenes Gespenst.«)

Es sei mir erlaubt, einen Augenblick lang diese Szene mit all ihren trivialen und schicksalshaften Einzelheiten festzuhalten: Die Holmexhexe stellte eine Quittung aus, kratzte sich am Kopf, zog ein Schreibtischschubfach auf, schüttete Wechselgeld auf meine ungeduldige Handfläche und breitete dann säuberlich einen Schein darüber mit den fröhlichen Worten: »... und fünf!«; Fotografien von kleinen Mädchen, ein paar schillernde Motten oder Schmetterlinge, noch lebend, fest an die Wand gespießt (›Naturkunde‹); das gerahmte Diplom der Diätköchin des Camps; meine zitternden Hände; ein Bogen Papier; von der tüchtigen Holmes überreicht, mit einem Bericht über Dolly Hazes Betragen im Juli (›befriedigend bis gut; Vorliebe für Rudern und Schwimmen‹); Vogelgesang und Rauschen von Bäumen und mein hämmerndes Herz ... Ich stand mit dem Rücken zur offenen Tür, und dann fühlte ich, wie das Blut mir zu Kopf schoß, als ich ihren Atem und ihre Stimme hinter mir hörte: sie schleifte ihren schweren Koffer bumsend neben sich her. »Hei!« sagte sie, blieb stehen und sah mich aus schlauen, frohen Augen an, die weichen Lippen zu einem etwas törichten, aber wunderbar zärtlichen Lächeln geöffnet.

Sie war dünner und größer geworden, und eine Sekunde lang kam mir ihr Gesicht weniger hübsch vor als das Bild, das ich länger als einen Monat in mir getragen hatte: Ihre Wangen sahen hohler aus, zu viele Sommersprossen sprenkelten ihre ländlich rosigen Züge; und dieser erste

Eindruck (ein sehr schmales menschliches Intervall zwischen zwei Tigersprüngen des Herzschlags) brachte die klare Erkenntnis mit sich, daß Witwer Humbert alles tun müsse, alles tun wollte und tun würde, um dieser blassen, wenn auch sonnengebräunten kleinen Waise aux yeux battus (und sogar in diesem pflaumenblauen Schatten unter den Augen waren Sommersprossen) eine solide Erziehung zu geben und eine gesunde, glückliche Jugend, ein anständiges Heim, nette Freundinnen in ihrem Alter, unter denen (wenn die Schicksalsgötter geruhen würden, mich zu belohnen) ich vielleicht ein hübsches kleines Mädchen für Herrn Doktor Humberts Gebrauch finden würde. Aber im nächsten Augenblick war die Richtlinie engelhaften Betragens ausradiert, und ich holte meine Beute ein (die Zeit läuft unseren Schwärmereien voran!), und sie war wieder meine Lolita – und sogar mehr denn je meine Lolita. Ich ließ meine Hand auf ihrem warmen, kastanienbraunen Kopf ruhen und ergriff ihren Koffer. Sie war ganz Rose und Honig in ihrem lustigen, mit roten Äpfelchen bedruckten Kattunkleid, und ihre Arme und Beine waren von tiefem Goldbraun, mit Kratzern wie winzige Punktlinien aus geronnenen Rubinen, und die gerippten Stulpen ihrer weißen Socken waren genau so weit umgeschlagen, wie ich es in Erinnerung hatte; und ihrer kindlichen Tracht wegen oder weil ich sie in Gedanken immer in flachen Schuhen gesehen hatte, schienen mir ihre Pumps irgendwie zu groß und zu hochhackig für sie zu sein. Leb wohl, Camp Q, fröhliches Camp Q. Leb wohl, fade, schlechte Ernährung. Leb wohl, Charlie, mein Junge. Sie setzte sich neben mich in den heißen Wagen, schlug nach einer zudringlichen Fliege auf ihrem entzückenden Knie; dann, während ihr Mund heftig ein Kaugummi bearbeitete, kurbelte sie rasch das Fenster an ihrer Seite herunter und lehnte sich wieder zurück. Wir fuhren durch sonnengestreiften und gefleckten Wald.

»Wie geht's Mama?« fragte sie pflichtschuldig.

Ich sagte, die Ärzte wüßten noch nicht recht, was ihr fehle. Jedenfalls etwas Abdominales. Etwas Antinormales? Nein, Abdominales. Wir müßten uns eine Weile herumtreiben. Die Klinik sei auf dem Lande, in der Nähe der freundlichen Stadt Lepingville, wo ein großer Dichter des frühen neunzehnten Jahrhunderts gelebt habe und wo wir in alle Kinos gehen würden. Sie fand, das sei eine prima Idee und fragte, ob wir Lepingville vor 9 Uhr abends erreichen könnten.

»Wir dürften zur Abendbrotzeit in Briceland ankommen«, sagte ich, »und morgen sehen wir uns Lepingville an. Wie war die Bergtour? War's schön im Camp?«

»Mhm.«

»Traurig, daß du weggehn mußt?«

»N-n.«

»Sprich, Lo – grunz nicht. Erzähl mir etwas.«

»Was denn, Pap?« (Sie sprach des Wort mit ironischer Bedächtigkeit aus.)

»Irgendwas.«

»Darf ich dich so nennen?« (Augen schräg auf die Straße gerichtet.)

»Gewiß.«

»Muß mich dran gewöhnen, verstehst du. Wann hast du dich in Mami verliebt?«

»Eines Tages, Lo, wirst du viele Empfindungen und Situationen begreifen, wie zum Beispiel die Harmonie und Schönheit verwandter Seelen.«

»Puh!« sagte das zynische Nymphchen.

Pause im Dialog, ausgefüllt durch etwas Landschaft.

»Sieh nur, Lo, all die Kühe auf dem Hang dort.«

»Ich glaube, ich kotze, wenn ich je wieder eine Kuh sehe.«

»Ich habe dich schrecklich vermißt, Lo, weißt du.«

»Ich dich nicht. Stimmt, ich war dir haarsträubend untreu, aber das macht nichts, weil du ja doch aufgehört hast, mich gern zu haben. Du fährst viel schneller als Mami, junger Mann.«

Ich ging von 90 auf 70 herunter.

»Wie kommst du darauf, daß ich dich nicht mehr gern habe, Lo?«

»Na, hast du mich schon geküßt oder nicht?«

Innerlich vergehend, innerlich stöhnend, bemerkte ich vor mir einen angemessen breiten Straßenrain und bumste und hoppelte ins Unkraut hinein. Vergiß nicht, sie ist ein Kind, vergiß nicht, sie ist nur –

Kaum war der Wagen zum Stehen gekommen, als Lolita allen Ernstes in meine Arme floß. Weil ich nicht wagte, mich gehen zu lassen, nicht einmal wagte, mir klarzuwerden, daß *dies* (süße Feuchtigkeit und zitterndes Feuer) der Anfang des unaussprechlichen Lebens war, das mein Wille, vom kupplerischen Schicksal unterstützt, Wirklichkeit hatte werden lassen – weil ich nicht wagte, sie richtig zu küssen, berührte ich ihre heißen, sich öffnenden Lippen mit äußerster Ehrfurcht – ein winziges Nippen, nichts Geiles; sie aber preßte mit einem ungeduldigen Ruck ihren Mund so fest gegen den meinen, daß ich ihre starken Schneidezähne fühlte und an dem Pfefferminzgeschmack ihres Speichels teilhatte. Ich wußte natürlich, daß es ihrerseits nur ein unschuldiges Spiel war, Backfischüberschwenglichkeit, das nachgespielte Schauspiel gespielter Leidenschaft, und weil (wie der professionelle Seelenschinder und auch der Schänder Ihnen bestätigen können) die Grenzen und Regeln solcher Kleinmädchenspiele fluktuierend sind oder wenigstens zu kindlich subtil für den erwachsenen Partner, um nicht dagegen zu verstoßen – hatte ich furchtbare Angst, daß ich zu weit gehen könnte und sie erschreckt und angewidert zurückfahren würde. Und weil mir vor allem qualvoll viel daran gelegen war, sie in die hermetische Abgeschlossenheit der ›Verzauberten Jäger‹ zu schmuggeln, und wir noch achtzig Meilen vor uns hatten, war die Eingebung von Segen, die unsere Umarmung unterbrach – einen Sekundenbruchteil, bevor ein motorisierter Polizist neben uns anhielt.

Strotzend vor Gesundheit, starrte der Fahrer mich unter buschigen Augenbrauen an: »Haben Sie vielleicht eine blaue Limousine gesehen, selbe Marke wie Ihre, die Sie vor der Kreuzung überholt hat?«

»Ich wüßte nicht, nein.«

»Haben wir nicht«, sagte Lo und beugte sich, ihre unschuldige Hand auf meinen Beinen, lebhaft interessiert über mich hinweg, »aber sind Sie auch sicher, daß sie blau war, denn –«

Der Polyp (was für einen Schatten von uns verfolgte er?) schenkte dem kleinen Mädchen sein schönstes Lächeln, und machte in einer U-Kurve kehrt.

Wir fuhren weiter.

»Der Schwachkopf!« bemerkte Lo. »*Dich* hätte er schnappen sollen!«

»Wieso, um Himmels willen?«

»Weil die Höchstgeschwindigkeit in diesem dämlichen Staat bei siebzig liegt, und – nein, jetzt brauchst du nicht runterzugehen, du Dussel. Er ist ja weg.«

»Wir haben noch eine ziemliche Strecke vor uns«, sagte ich, »und ich möchte ankommen, bevor es dunkel wird. Sei ein liebes Mädchen!«

»Böses, böses Mädchen«, sagte Lo genüßlich. »Jugendliche Delickwentin, aber offen und gewinnend. Das war ein Rotlicht. Ich habe noch nie so eine Fahrerei gesehen!«

Wir rollten schweigend durch ein stilles Städtchen.

»Was meinst du, würde Mama nicht außer sich sein, wenn sie wüßte, daß wir ein Liebespaar sind?«

»Um Gottes willen, Lo, so etwas mußt du nicht sagen.«

»Aber wir sind doch ein Liebespaar, oder?«

»Nicht daß ich wüßte. Ich glaube, wir werden wieder Regen bekommen. Willst du mir nicht ein paar Streiche erzählen, die ihr im Camp ausgeheckt habt?«

»Du sprichst wie in Büchern, Pap.«

»Was habt ihr getrieben? Erzähle, ich will's wissen.«

»Bist du leicht schockiert?«

»Nein. Los.«

»Bieg in einen geschützten Seitenweg, und ich erzähl dir's.«

»Lo, ich muß dich ernstlich bitten, nicht närrisch zu sein. Also?«

»Also – ich habe alles mitgemacht, was geboten wurde.«

»*Ensuite?*«

»Angsuiht lernte ich, glücklich und ausgefüllt mit anderen zusammenzuleben und mich zu einer moralisch gesunden Persönlichkeit zu entwickeln. Also prima zu sein.«

»Ja, so was Ähnliches habe ich in dem Prospekt gelesen.«

»Wir liebten das Singen um das Feuer im großen Steinkamin oder unter den verdammten Sternen, wo jedes Mädchen ihr eigenes Glücksempfinden mit der Stimme der Gruppe verschmelzen ließ.«

»Dein Gedächtnis ist ausgezeichnet, Lo, aber ich muß dich bitten, nicht zu fluchen. Sonst noch etwas?«

»Das Motto der Pfadfinderinnen ist auch das meine«, sagte Lo pathetisch. »Ich erfülle mein Leben mit Taten, die zu tun sich lohnt, wie zum Beispiel – egal was. Es ist meine Pflicht – mich nützlich zu machen. Ich bin ein Freund männlicher Tiere. Ich gehorche. Ich bin wohlgemut. Das war wieder ein Polizeiwagen. Ich bin sparsam und absolut dreckig in Gedanken, Worten und Taten.«

»Und jetzt bist du hoffentlich fertig, du witziges Kind.«

»Fertig – Schluß. Nein – Sekunde noch. Wir haben in einem Reflektorofen gebacken. Ist das nicht aufregend?«

»Na also, das ist schon besser.«

»Wir haben Zillionen Teller gewaschen. ›Zillionen‹ ist ein Wort aus der Idiotensprache der Campmutter – soll viele-viele-viele-viele heißen. O ja, das Beste kommt zuletzt, wie Mama sagt – warte mal, was war es doch? Ich weiß schon, wir machten Schattenrisse. Gott, was für ein Spaß!«

»*C'est bien tout?*«

»*C'est tout,* außer einer kleinen Sache – etwas, das ich dir einfach nicht sagen kann, ohne ganz rot zu werden.«

»Willst du mir's später sagen?«

»Ja, wenn wir im Dunkeln sitzen und ich es dir ins Ohr flüstern kann. Schläfst du in deinem alten Zimmer oder auf einem Haufen mit Mama?«

»Im alten Zimmer. Deine Mutter muß sich vielleicht einer schweren Operation unterziehen, Lo.«

»Halte doch bitte an der Eiscremebar«, sagte Lo.

Sie saß auf einem hohen Stuhl, ein Streifen Sonne fiel über ihren nackten braunen Unterarm, ein prächtiges Eisgemisch, mit Kunstsirup übergossen, wurde für sie bestellt.

Ein pickliger, übelaussehender Junge mit speckiger Fliege errichtete den Bau, brachte ihn ihr und beäugte mein zartes Kind im dünnen Kattunkleid mit fleischlicher Begierde. Meine Ungeduld, Briceland und die ›Verzauberten Jäger‹ zu erreichen, wuchs ins Unerträgliche. Glücklicherweise vertilgte sie das Zeug mit der üblichen Geschwindigkeit.

»Wieviel Geld hast du bei dir?« fragte ich.

»Keinen Cent«, sagte sie traurig, zog die Augenbrauen hoch und zeigte mir das leere Innere ihres Portemonnaies.

»Das ist eine Sache, der wir zu gebührender Zeit abhelfen werden«, sagte ich vielversprechend. »Bist du fertig?«

»Glaubst du, daß es hier eine Toilette gibt?«

»Da gehst du nicht hin«, sagte ich bestimmt, »sicher ist sie ekelhaft. Komm jetzt.«

Sie war im großen und ganzen ein folgsames kleines Mädchen, und ich küßte sie auf den Hals, als wir wieder im Wagen waren.

»Laß das sein«, sagte sie und sah mich mit ungeheuchelter Überraschung an. »Besabbere mich nicht, du Ekel.«

Sie rieb die Stelle gegen ihre hochgezogene Schulter.

»Entschuldige«, murmelte ich, »es war nur, weil ich dich wirklich ziemlich gern habe.«

Wir fuhren unter einem trüben Himmel eine gewundene Straße hinauf und dann wieder hinunter.

»Na, ich hab dich auch gern«, sagte Lolita mit zögernder, weicher Stimme, seufzte leicht und rückte näher an mich heran.

(O meine Lolita, wir werden nie ankommen!)

Die Dämmerung begann, das hübsche kleine Briceland mit seinem unechten Kolonialstil, seinen Kuriositätenläden und exotischen Schattenbäumen zu durchtränken, als wir die schwachbeleuchteten Straßen auf der Suche nach den ›Verzauberten Jägern‹ entlangfuhren. Die Luft war, einem ständig tröpfelnden Geniesel zutrotz, warm und grün, und eine Menschenschlange – hauptsächlich Kinder und alte Männer – wartete bereits vor der Kasse eines Kinos, über dem Lichtketten funkelten.

»Ach, den Film möchte ich sehen. Wir wollen gleich nach dem Essen hingehen. Ach, bitte, bitte!«

»Vielleicht«, stimmte Humbert zu – der schlaue, brünstige Teufel, der genau wußte, daß sie um neun, wenn *seine* Vorstellung anfing, tot in seinen Armen liegen würde.

»Paß auf!« schrie Lo und fiel vornüber, weil ein verfluchter Lastwagen mit hopsenden rückwärtigen Karbunkeln vor uns an einer Straßenkreuzung bremste.

Ich ahnte, daß ich jede Herrschaft über die Hazekarre mit ihren unbrauchbaren Scheibenwischern und launischen Bremsen verlieren würde, wenn wir nicht bald, sofort, durch ein Wunder, im allernächsten Häuserblock bei dem Hotel ankämen; aber die Passanten, die ich um Auskunft anging, waren entweder selbst Fremde, oder sie fragten stirnrunzelnd ›Verzauberte was?‹, als sei ich ein Verrückter; oder aber sie gaben so umständliche Erklärungen mit geometrischen Handbewegungen, geographischen Verallgemeinerungen und ausschließlich lokalen Anhaltspunkten (»... wenn Sie auf das Gerichtsgebäude stoßen, biegen Sie südlich ab ...«), daß ich mich durch das Labyrinth ihres wohlgemeinten Kauderwelschs irreführen lassen *mußte*. Lo, deren entzückende, kaleidoskopische Eingeweide das süße Zeug bereits verdaut hatten, verlangte nach einer richtigen Mahlzeit und wurde zappelig. Was mich betrifft: wenn ich mich auch längst an eine Art von subalternem Schicksal gewöhnt hatte (McFatums unzulänglicher Sekretär sozusagen, der sich kleinlich und störend in des Chefs großzügigen, großartigen Plan einmischte), so war die Schinderei, durch die Alleen von Briceland herumzufuhrwerken, vielleicht die schlimmste Nervenprüfung, die ich bisher zu überstehen hatte. Wenn ich später an die jungenhaft-dickköpfige Weise zurückdachte, mit der ich mich auf diesen bestimmten Gasthof mit dem Märchennamen versteifte, brachte mich meine Ahnungslosigkeit zum Lachen; denn auf dem ganzen Weg verkündeten unzählige Touristen-Unterkünfte in Neonlettern, daß noch Platz sei, Geschäftsreisende, entsprungene Zuchthäusler, Impotente, Familien sowie die verderbtesten und leistungsfähigsten Paare zu beherbergen. O geneigte Automobilisten, die ihr durch des Sommers dunkle Nächte gleitet, welche Possen, welche Lustverrenkungen könntet ihr von euren Autostraßen aus sehen, wenn die ›Komfort-Bungalows‹, plötzlich ihres Pigments beraubt, so durchsichtig würden wie Glaskästen!

Das Wunder, das ich ersehnte, trat endlich ein. Ein Mann und ein Mädchen, in einem dunklen Auto unter tropfenden Bäumen mehr oder weniger ineinander verwühlt, sagten uns, wir seien ›im Herzen des Parks‹; wir brauchten nur bei der nächsten Verkehrsampel links einzubiegen, und schon seien wir da. Wir sahen zwar keine nächste Verkehrsampel – der Park war so schwarz wie die Sünden, die er barg –, aber bald, nachdem die Reisenden in den sanften Bann einer angenehm ansteigenden Kurve geraten waren, bemerkten sie durch den Nebel hindurch ein diamantenes Glitzern, dann den Schimmer eines Sees – und da war er, wunderbar und unerbittlich unter gespenstischen Bäumen, auf der Höhe einer kiesbestreuten Auffahrt – der faule Palast der ›Verzauberten Jäger‹.

Eine Kette parkender Autos, wie Schweine am Trog, schienen auf den ersten Blick den Zutritt zu verwehren, aber dann setzte sich wie durch Zauber ein gewaltiges, im beleuchteten Regen rubinrot glänzendes Cabriolet in Bewegung – von einem breitschultrigen Fahrer energisch im Rückwärtsgang herausgesteuert –, und wir schlüpften dankbar in die Lücke. Ich bedauerte meine Eile sofort, weil ich bemerkte, daß mein Vorgänger sich nun einen nahen, garagenartigen Unterstand zunutze machte, in dem es reichlich Platz für einen zweiten Wagen gab; aber ich war zu ungeduldig, um seinem Beispiel zu folgen.

»Au fein! Sieht schick aus«, rief mein ordinärer Liebling, schielte beim Herauskriechen in das hörbare Regengeträufel und auf die Stuckfassade und zupfte mit kindlicher Hand eine Rockfalte heraus, die sich – um Robert Browning zu zitieren – im Pfirsichspalt festgeklemmt hatte. Schatten von Kastanienblättern, im Licht der Bogenlampen vergrößert, plätscherten spielerisch über weiße Pfeiler hin. Ich schloß den Kofferraum auf. Ein buckliger, altersgrauer Neger in einer Art Livree nahm unser Gepäck und karrte es langsam in die Vorhalle. Sie war voll von alten Damen und Geistlichen.

Lolita hockte sich auf ihre Fersen, um einen blaßschnäuzigen blaugesprenkelten, schwarzohrigen Spaniel zu streicheln, der unter ihrer Hand auf dem geblümten Teppich hinschmolz – wer täte das nicht, mein Herz –, und ich räusperte mich durch das Gedränge zum Empfangsbüro vor. Dort unterzog ein kahler, schweinsköpfiger alter Mann – in diesem alten Hotel war alles alt – höflich lächelnd mein Gesicht einer Prüfung und kramte dann langsam mein (verstümmeltes) Telegramm heraus, kämpfte mit irgendwelchen dunklen Zweifeln, wandte den Kopf, um nach der Uhr zu sehen, und sagte schließlich, es tue ihm sehr leid, man habe das Zimmer mit zwei Betten bis halb sieben reserviert und es dann vergeben. Eine kirchliche Trauung sagte er, sei mit einer Blumenausstellung in Briceland zusammengefallen und –

164

– »Der Name«, sagte ich kalt, »ist nicht Humberg und nicht Humburg, sondern Herbert, ich meine Humbert, und jedes Zimmer ist mir recht, Sie brauchen nur für meine kleine Tochter ein Klappbett hineinstellen zu lassen. Sie ist zehn Jahre alt und sehr müde.«

Der rosige alte Knabe sah freundlich zu Lo hinüber, die noch dahockte und im Profil mit halfoffenen Lippen zuhörte, was die Besitzerin des Hundes, eine uralte, in violette Schleier gewickelte Dame, ihr aus den Tiefen eines Kretonnesessels hervor erzählte.

Was für Zweifel der obszöne Bursche auch haben mochte, sie wurden durch dieses blütenhafte Bild gelöscht. Er sagte, er habe – vielleicht – doch noch ein Zimmer, hatte auch wirklich noch eines, mit einem Doppelbett. Was das Klappbett betreffe –

»Mr. Flapp, haben wir noch Klappbetten?« Flapp, auch er rosa und kahl, mit weißem Haar, das ihm aus Ohren und anderen Löchern wucherte, wollte sehen, was sich machen lasse. Er kam und redete, während ich meinen Füllfederhalter aufschraubte. Ungeduldiger Humbert!

»Unsere Doppelbetten sind breit genug für drei«, sagte Flapp empfehlend, während er mich und meine Kleine ins Zimmer schob. »Als es einmal überfüllt war, mußten wir drei Damen und ein Kind wie Ihres zusammenlegen. Ich glaube, eine der Damen war ein verkleideter Mann [meine Ergänzung]. Immerhin – steht nicht noch ein Kinderbett in 49, Mr. Swine?«

»Ich glaube, die Swoons haben es bekommen«, sagte Swine, der erste alte Clown.

»Es wird schon irgendwie gehen«, sagte ich. »Meine Frau wird wahrscheinlich etwas später nachkommen, aber auch dann, denke ich, wird es gehen.«

Die beiden rosa Schweine zählten jetzt zu meinen besten Freunden. In der bedachtsamen, überdeutlichen Schrift des Verbrechens schrieb ich: Dr. Edgar H. Humbert und Tochter, 342 Lawn Street, Ramsdale. Ein Schlüssel (342!) wurde mir flüchtig gezeigt (Zauberkünstler zeigt Gegenstand, den er gleich verschwinden lassen wird) und Onkel Tom ausgehändigt. Lo erhob sich vom Boden und verließ den Hund, so wie sie eines Tages mich verlassen würde; ein Regentropfen fiel auf Charlottes Grab; eine hübsche junge Negerin schob die Fahrstuhltür auf, und das verurteilte Kind trat hinein, gefolgt von ihrem sich räuspernden Vater und von Tom, dem Krebs, mit dem Gepäck.

Parodie eines Hotelkorridors! Parodie der Stille und des Todes!

»Mensch, das ist doch unsre Hausnummer«, sagte Lo vergnügt.

Ein Doppelbett, ein Spiegel, ein Doppelbett im Spiegel, ein Wandschrank im Spiegel, eine Badezimmertür dito, ein blaudunkles Fenster, das ein Bett spiegelte, dasselbe wie im Spiegel der Wandschranktür, zwei Stühle, ein Tisch mit Glasplatte, zwei Nachttischchen, ein Doppelbett: ein großes, furniertes Eichenbett, um genau zu sein, mit einer botticellirosa Chenilledecke und Nachttischlampen mit rüschenbesetzten rosa Schirmen links und rechts.

Ich war in Versuchung, einen Fünfdollarschein in die Sepiahand zu stecken, überlegte aber, daß man die Freigebigkeit falsch auslegen könnte; tat also einen Vierteldollar hinein. Fügte einen zweiten hinzu. Er zog sich zurück. Klick. *Enfin seuls.*

»Sollen wir in *einem* Zimmer schlafen?« fragte Lo. In ihrem Gesicht arbeitete es dynamisch wie immer, wenn sie einer Frage gewaltige Bedeutung beimessen wollte – nicht gerade unmutig, nicht gerade aufgebracht (immerhin beinahe so); dynamisch eben.

»Ich habe verlangt, daß sie ein Klappbett hereinstellen. Das ich benutzen werde, wenn du willst.«

»Du bist verrückt«, sagte Lo.

»Warum, mein Liebling?«

»Weil, mein Liiiebling, wenn Liiiebling Mama es herausbekommt, sie sich von dir scheiden läßt und mich erwürgt.«

Dynamisch eben. Nimmt die Sache nicht allzu ernst.

»Hör mal zu«, sagte ich und setzte mich, während sie einen Schritt von mir entfernt vor dem Spiegel stand und selbstzufrieden, von ihrer eigenen Erscheinung angenehm überrascht, mit ihrem rosigen Sonnenschein den erstaunten und erfreuten Spiegel des Wandschranks füllte.

»Paß auf, Lo. Laß uns das ein für allemal klarstellen. In allem, was das Praktische betrifft, bin ich dein Vater. Ich bin voller Zärtlichkeit für dich. In Abwesenheit deiner Mutter bin ich für dein Wohlergehen verantwortlich. Wir sind nicht reich, und solange wir reisen, werden wir gezwungen sein – werden wir ziemlich viel aufeinander angewiesen sein. Zwei Menschen, die ein Zimmer teilen, geraten unweigerlich in eine Art von – wie soll ich sagen – eine Art –«

»Inzest heißt das Wort«, sagte Lo – und ging in den Wandschrank, kam mit einem jungen, goldenen Gekicher wieder heraus, öffnete die Tür daneben und, nachdem sie vorsichtig mit ihren merkwürdig rauchfarbenen Augen hineingeschaut hatte, um sich nicht ein zweites Mal zu täuschen, verschwand sie im Badezimmer.

Ich öffnete das Fenster, riß mir das schweißgetränkte Hemd vom Leib, zog ein frisches an, versicherte mich, daß die Phiole mit den Pillen in meiner Jackentasche war, und öffnete – – –

Sie kam hereingeschlendert. Ich versuchte, sie zu umarmen: so nebenher, ein bißchen gemäßigte Zärtlichkeit vor Tisch.

Sie sagte: »Wir wollen die Küsserei sein lassen und lieber essen gehen.«

Und da kam ich mit meiner Überraschung heraus.

Oh, das träumerische Herzchen! Sie ging auf den offenen Handkoffer zu, als ob sie ihn von weitem beschleiche, in einer Art Zeitlupenschritt, und lugte nach dem fernen

Schatzkasten auf dem Kofferträger. (Stimmte etwas nicht mit den großen, grauen Augen meiner Lolita, fragte ich mich, oder waren wir beide in den gleichen verzauberten Nebel getaucht?) Sie schritt auf den Koffer zu, hob dabei ihre Füße mit den ziemlich hohen Absätzen ziemlich hoch und beugte und streckte ihre schönen Knabenknie beim Durchschreiten des magisch sich vor ihr weitenden Raumes mit der Langsamkeit eines Wesens, das sich unter Wasser oder in einem Traumflug fortbewegt. Dann hob sie ein kupferrotes, entzückendes und ziemlich teures Jäckchen an den Ärmeln hoch, spannte es sehr langsam zwischen ihren schweigenden Händen – wie ein verzückter Vogeljäger, dem es beim Anblick eines selten schönen Vogels, den er an den Spitzen seiner flammenden Schwingen spreitet, den Atem verschlägt. Dann, während ich dastand und auf sie wartete, zog sie die träge Schlange eines glänzenden Gürtels heraus und legte sie sich um.

Und sie kroch in meine wartenden Arme, strahlend, gelöst, und streichelte mich mit ihren zärtlichen, geheimnisvollen, unkeuschen, gleichgültigen Zwielichtaugen – wie die billigste aller billigen Hürchen! Denn die sind es, die sie imitieren, die Nymphchen – während wir stöhnen und sterben.

»Will die Küsse mich nicht süßen?« stammelte ich (Fehlleistung) in ihr Haar.

»Wenn du's wissen willst«, sagte sie, »du machst es falsch.«

»Zeig mir's richtig.«

»Alles zu seiner Zeit«, gab das Kokettchen zurück.

Seva ascendes, pulsata, brulans, kitzelans, dementissima. Elevator clatterans, pausa, clatterans, populus in corridoro. Hano nisi mors mihi adimet nemo! Juncea puellula, jo pensavo fondissime, nobserva hihil quidquam; aber natürlich hätte ich im nächsten Augenblick eine furchtbare Dummheit begehen können; glücklicherweise ging sie zur Schatztruhe zurück. Vom Badezimmer aus, wo ich ziemlich lange brauchte, um mich für eine banale

Angelegenheit wieder herunterzuschalten, hörte ich, ein aufrechter Tambour, meinen Atem anhaltend, die kindlichen Oh's und Ah's meiner verzückten Lolita.

Die Seife hatte sie nur benutzt, weil es eine Gratisprobe war.

»Na, komm jetzt, liebes Kind, wenn du ebenso hungrig bist wie ich.«

Also hin zum Fahrstuhl, Tochter schlenkert mit ihrem alten weißen Handtäschchen, Vater geht voran (notabene: niemals hinter ihr, sie ist keine Dame). Als wir dann (Seite an Seite) darauf warteten, abwärts befördert zu werden, warf sie den Kopf zurück, gähnte aus vollem Hals und schüttelte ihre Locken.

»Wann mußtet ihr im Camp aufstehen?«

»Halb« – sie unterdrückte ein zweites Gähnen »sieben« – mächtiges Gähnen mit einem Erzittern des ganzen Körpers. »Halb«, wiederholte sie, und ihre Kehle füllte sich von neuem.

Der Speisesaal empfing uns mit einem Geruch von gebratenem Fett und fader Freundlichkeit. Er war geräumig und prätentiös mit seinen romantischen Wandmalereien, die verzauberte Jäger in verschiedenen Stellungen und Verzauberungszuständen darstellten, umgeben von einem Durcheinander bleichsüchtigen Wilds, Dryaden und Bäumen. Ein paar vereinzelte alte Damen, zwei Geistliche und ein Mann im Tweedjackett beendeten gerade schweigend ihre Mahlzeit. Der Speisesaal wurde um neun geschlossen; und die grüngekleideten, pokergesichtigen Serviermädchen hatten es glücklicherweise eilig, uns loszuwerden.

»Sieht er nicht genau, aber ganz genau wie Quilty aus?« sagte Lo leise, und ihr spitzer brauner Ellbogen zeigte nicht direkt – war aber sichtlich brennend nahe daran – auf den einzelnen Gast in der auffallend karierten Jacke, der uns gegenüber saß.

»Wie unser dicker Zahnarzt in Ramsdale?«

Lo hielt den Schluck Wasser, den sie gerade trinken wollte, im Mund zurück und stellte ihr tanzendes Glas hin.

»'türlich nicht«, sagte sie mit einem sprudelnden Gelächter, »ich meine den Schriftsteller auf den Drome-Reklamen.«

O Fama! O Femina!

Als uns der Nachtisch hingepfeffert wurde – ein mächtiger Keil Kirschtorte für die junge Dame, und für ihren Beschützer Vanilleeis, dessen größten Teil sie sich sofort auf ihre Torte klackste, zog ich die Phiole aus der Tasche, die Papas Purpurpillen enthielt. Wenn ich an jene seekranken Fresken zurückdenke, an jenen seltsamen ungeheuerlichen Anblick, kann ich mein damaliges Verhalten nur durch den Mechanismus jenes Traumvakuums erklären, in dem ein gestörter Geist kreiselt; aber im Augenblick selbst kam mir alles ganz einfach und zwangsläufig vor. Ich blickte ringsum, stellte befriedigt fest, daß der letzte Gast hinausgegangen war, nahm den Stöpsel ab und kippte mit äußerster Bedächtigkeit das Zaubermittel in meinen Handteller. Ich hatte gewissenhaft vor dem Spiegel die Gebärde geübt, meine leere Hand gegen den offenen Mund zu klappen und eine (vorgetäuschte) Pille zu schlucken. Wie ich erwartet hatte, stürzte sie sich auf das Fläschchen mit seinen rundlichen, farbenprächtigen Kapseln, die mit ›Schönchens Schlaf‹ geladen waren.

»Blau!« rief sie aus. »Veilchenblau. Woraus sind sie?«

»Aus Sommerhimmel«, sagte ich, »und aus Pflaumen und Feigen und dem Traubenblut der Kaiser.«

»Nein, im Ernst – bitte.«

»Purpillchen, ganz einfach Vitamin X. Machen einen stark wie Ochs und Axt. Möchtest du eine?«

Lolita streckte die Hand aus und nickte eifrig.

Ich hatte gehofft, daß die Droge sehr schnell wirken würde. Das war auch durchaus der Fall. Lo hatte einen langen, langen Tag hinter sich; morgens, wie das anbetungswürdige, griffbereite Nymphchen mir jetzt zwischen unterdrückten, gaumensprengenden Gähnanfällen erzählte, war sie mit Barbara rudern gegangen, deren Schwester Wassersportlerin war – oh, wie schnell der Zaubertrank wirkte! –, und hatte auch sonst viel unternommen. Das Kino, das ihr im Sinn gelegen hatte, war natürlich längst vergessen, als wir wassertretend den Speisesaal verließen. Im Fahrstuhl neben mir stehend, lehnte sie sich matt lächelnd an mich – soll ich dir nicht erzählen? – und senkte die dunklen Augenlider. »Müde, hm?« sagte Onkel Tom, der den stillen franko-irischen Herrn und seine Tochter zusammen mit zwei verwelkten Rosenexpertinnen nach oben fuhr. Alle sahen sie wohlgefällig meinen zarten, sonnengebräunten, schwankenden, betäubten Rosenliebling an. Fast mußte ich sie in unser Zimmer tragen. Dort setzte sie sich auf den Bettrand, taumelte ein bißchen, sprach in langgezogenen, gurrenden Taubentönen.

»Wenn ich dir's erzähle – wenn ich dir's erzähle – versprichst du mir« (schläfrig, so schläfrig – Köpfchen pendelt, Äuglein fallen zu), »versprichst du mir, daß du dich nicht bei der Campleitung beschwerst?«

»Später, Lo. Geh jetzt zu Bett. Ich lasse dich hier und du gehst zu Bett. Geb dir zehn Minuten.«

»Ach, ich hab gemeine Sachen gemacht«, fuhr sie fort, warf ihr Haar zurück, zog mit langsamen Fingern eine Samtschleife auf. »Laß mich erzählen –«

»Morgen, Lo. Geh zu Bett, geh zu Bett – um Himmels willen, geh jetzt zu Bett.«

Ich steckte den Schlüssel in die Tasche und ging hinunter.

Meine Damen Geschworenen! Haben Sie Nachsicht mit mir! Schenken Sie mir ein winziges Weilchen Ihrer kostbaren Zeit! Dies also war *le grand moment.* Als ich meine Lolita verließ, saß sie immer noch auf dem Rand des abgründigen Bettes, hob halbschlafend ihren Fuß, zerrte an ihren Schnürsenkeln und ließ in dieser Haltung die Innenseite ihres Schenkels bis zum Dreieck des Höschens sehen – sie war, was Beinezeigen angeht, immer merkwürdig unbewußt oder schamlos oder beides gewesen. Dies war die hermetische Vision von ihr, die ich eingeschlossen hatte – wohlgemerkt: nicht ohne mich zu vergewissern, daß die Tür keinen Innenriegel hatte. Der Schlüssel mit seinem Nummernholz war fortan das gewichtige Sesam-öffne-dich zu einer berauschenden, unerhörten Zukunft. Er war mein, Teil meiner heißen, behaarten Faust. In ein paar Minuten – sagen wir zwanzig, sagen wir eine halbe Stunde, – »sicher ist sicher«, wie mein Onkel Gustave zu sagen pflegte – würde er mich in ›342‹ einlassen, wo ich mein Nymphchen, meine Schönheit, meine Braut, in ihrem gläsernen Schlaf gefangen finden würde. Geschworene! Wäre meinem Glück Sprache verliehen gewesen, so würde es das gepflegte Hotel mit einem ohrenzerreißenden Gebrüll erfüllt haben. Und heute bedauere ich nur, daß ich nicht schweigend Schlüssel 342 am Büro hinterlegte und die Stadt, das Land, den Kontinent, die Hemisphäre – ja, den Globus – in der gleichen Nacht verließ.

Lassen Sie mich erklären. Ihre selbstanklägerischen Andeutungen beunruhigen mich nicht übermäßig. Ich war noch immer fest entschlossen, bei meiner Strategie zu bleiben, das heißt ihre Reinheit zu schonen und nur in der Verschwiegenheit der Nacht und an einer völlig anästhesierten kleinen Nacktheit zu operieren. Selbstbeherrschung und Ehrfurcht waren noch immer mein Motto – sogar wenn diese ›Reinheit‹ (nebenbei bemerkt, von der modernen Wissenschaft ihres Nimbus völlig entkleidet) durch irgendein jugendlich-erotisches Erlebnis, zweifellos lesbischer Art, in dem verfluchten Camp ein wenig gelitten haben sollte. Natürlich hatte ich, Jean Jacques Humbert, in meinen antiquierten europäischen Vorstellungen es erst einmal für sicher gehalten, daß sie so unberührt sei, wie es seit dem beklagenswerten Ende der vorchristlichen Alten Welt mit ihren anziehenden Gepflogenheiten zum stereotypen Begriff ›normales Kind‹ gehört. Wir sind in

172

unserem aufgeklärten Zeitalter nicht von kleinen Sklavenblumen umgeben, die nebenher, zwischen Geschäft und Bad, gepflückt werden können, wie es in den Tagen der Römer üblich war; und wir bedienen uns nicht, wie es die würdevollen Orientalen in noch luxuriöseren Zeiten taten, zwischen Hammel und Rosensorbet kleiner Amüsiermädchen. Das Schlimme ist, daß neue Sitten und neue Gesetze die Bindung zwischen der Erwachsenen-Welt und der Kind-Welt zerrissen haben. Obwohl ich mich aus Liebhaberei mit psychiatrischen und sozialen Fragen beschäftigt hatte, wußte ich tatsächlich so gut wie nichts von Kindern. Schließlich war Lolita erst zwölf, und was auch immer ich Ort und Zeit zuschreiben mußte – selbst wenn ich das rüde Benehmen amerikanischer Schulkinder in Rechnung stellte –, blieb ich doch dem Eindruck verhaftet, daß das, was sich unter diesen frechen Gören abspielen mochte, einem späteren Alter und einer anderen Umwelt angemessen war. Daher (um den Faden dieser Erklärung wieder aufzunehmen) irrte der Moralist in mir, als er an konventionellen Begriffen über das, was ein zwölfjähriges Mädchen zu sein hat, festhielt. Der Kinder-Therapeut in mir (ein Schwindler, wie die meisten – aber darauf kommt es jetzt nicht an) wärmte neo-freudianischen Brei und erfand eine träumende, verderbte Dolly in der ›Latenz‹ ihres Mädchentums. Schließlich hatte der Sensulaist in mir (ein großes, wahnsinniges Monstrum) nichts gegen eine gewisse Verderbtheit seiner Beute. Aber irgendwo hinter der rasenden Seligkeit berieten sich bestürzte Schatten – und daß ich sie nicht beachtet habe, das ist es, was ich jetzt bedaure. Gebt gut acht, ihr Menschen. Ich hätte begreifen sollen, daß Lolita bereits bewiesen hatte, wie sehr sie sich von der unschuldigen Annabel unterschied, und wie sehr das nymphisch Dämonische aus jeder Pore dieses Koboldkindes atmete, das ich für meinen geheimen Genuß vorbereitet hatte; endlich, daß es die Geheimhaltung unmöglich machen würde – und den Genuß tödlich. Ich hätte wissen sollen (durch Zeichen, die mir ein Etwas in Lolita gegeben hatte – das wirkliche Kind Lolita oder ein verstörter Engel hinter ihrem Rücken), daß nichts als Schmerz und Grauen aus der erwarteten Seligkeit entstehen würden. O geflügelte Herren Geschworenen!

Und sie war mein, sie war mein, der Schlüssel war in meiner Faust, meine Faust war in meiner Tasche, Lolita war mein. Im Wechsel all der Einbildungen und Entwürfe, denen ich so viele schlaflose Nächte gewidmet hatte, war ich allmählich dazu gelangt, alle trübenden Schleier zu zerreißen und schichtweise eine klare Vision aufzubauen, ein endgültiges festes Bild. Nackt, bis auf eine Socke und ein Talismanarmband, übers Bett gestreckt, von meinem Zaubertrank gebannt – so sah ich sie vor mir; ein Samthaarband noch zwischen den Fingern, ihr Körper – das Negativ eines rudimentären Badeanzugs auf die honigbraune Haut gezeichnet – zeigt mir seine blassen Brustknospen; im rosigen Lampenlicht glitzert ein kleines Vlies auf seinem Hügelchen. Der kalte Schlüssel mit seinem warmen hölzernen Anhänger war in meiner Tasche.

Ich wanderte durch verschiedene Gesellschaftsräume, Seligkeit unten, Düsternis oben: denn das Gesicht der Lüsternheit ist immer düster; Lust ist nie ganz gewiß – selbst wenn man sein samthäutiges Opfer im Vlies gefangenhält –, daß nicht ein nebenbuhlerischer Teufel oder ein einflußmächtiger Gott im letzten Augenblick den bevorstehenden Triumph vereiteln wird. In schlichten Worten: ich mußte etwas trinken; aber an dieser ehrwürdigen Stätte voll schwitzender Philister und Antiquitäten gab es keine Bar.

Ich schlenderte in die Herrentoilette. Dort wandte sich ein Mann in klerikalem Schwarz, ein geselliger Patron, *comme on dit* – während er nach Wiener Schule untersuchte, ob noch alles vorhanden war –, mit der Frage an mich, wie ich Dr. Knabes Vortrag gefunden habe, und sah erstaunt aus, als ich (König Sigmund II.) sagte, Knabe sei ein toller Knabe. Woraufhin ich das Papierhandtuch, mit dem ich meine empfindsamen Fingerspitzen abgetrocknet hatte, adrett in den dafür vorgesehenen Behälter warf und in die Halle streunte. Ich lehnte mich mit lässig aufgestütztem Ellbogen über den Empfangstisch und fragte Mr. Flapp, ob er sicher sei, daß meine Frau nicht angerufen habe; und wie es mit dem Klappbett stehe. Er antwortete, sie habe es nicht getan (freilich, sie war ja tot), und das Klappbett würde morgen, sollten wir uns zum Bleiben entschließen, aufgestellt werden. Aus einem großen, überfüllten Saal, ›Die Jäger-Halle‹ genannt, quoll der Klang von vielen Stimmen, die den Gartenbau oder die Ewigkeit erörterten. Ein anderer Raum, ›Das Himbeer-Zimmer‹, ganz in Licht gebadet, mit glänzenden, kleinen Tischen und einem großen Büfett voll ›Erfrischungen‹, war noch leer bis auf die Gastgeberin (Typus: erschöpfte Frau mit glasigem Lächeln und Charlottes Sprechweise); sie trieb mit der Frage auf mich zu, ob ich Mr. Braddock sei, weil nämlich in diesem Falle Miss Bart nach mir gesucht habe. »Welch ein Name für eine Frau«, sagte ich und ging weg.

In einem Regenbogen flutete das Blut in meinem Herzen ein und aus. Ich würde ihr bis um halb zehn Zeit geben. Als ich in die Halle zurückkam, war eine Veränderung eingetreten: Eine Anzahl Leute in geblümten Kleidern oder schwarzem Tuch bildeten hier und da kleine Gruppen, und eine Fee schenkte mir den Anblick eines entzückenden Kindes in Lolitas Alter, in Lolitas Kleidern, jedoch in Weiß, mit einer weißen Schleife im schwarzen Haar. Sie war nicht hübsch, aber sie war ein Nymphchen, und ihre elfenbeinblassen Beine und der Lilienhals bildeten einen unvergeßlichen Augenblick lang eine prickelnde Antiphonie (im Sinne von Rückenmarksmusik) zu meinem Verlangen nach Lolita, der braunen, rosigen, erhitzten und verderbten. Das bleiche Kind bemerkte meinen Blick (der wirklich ganz flüchtig und unbefangen war), und da sie lächerlich verlegen war, verlor sie die Haltung, rollte die Augen, legte den Handrücken an die Backe, zupfte an ihrem Rocksaum und kehrte mir schließlich, scheinbar, um mit ihrer Mutterkuh zu plaudern, die dünnen beweglichen Schulterblätter zu.

Ich verließ die geräuschvolle Halle und stand draußen auf den weißen Steinstufen, schaute in die Hunderte von staubigen Insekten, die in der dunstig schwarzen Nacht, in der es webte und weste, um die Lampen kreisten. Alles, was ich zu tun beabsichtigte, alles, was ich zu tun wagen würde, käme auf so wenig heraus ...

Plötzlich bemerkte ich in der Dunkelheit der Säulenveranda jemanden, der neben mir auf einem Stuhl saß. Ich konnte ihn nicht richtig sehen, aber das knirschende Entkorken einer Flasche und ein diskreter Schlucklaut und dann – als Schlußnote – ein ruhiges Zukorken, verrieten ihn. Ich war im Begriff wegzugehen, als seine Stimme mich ansprach.

»Wo haben Sie die Kleine her, zum Donnerwetter?«

»Wie bitte?«

»Ich sagte: ist nicht weit her mit dem Sommerwetter.«

»Kann man wohl sagen.«

»Gehört sie Ihnen?«

»Sie ist meine Tochter.«

»Mich können Sie doch nicht anschmieren, munterer Alter.«

»Wie bitte?«

»Ich sagte: schlägt einem auf die Nieren in unserem Alter. Wo ist die Mutter?«

»Tot.«

»Aha. Wie traurig. Übrigens, wie wär's, wenn Sie beide morgen mit mir frühstückten? Diese grauslichen Horden werden dann fort sein.«

»Wir werden auch fort sein. Gute Nacht.«

»Schade. Bin ziemlich blau. Gute Nacht. Ihr Kindchen braucht viel Schlaf. Schlaf ist eine Rose, wie die Perser sagen. Zigarette?«

»Nicht jetzt.«

Er zündete ein Streichholz an; weil er aber betrunken war, oder weil der Wind betrunken war, beleuchtete die

Flamme nicht ihn, sondern eine andere Person, einen sehr alten Mann, einen dieser Dauergäste alter Hotels – und seinen weißen Schaukelstuhl. Niemand sagte etwas, und die Dunkelheit flutete zurück zu ihrem Ursprung. Dann hörte ich den Greis husten und etwas Grabesschleim von sich geben.

Ich verließ die Terrasse. Im ganzen war wenigstens eine halbe Stunde vergangen. Ich hätte ihn um einen Schluck aus seiner Flasche bitten sollen. Die Spannung wurde unerträglich. Wenn eine Violinsaite schmerzen kann, so war ich eine. Es wäre aber untunlich gewesen, Eile an den Tag zu legen. Während ich mich durch eine unbewegte Gestirnkonstellation von fremden Leuten in einer Ecke der Halle hindurchschlängelte, blitzte es plötzlich blendend grell auf – und der strahlene Dr. Braddock, zwei orchideengeschmückte Matronen, das kleine Mädchen in Weiß und vermutlich der zähnefletschende Humbert Humbert – der zwischen der bräutlichen Kleinen und dem verzückten Kleriker dahinschlich – waren unsterblich gemacht, sofern Papier und Druck einer Kleinstadtzeitung für Unsterblichkeit bürgen können. Eine zwitschernde Gruppe umlagerte den Fahrstuhl. Ich zog die Treppe vor. 342 lag dicht bei der Feuerleiter. Noch könnte man – aber da steckte der Schlüssel schon im Schloß, und dann war ich im Zimmer.

Die Tür des erleuchteten Badezimmers stand halb offen; dazu fiel von den Bogenlampen draußen das Licht gerippt wie ein Skelett durch die Jalousien; diese Helligkeiten überkreuzten das Dunkel des Schlafzimmers und ließen folgende Situation erkennen:

In einem ihrer alten Nachthemden lag meine Lolita auf der Seite, den Rücken mir zugekehrt, in der Mitte des Bettes. Ihr leicht verhüllter Körper und die nackten Glieder bildeten ein Z. Sie hatte beide Kissen unter ihrem dunklen, zerzausten Kopf; ein blasser Lichtstreif fiel über ihren obersten Halswirbel.

Ich muß in der Art jener phantastischen Plötzlichkeit, mit der in einer Filmszene die Prozedur des Aus- und Anziehens übersprungen wird, aus meinen Sachen heraus und in den Pyjama geschlüpft sein, und ich hatte bereits mein Knie auf dem Bettrand, als Lolita den Kopf wandte und mich durch die gestreiften Schatten anstarrte.

Das war nun allerdings etwas, das der Eindringling nicht erwartet hatte. Das ganze Pillenspiel (eine recht üble Sache, *entre nous soit dit*) hatte auf einen Schlaf gezielt, der so tief sein sollte, daß ein ganzes Regiment ihn nicht hätte stören können; und hier lag sie, starrte mich an und nannte mich mit schwerer Zunge »Barbara«. Barbara, in meinem Schlafanzug, der ihr viel zu eng war, stand regungslos über die kleine Schlaf-Rednerin gebeugt. Weich, mit einem hoffnungslosen Seufzer, wandte Dolly sich ab und nahm ihre ursprüngliche Lage wieder ein. Ich wartete mindestens zwei Minuten gespannt am Bettrand, wie jener Schneider mit seinem selbstfabrizierten Fallschirm vor vierzig Jahren, als er im Begriff stand, vom Eiffelturm abzuspringen. Ihr sanfter Atem hatte den Rhythmus des Schlafs. Endlich streckte ich mich auf meinem schmalen Bettstreifen aus, zog verstohlen an den diversen Laken und Decken, die südlich von meinen eiskalten Fersen aufgehäuft waren – da hob Lolita den Kopf und sah mich staunend an.

Wie ich später von einem hilfsbereiten Apotheker erfuhr, gehören die Purpurpillen nicht einmal zu der großen, edlen Familie der Barbiturate; und obgleich sie einem Neurotiker, der sie für ein wirksames Mittel hält, Schlaf bringen können, waren sie doch eine zu schwache Droge für ein lebhaftes, wenn auch übermüdetes Nymphchen. Ob der Arzt in Ramsdale ein Scharlatan war oder ein durchtriebener alter Gauner, fällt nicht ins Gewicht. Ins Gewicht fiel lediglich, daß ich betrogen worden war. Als Lolita zum zweitenmal die Augen öffnete, wurde mir klar, daß, selbst wenn die Wirkung später in der Nacht eintreten sollte, die Sicherheit, mit der ich gerechnet hatte, trügerisch war. Langsam wandte sich ihr Kopf weg und sank auf ihre ungerecht üppige Kissenmenge zurück. Ich lag ganz still an meiner Bettkante, spähte nach ihrem verwuschelten Haar, nach dem Schimmer von Nymphchenfleisch, wo es als halber Schenkel und halbe Schulter bloßlag und versuchte, die Tiefe ihres Schlafes am Tempo ihrer Atemzüge zu messen. Einige Zeit verging, nichts änderte sich, und ich beschloß, das Risiko auf mich zu nehmen und diesem lockenden, verrücktmachenden Schimmer etwas näher zu rücken. Kaum aber war ich in seinen warmen Umkreis vorgedrungen, als ihr Atem stockte, und ich hatte das abscheuliche Gefühl, daß die kleine Dolores hellwach sei und in Gekreisch ausbrechen würde, wenn ich sie mit irgendeinem Teil meiner Erbärmlichkeit berührte. Bitte, Leser: Wie sehr Sie auch über den zartfühlenden, krankhaft empfindsamen, unendlich vorsichtigen Helden meines Buches außer sich sein mögen, überschlagen Sie diese wesentlichen Seiten nicht! Sehen Sie mich in Gedanken vor sich; wenn Sie mich nicht vor sich sehen, existiere ich nicht. Versuchen Sie, in mir das scheue Reh zu erkennen, das im Wald seines eigenen Frevels zittert; lassen Sie uns sogar ein wenig lächeln. Schließlich kann ein Lächeln nichts schaden. Zum Beispiel hatte ich keine Stütze für meinen Kopf, und ein Anfall von Sodbrennen (sie nennen ihr in Fett Gebratenes ›französische Küche‹, *grand Dieu!*) trug zu meinem Unbehagen bei.

Es schlief wieder fest, mein Nymphchen, und doch wagte ich nicht, mich auf meine verzauberte Reise zu begeben. *La Petite Dormeuse ou l'Amant Ridicule.*

Morgen würde ich sie mit den altbewählten Pillen füttern, die ihre Mammi so gründlich betäubt hatten. Stekken sie im Handschuhfach – oder im Handkoffer? Sollte ich eine gute Stunde warten und dann wieder herankriechen? Nympholepsie ist eine exakte Wissenschaft. Die direkte Berührung würde es in knapp einer Sekunde schaffen. Ein Zwischenraum von einem Millimeter in zehn. Abwarten.

Nichts ist lauter als ein amerikanisches Hotel; und dabei, bitte schön!, galt dieses hier für eine besonders ruhige, gepflegte, altmodische Gaststätte – ›wie-bei-sich-zu-Hause‹, ›für verwöhnte Ansprüche‹ und so weiter. Das Geklapper des Fahrstuhlgitters – ungefähr vierzig Meter nordöstlich meines Kopfes, aber so vernehmbar, als wäre es in meiner linken Schläfe – wechselte mit dem Bummern und Rattern der diversen Manöver dieser Maschine und hielt bis lange nach Mitternacht. Östlich von meinem linken Ohr – (immer unter der Voraussetzung, daß ich auf dem Rücken liege und nicht wage, meine gemeinere Seite dem undeutlich sichtbaren Schenkel meiner Bettgenossin zuzuwenden) – hörte man hin und wieder auf dem Korridor schallende, herzliche, alberne Zurufe, die in einem Geprassel von Gute-Nacht-Wünschen untergingen. Als das aufhörte, meldete sich nördlich von meinem Kleinhirn eine Toilette; eine männliche, energische, rauhkehlige Toilette, die oft benutzt wurde. Ihr Gegurgel und Gerausche und der langanhaltende Nachfluß erschütterten die Wand hinter mir. Dann war jemandem in südlicher Richtung speiübel, er würgte mitsamt dem Alkohol fast sein ganzes Leben aus; und sein Wasserschwall kam wie ein richtiger Niagara dicht hinter unserem Badezimmer heruntergeschossen. Und als endlich alle Wasserfälle aufgehört hatten und die ›Verzauberten Jäger‹ in tiefem Schlaf lagen, artete die Allee unter dem Fenster meiner Schlaflosigkeit, westlich meiner Rückseite – eine gesetzte, hochherrschaftliche, würdevolle Allee mit riesigen Bäumen – zum erschreckenden Tummelplatz gewaltiger Lastautos aus, die durch die nasse, windige Nacht röhrten.

Und knapp fünfzehn Zentimeter von mir und meinem brennenden Leben befand sich, nebelhaft, Lolita! Nach einer langen, regungslosen Wache bewegten sich meine Fühlhörner wieder auf sie zu, und diesmal weckte das Knarren der Matratze sie nicht. Es gelang mir, ihr meine

180

hungrige Masse so nah zu bringen, daß ich die Aura ihrer nackten Schulter wie einen warmen Atem an meiner Wange spürte. Und dann setzte sie sich auf, starrte mich an, murmelte mit irrsinniger Geschwindigkeit etwas über Boote, zerrte an den Laken und fiel in ihre dunkle, junge Unbewußtheit zurück. Als sie sich in diesem überquellenden Schlafstrom hin und her warf – eben noch kastanienbraun, jetzt mondblaß –, schlug ihr Arm über mein Gesicht. Einen Augenblick lang umschlang ich sie. Sie befreite sich aus dem Schatten meiner Umarmung. Sie tat es unbewußt, nicht heftig, nicht mit persönlichem Unwillen, sondern mit dem neutralen, klagenden Gemurmel eines Kindes, das seine berechtigte Ruhe haben will. Und wieder blieb die Lage die gleiche: Lolita, ihr gekrümmtes Rückgrat Humbert zugewandt, Humbert, den Kopf auf die Hand gestützt, brennend vor Verlangen und Magensäure.

Die letztere erforderte einen Gang ins Badezimmer, um dort Wasser zu trinken, was für mich das beste mir bekannte Linderungsmittel ist, außer vielleicht Milch mit Rettich; und als ich die seltsame, strahlengegitterte Feste wieder betrat, wo Lolitas alte und neue Kleidungsstücke in verschiedenen Posen der Verzücktheit über den Möbeln hingen, die vage umherzufließen schienen, setzte sich meine unmögliche Tochter auf und verlangte mit klarer Stimme ebenfalls etwas zu trinken. Sie nahm den nachgiebigen, kalten Pappbecher in ihre schattenhafte Hand und goß seinen Inhalt dankbar hinunter, die langen Wimpern becherwärts geneigt; und dann, mit einer kindlichen Bewegung, die mehr Reiz enthielt als jede sinnliche Liebkosung, wischte die kleine Lolita ihre Lippen an meiner Schulter ab. Sie fiel auf ihr Kissen zurück (ich hatte ihr meines, während sie trank, weggezogen) und schlief sofort wieder ein.

Ich hatte nicht gewagt, ihr eine zweite Portion der Droge zu verabreichen, weil ich die Hoffnung nicht aufgab, daß die erste doch noch ihren Schlaf festigen würde. Auf Enttäuschungen gefaßt, wohl wissend, daß Warten besser sei, aber unfähig zu warten, begann ich wieder, mich ihr zu nähern. Mein Kopfkissen roch nach ihrem Haar. Ich rückte auf meinen schimmernden Liebling zu, hielt inne, zog mich zurück, sooft ich das Gefühl hatte, sie rege sich oder sei im Begriff, sich zu regen. Ein leichter Wind aus Wunderland wirkte auf meine Gedanken, so daß sie wie in Kursivschrift abgefaßt waren – so, als ob die Oberfläche, die meine Gedanken spiegelte, vom Zauber dieser Brise gekräuselt war. Hin und wieder blätterte mein Bewußtsein falsch um, mein gleitender Körper geriet in die Schlafsphäre, glitt wieder heraus, und ein- oder zweimal ertappte ich mich beim Abrutschen in ein melancholisches Schnarchen. Nebel der Zärtlichkeit umfingen Berge der Sehnsucht. Ab und zu schien mir, als komme die verzauberte Beute dem verzauberten Jäger entgegen, als bewege sich ihr Schenkel – unter dem weichen Sand eines fernen, märchenhaften Strandes – vorsichtig auf mich zu; und dann regte sich das schwimmend Verschwommene, und ich wußte, sie war mir entrückter denn je.

Wenn ich so ausgiebig bei dem ängstlichen Tasten jener fernen Nacht verweile, so geschieht es, weil ich unbedingt beweisen muß, daß ich kein brutaler Schurke bin, noch es je war, noch es jemals hätte sein können. Die milden, träumerischen Regionen, durch die ich kroch, waren die Gefilde der Poesie – nicht die Jagdgründe des Verbrechens. Hätte ich mein Ziel erreicht, so wäre meine Verzückung ganz sanft vor sich gegangen; ein Fall innerer Verbrennung, dessen Hitze sie sogar im Wachzustand kaum gespürt hätte. Aber ich hoffte noch immer, daß sie nach und nach in völlige Betäubung sänke, die mir erlauben würde, mehr als nur einen Schimmer von ihr zu genießen. Und so, zwischen versuchsweisen Annäherungen und verwirrten Wahrnehmungen, die sie entweder in Mondgeflimmer oder in ein flauschig blühendes Gebüsch verwandelten, träumte ich ein Erwachen des Bewußtseins, träumte, ich läge auf der Lauer.

In den ersten Nachmitternachtsstunden senkte sich Stille über das ruhelose Hotel. Gegen vier rauschte die Kaskade der Korridortoilette, und ihre Tür schlug zu. Kurz nach fünf setzte ein schallender Monolog, in mehreren Raten ein, der von einem Hof oder einem Parkplatz herkam. Es war nicht eigentlich ein Monolog, denn der Sprecher schwieg alle zwei Sekunden, vermutlich um einen anderen Kerl anzuhören; aber die zweite Stimme erreichte mich nicht, und so konnte dem, was an mein Ohr drang, kein Sinn entnommen werden. Der sachliche Tonfall jedoch tat ein Übriges, den Tag heraufdämmern zu lassen, und das Zimmer lag bereits in lila-grauem Zwielicht, als etliche eifrige Toiletten sich eine nach der anderen an die Arbeit machten, und der klappernde, winselnde Fahrstuhl stieg auf und nieder, um Frühaufsteher nach unten zu befördern, und ein paar Minuten lang döste ich unglücklich vor mich hin, und Charlotte war eine Nixe in einer grünlichen Zisterne, und draußen auf dem Korridor sagte Dr. Knabe mit salbungsvoller Stimme: »Schönen guten Morgen wünsch ich!«, und Vögel raschelten geschäftig in den Bäumen und dann gähnte Lolita.

Frigide Damen Geschworenen! Ich hatte gedacht, daß Monate, vielleicht Jahre vergehen würden, ehe ich den Mut aufbrächte, mich Dolores Haze zu entdecken; aber um sechs war sie hellwach, und um Viertel nach sechs waren wir, technisch gesehen, ein Liebespaar. Ich werde Ihnen etwas sehr Merkwürdiges mitteilen. Sie war es, die mich verführte.

Als ich ihr erstes Morgengähnen hörte, wandte ich ihr mein wirkungsvolles Profil zu und stellte mich schlafend. Mir fiel einfach nichts Besseres ein. Würde sie schockiert sein, mich an ihrer Seite vorzufinden und nicht in einem Extrabett? Würde sie ihre Sachen nehmen und sich im Badezimmer einschließen? Würde sie verlangen, sofort nach Ramsdale gebracht zu werden – an das Krankenbett ihrer Mutter? Zurück ins Camp? Aber meine Lo war keine Spielverderberin. Ich fühlte ihre Augen auf mir, und als sie

endlich den geliebten triumphierenden Kicherlaut aus-
stieß, wußte ich, daß ihre Augen gelacht hatten. Sie rollte
sich zu mir herüber, und ihr warmes braunes Haar streifte
mein Schlüsselbein. Ich mimte eine recht mittelmäßige
Nachahmung des Erwachens. Wir lagen still. Ich streichelte sanft ihr Haar, und wir küßten uns sanft. In ihrem
Kuß, der mich in einen Taumel der Verwirrung stürzte,
lag eine drollige flatternde und sondierende Kunstfertig-
keit, aus der ich schloß, daß sie in sehr jungen Jahren von
einer kleinen Lesbierin in die Lehre genommen worden
war. Kein Charlie hätte ihr das beibringen können. Als
wollte sie sehen, ob ich zufrieden sei und meine Lektion
gelernt hätte, bog sie sich zurück und schaute mich prüfend an. Ihre Wangen hatten sich gerötet, ihre volle Unterlippe glänzte, ich war nah am Verströmen. Plötzlich, mit
einem Ausbruch jungenhafter Fröhlichkeit (Kennzeichen
des Nymphchens), legte sie ihren Mund an mein Ohr –
aber eine ganze Weile konnte mein Verstand den heißen
Donner ihres Geflüsters nicht in Worte gliedern, und sie
lachte, strich sich das Haar aus dem Gesicht und versuchte es wieder, und allmählich, als mir klar wurde, was
sie vorschlug, überkam mich das sonderbare Gefühl, in
einer absolut neuen, verrückt neuen Traumwelt zu leben,
in der alles erlaubt ist. Ich sagte, ich wisse nicht, welches
Spiel sie mit Charlie gespielt habe. »Willst du behaupten,
daß du nie –?« Ihr Gesicht verzog sich zu einer Grimasse
angewiderter Ungläubigkeit. »Du hast nie –« Sie fing
wieder an. Um Zeit zu gewinnen, beschnüffelte ich sie ein
bißchen. »Wirst du das gleich lassen«, sagte sie scharf und
unwirsch und entzog ihre braune Schulter hastig meinen
Lippen (es war merkwürdig, wie sie – noch lange Zeit
hindurch – alle Liebkosungen, außer Küssen auf den
Mund und dem nackten Liebesakt – für ›romantischen
Quatsch‹ oder ›anormal‹ hielt).

»Du behauptest«, beharrte sie und kniete sich über
mich, »daß du es als Junge nie gemacht hast?«

»Nie«, antwortete ich ganz wahrheitsgetreu.

»Gut«, sagte Lolita, »dann fangen wir mal an.«

Ich werde meine gebildeten Leser nun aber nicht mit einem ausführlichen Bericht über die Voraussetzungen langweilen, die Lolita mitbrachte. Es genügt zu sagen, daß ich keine Spur von Schamhaftigkeit in diesem schönen, eben erst reifenden Mädchen entdeckte, das von der modernen Koedukation, den jugendlichen Sitten, dem Campfeuertrubel und so fort unrettbar verdorben worden war. Sie betrachtete den Geschlechtsakt lediglich als Zubehör der heimlichen Jugendwelt, von der Erwachsene nichts wissen. Was die Erwachsenen zum Zweck der Zeugung trieben, war nicht ihre Angelegenheit. Mein Leben wurde von Klein-Lo auf so energische, sachliche Weise gehandhabt, als sei es ein fühlloser mechanischer Apparat ohne Beziehung zu mir. So bemüht sie auch war, mir mit ihrer forschen Kind-Welt zu imponieren, so war sie doch auf gewisse Mißverhältnisse zwischen dem Leben eines Knaben und dem meinen nicht gefaßt. Nur ihr Stolz hinderte sie, es aufzugeben; denn in meiner sonderbar heiklen Lage spielte ich den Unwissenden und ließ sie gewähren – wenigstens, solange ich es noch ertragen konnte. Aber das sind Belanglosigkeiten; mir liegt überhaupt nichts am sogenannten ›Sexuellen‹. Jeder kann sich die Elemente des Animalischen selbst vorstellen. Eine größere Aufgabe lockt mich: ein für allemal den gefährlichen Zauber der Nymphchen festzuhalten.

RÉGINE DEFORGES

Léone
oder Das Bahnhofsrestaurant

Angefangen hatte alles im Restaurant der Gare de Lyon, dem *Train Bleu*.

Die Weihnachtsferien hatten gerade begonnen. Der Bahnhofsvorplatz war überschwemmt von einer eilenden, drängelnden Menschenmenge, Hunderten von Leuten, die mit Koffern, Taschen und Skiern beladen waren. Léone begleitete ihre Mutter und ihre Kinder zum Zug. Sie bezahlte den Taxichauffeur, der sich noch immer nicht über die verstopften Straßen beruhigen konnte, durch die sie gerade gefahren waren.

»Aber sich über die hohen Benzinpreise beklagen! Der Liter könnte ruhig 10 Francs kosten und die würden ihre verdammten Karren noch lange nicht zu Hause lassen! ... Mein Gott, nichts wie in den Ruhestand!«

Léone gab ihm ein hohes Trinkgeld, um ihn zu beruhigen, und sah auf dem müden Gesicht des Alten einen Anflug von einem Lächeln.

»Herzlichen Dank, junge Frau, und gute Reise!«

Ihrer Mutter war es gelungen, einen Träger zu finden. Die beiden Kinder warteten brav und geduldig, beruhigt durch das Versprechen, im Restaurant abendessen zu dürfen, bevor der Schlafwagen abfuhr. Der Anbruch der Ferien hatte sie aus ihrem gewohnten Trott gebracht, und in dieser ganzen Aufregung verdienten sie schließlich eine Belohnung.

Sie folgten dem Träger bis zum Fahrstuhl, der zum Restaurant führte. Als sie unter der riesigen Bahnhofsuhr vorbeigingen, fiel ihrem Sohn eine Episode aus Tardis *Adèle Blansec ein*, eine Geschichte, die ihn beträchtlich beeindruckt hatte. Den Kindern standen Mund und Nase offen, als sie den barocken Saal betraten. Es bedurfte keiner weiteren Verführung, als sie das verschwenderische Gold, die üppige Bemalung an Decke und Wänden, die nackten Figuren, die theatralisch gewölbten granatroten Samtvorhänge und die silberblanken Anrichtewagen bestaunten. Als sie erst das Rollbuffet mit den Kuchen und Nachspeisen entdeckten, kannte ihre Begeisterung keine Grenzen mehr.

Der Oberkellner wies ihnen eine ruhige Nische zu und brachte die Karte. Sophie, ganze fünf Jahre alt, erklärte mit Entschiedenheit, daß sie heute keine Suppe essen wolle, sondern Schnecken.

»Ist das nicht etwas schwer, so spät am Abend?« gab die Großmutter zu bedenken.

»Aber Mutter, das ist doch egal«, meinte Léone, »es sind doch Ferien.«

Sophie warf ihrer Mutter einen dankbaren Verschwörerblick zu. Jacques, der Ältere, bestellte sich heiße Würstchen »mit einer doppelten Portion Pommes frites«, wie er betonte. Léone und ihre Mutter, vernünftiger als die Kinder, begnügten sich mit einer Consommée und einem Steak vom Grill und wählten dazu einen anständigen Bordeaux.

Die Bestellung war aufgenommen, und auf ihre Bitte kam der Wein sofort. Jetzt gönnte sich Léone eine Ruhepause, zündete sich eine Zigarette an und trank in kleinen Schlucken genüßlich ein Glas Wein.

Zwei junge Männer, beide um die Dreißig, vergnügt und eher hübsch, betraten mit ihren Koffern das Restaurant, setzten sich an einen Tisch auf der anderen Seite des Gangs, studierten die Karte und bestellten. Wie Léone zündeten sie sich eine Zigarette an und blickten sich im

Restaurant um. Die beiden entdeckten Léone im gleichen Augenblick und lächelten gleichzeitig fröhlich und verzückt herüber. Auch auf Léones Gesicht deutete sich ein Lächeln an. Sie wußte, wie schön sie in ihrem schwarzen Mohairkleid aussah, das ihren hellen Teint und ihre aschblonden Haare besonders zur Geltung brachte. Sie wandte sich wieder ab, spürte jedoch, wie der Blick der beiden Männer weiter auf ihr haftenblieb. Ihrem Sohn war der kleine Flirt nicht entgangen, und mit eifersüchtigem Besitzerstolz tönte er:

»Was haben die beiden denn, warum starren die dich so an?«

»Ist doch klar! Sie finden eben, daß Mama die Schönste ist!« verkündete Sophie und kuschelte sich an ihre Mutter, um zu demonstrieren, daß Léone ihr gehörte und keinem anderen. Sofort stand Jacques auf, kam zu seiner Mutter herüber und gab ihr einen Kuß. Lächelnd drückte sie die beiden an sich und genoß die Berührung ihrer jungen, lebendigen Körper.

»Sieh nur, die Kinder, die haben es ja wirklich gut«, kommentierte, nicht gerade leise, einer der Männer vom Nebentisch.

Eine nicht gerade geistreiche Bemerkung, fand Léone, aber seine Stimme gefiel ihr.

Der Kellner brachte das Essen. Jacques setzte sich auf seinen Platz zurück und machte sich gierig über sein heißes Würstchen her, während Sophie ungeschickt mit der Schneckenzange hantierte. Für ein paar Minuten waren alle vier schweigend mit ihrem Essen beschäftigt.

Hin und wieder hob Léone den Kopf und sah zum Nachbartisch hinüber. Jedesmal ertappte sie den einen oder anderen der beiden Freunde, wie er zu ihr herübersah. Sie hatte ein unwohles Gefühl, das immer stärker wurde.

»Was für ein Pech, daß ich hier nicht allein bin ... hübsche Kerle, alle beide, die Wahl würde mir schwerfallen ... aber warum eigentlich wählen? ... Ich bin ja völlig verrückt geworden, na ja, die fahren ja sowieso weg ... ich würde auch gern wegfahren ... Trotzdem, sicherlich macht es auch einmal Spaß, ein paar Tage ganz allein in Paris zu bleiben, Freunde zu sehen, nach Hause zu kommen, wann es mir paßt ... Ich merke, daß es ihnen genauso geht wie mir, allen beiden gefalle ich gut ... Was sollen wir bloß machen? ... Eigentlich würde ich sie gern wiedersehen ... wenigstens ihre Adresse herauskriegen ... Aber ich kann sie doch nicht einfach ansprechen, schon gar nicht in Gegenwart von Mama und den Kindern ... Herrjeh, das Leben ist wirklich viel zu kompliziert! ...«

Sie nahm sich eine Zigarette. Eine Flamme schoß vor ihr hoch. Einer der Männer gab ihr Feuer. Sie zündete die Zigarette an und dankte mit einem Kopfnicken.

Der Kellner räumte den Tisch ab und brachte das Hauptgericht. Ihre Verwirrung wuchs und wuchs. Die Fragen der Kinder beantwortete sie nur noch einsilbig. Sophie zog ihre Mutter am Ärmel:

»Du hörst mir ja gar nicht zu. Woran denkst du?«

Léone gab der Kleinen einen Kuß.

»Daran, wie langweilig es ohne dich sein wird.«

Sie mußte sich Mühe geben, wenigstens so zu tun, als ob sie die Frage ihrer Mutter interessierte, die beunruhigt wissen wollte, wie sich ihre Tochter die einsamen Feiertage vorstellte. Und Jacques ließ nicht locker, und fragte immer wieder, ob er denselben Skilehrer hätte wie im letzten Jahr und ob er nachmittags ins Kino gehen dürfte.

Und wieder traf sich ihr Blick mit dem der beiden Männer. Diesmal sah sie nicht weg. Auch die Augen der Männer drückten ein Verlangen aus, unmittelbar, fordernd und deutlich. Sie merkte, wie sie errötete, und wandte sich ab. Die Anwesenheit der beiden wurde immer quälender, ihr Herz klopfte bis zum Hals, ihre Hände wurden feucht, und der untere Teil ihres Körpers schien zu Blei zu werden. Doch blitzartig war sie wieder bei klarem Verstand: Sie war ja verrückt, krank, *oversexed!* Sie griff zu einer neuen Zigarette und brach hintereinander drei Streichhölzer ab, ohne daß es ihr gelang, sie anzuzünden. Der Mann, der ihr

schon einmal Feuer gegeben hatte, erhob sich. Die Flamme flackerte in seiner zitternden Hand. Léone legte ihre Hand auf die des Jungen und führte sie an ihre Zigarette heran. Schon bei dieser leichten Berührung war sie wie elektrisiert. Unter ihrem erregten Atem erlosch die Flamme.

»Entschuldigen Sie«, sagte sie und erhob ihren Blick.

Ihre Erregung erreichte den Höhepunkt, als sie das blasse und aufgewühlte Gesicht des Mannes sah. Noch einmal drückte er auf das Feuerzeug, und aufrichtig erleichtert sog sie den Rauch ein, so tief sie nur konnte.

»Danke.«

Er kehrte zu seinem Platz zurück, sagte ein paar Worte zu seinem Freund, der dabei lächelnd zu Léone herübersah. Endlich kam der Rollwagen mit den Kuchen und Nachspeisen, endlich Ablenkung! Die Kinder wollten natürlich von allem etwas: Schokoladenpudding und Rumspeise, Eischaum in Vanillesauce und Himbeertörtchen, Johannisbeersorbet und Schokoladenkuchen, Baiser auf Eis und heißen Apfelstrudel. Sie wußten nicht, wo sie zuerst hinschauen sollten, ganz so wie ihre beiden Tischnachbarn, die sich unter den bewundernden Blicken der Kinder je zwei Nachspeisen aussuchten. Léone bestellte sich nur einen Kaffee, was ihr von seiten der beiden Freunde den üblichen Spott eintrug: »Na ja, die Frauen müssen eben auf die Linie achten.« Obwohl das auch nicht gerade besonders geistreich war, lachte Léone über die Bemerkung, denn diese unvermutete Kontaktmöglichkeit machte sie glücklich. Auf dem Bahnsteig würde ja sowieso alles zu Ende sein.

Nun wurde es langsam Zeit. Léone verlangte die Rechnung und bat, einen Träger zu rufen. Die beiden Freunde erboten sich, ihnen die Koffer zu tragen. Als sie jedoch die Berge von Gepäck sahen, zogen sie ihr Angebot lachend zurück.

»Wohin fahren Sie?« fragte der eine.

»Nach Morzine«, antwortete Sophie vorlaut.

»Na, da haben wir aber Glück. Wir nämlich auch!«
erklang es im Duett, so daß alle drei lauthals lachen mußten.

Ihre Mutter sah Léone mißbilligend an, die Kinder
blickten eifersüchtig zu ihr empor. Der Schlafwagen-
schaffner öffnete die Verbindungstür zwischen dem
Abteil der Großmutter und dem der Kinder. Vergnügt
tobten die beiden zwischen den Coupés hin und her.
Léone trat auf den Gang und erblickte am anderen Eingang des Wagens die beiden Männer, die auf sie zuka-
men. Dieselbe starke Erregung wie im Restaurant über-
fiel sie, nun aber noch heftiger. Dabei mußte sie sich
tatsächlich eingestehen, daß sie auf beide gleichzeitig
Lust hatte, daß das gemeinsame Verlangen der Männer
ihre Begierde noch steigerte. »Völlig pervers«, dachte sie.
Glücklicherweise würde es dabei bleiben: Die beiden in
Morzine oder sonstwo, zum Teufel noch mal, und sie in
Paris. Ein Anflug von Trübsinn beschlich sie bei dem
Gedanken, allein in Paris zu bleiben, in dem grauen,
kalten und dreckigen Paris im Dezember, während
andere in den Schnee fuhren, in die Ferien, vielleicht gar
in die Sonne.

»Wir haben Sie schon gesucht. Kommen Sie und trinken
Sie ein Glas Champagner mit uns!«

»Nein, danke. Es ist unmöglich, der Zug fährt gleich
ab.«

»Aber wir haben doch soviel Zeit! Bis Morzine!«

»Nein, ich fahre ja gar nicht mit, ich habe nur meine
Kinder zum Zug gebracht.

»Oh, schade …«

Die Gleichzeitigkeit ihres Bedauerns, ihre tief ent-
täuschten Gesichter rührten Léone dermaßen, daß sie sich
betroffen ins Lachen flüchtete.

»Doch nicht solche Trauermienen! Man könnte meinen, Sie hätten gerade Ihren besten Freund verloren.«

»Das ist auch nicht ganz falsch«, flüsterte der Dunklere
von beiden.

193

»Kommen Sie doch mit«, sagte der andere, »es ist doch idiotisch, über Weihnachten in Paris zu bleiben.«

»Er hat recht. Warum kommen Sie nicht einfach mit?«

»Aber ich kann nicht. Meine Arbeit ...«

»Ach was. Sie rufen morgen einfach an und sagen, Sie wären krank.«

Mit ernstem Gesicht war Sophie diesem Wortwechsel gefolgt und blickte abwechselnd auf ihre Mutter und die beiden jungen Männer. Sie nahm die Hand ihrer Mutter.

»Stimmt, was die sagen. Es wäre doch viel schöner, wenn du mitkommst.«

»Du weißt doch, daß das nicht geht, mein Herz. Geh, lauf zu deiner Großmutter.«

»Ach, kommen Sie. Wir möchten sie so gern kennenlernen. Auch wenn Sie nicht die ganzen Ferien bleiben können, kommen Sie doch für zwei, drei Tage mit.«

»Nein, bestimmt nicht. Das ist unmöglich. Ich hätte auch gar nichts zum Anziehen. In diesem Aufzug kann ich schlecht in den Schnee fahren.«

Mit einer legeren Handbewegung deutete sie an sich herunter: ihre schwarzen Riemchenstöckel waren kaum ein Ersatz für plumpe Après-Skischuhe, an Stelle einer Skihose trug sie rauchgraue Seidenstrümpfe. Auch die feinen Glacéhandschuhe waren nicht gerade das richtige für den Schnee.

»Das macht doch nichts. Wir besorgen Ihnen an Ort und Stelle, was Sie brauchen.«

Sie antwortete nicht. Schweigend betrachteten sich die drei, eng verbunden durch das gemeinsame Verlangen, sich aneinanderzuschmiegen, sich zu liebkosen, sich zu lieben. Plötzlich wurde Léone wütend: »Die beiden haben doch völlig recht. Was für wichtige Gründe halten mich denn eigentlich in Paris zurück? Ich bleibe doch nur hier, weil ich keine Lust hatte, mit meiner Mutter und den Kindern ... eigentlich ... Aber man kann doch nicht einfach mit wildfremden Leuten wegfahren ... Das einzige, was ich von den beiden weiß, ist, daß sie mich vögeln wollen ... schon werde ich ordinär ... hinterher fallen sie mir nur auf die Nerven ... andererseits, was würde meine Mutter denken ... so dumm ist die auch wieder nicht ... und die Kinder? ... Verdammt, immer die Kinder ... und wenn ich einfach mitfahre? ... Aber ich kann doch nicht, nicht einmal eine Zahnbürste habe ich dabei ... und auch nichts zum Abschminken ... das wäre ein schöner Anblick morgen früh ... Aber sie sind so verführerisch ... warum sollte ich eigentlich ihrem Verlangen nicht nachgeben ... und schließlich auch meinem ... nun? ...«

Die Stimme des Schaffners riß sie aus ihren Gedanken. Zum Abschied winkte sie den beiden Männern zu und ging ins Abteil zurück, um sich von ihrer Mutter und den Kindern zu verabschieden. Sophie vergoß ein paar Krokodilstränen, die Léone mit ihren Küssen schnell zu trocknen wußte. Jacques wollte unbedingt das Abteilfenster öffnen und winken, aber die Mutter riet ihm wegen der Kälte davon ab. Zum letztenmal umarmte sie ihre Lieben und stieg aus dem Zug. Hinter ihr warf der Schaffner die Wagentür zu.

Wie den meisten Leuten waren ihr lange Abschiede auf dem Bahnhof ein Greuel, sie mußte immer gleich weinen. Ohne die Abfahrt des Zuges abzuwarten, schritt sie, nachdem sie sich noch einmal umgedreht und ihren Kindern Kußhändchen zugeworfen hatte, auf den Ausgang zu. Sie kam an dem Wagen der beiden Freunde vorbei, die noch immer auf dem Trittbrett standen.

»Ich bitte Sie, kommen Sie mit. Sie können ja morgen wieder zurückfahren.«

Sie blieb stehen, ihr Körper bebte vor Verlangen, hin und her gerissen zwischen dem Wunsch, auf den Zug zu springen, und dem Zwang, die Form zu wahren.

»Ich würde ja gern, aber ...«

In diesem Moment ruckte der Zug leicht an und setzte sich langsam in Bewegung. Fast wäre sie eingestiegen. Wie eine aufgezogene Puppe ging sie neben dem fahrenden Zug her, wie jemand, der den Augenblick vor einer langen

Trennung von einem geliebten Wesen hinauszögern möchte.

»Kommen Sie ...«

Sie spürte, wie sie hochgehoben, eher von zwei starken Händen hochgerissen wurde. Plötzlich stand sie im schneller und schneller fahrenden Zug zwischen den beiden Männern, die sie mit einem Gemisch aus Befriedigung und Unsicherheit ansahen.

»Aber das ist ja die reinste Entführung ... Sie sind verrückt!«

Doch der Ton ihrer Stimme, das muntere Glänzen in ihren Augen, der feuchte Schimmer auf ihren halbgeöffneten Lippen straften ihre Worte Lügen.

Stumm verschlangen sie sich mit Blicken, keiner rührte sich von der Stelle. Das Erstaunen, beieinander und im Strom dieses herrlichen Verlangens nach Liebe verbunden zu sein, machte jedes Wort überflüssig.

Auch das Eintreten des Schaffners konnte den Zauber nicht brechen. Er war übrigens nicht im geringsten erstaunt, einen Passagier mehr im Abteil vorzufinden. Ein Coupé war noch frei. Als Léone ihr Billett bezahlen wollte, erhoben die beiden Männer Einspruch. Dann bestellten sie noch eine Flasche Champagner.

»Um unsere Reise zu begießen.«

Sie machten sich miteinander bekannt: Gérard, Dominique. Sie merkte sich nur ihre Vornamen.

»Ich heiße Léone!«

»Auf das Wohl von Léone!«

Sie erhoben die Gläser. Der Champagner war lauwarm, aber was machte das schon: er war Symbol für ihr Bündnis.

Dicht beieinander standen sie nun auf dem Gang vor dem Fenster und starrten schweigend auf die im Schwarz der Nacht vorbeifliegenden Hochhäuser der tristen Vorstädte von Paris; ab und zu huschte ein beleuchtetes Fenster an ihren Augen vorbei. Gérard legte seinen Arm um die Taille von Léone. Dominique stand hinter ihr und hatte seine Hände auf ihre Schulter gelegt. Ohne Verlegenheit und falsche Scham überließ sich Léone dem beruhigenden Wohlgefühl, das sie gleichzeitig mit der Körperwärme der beiden Männer durchdrang. So blieben sie lange stehen und genossen die Gewißheit kommender Freuden. Bald verloschen auch die letzten Lichter, und man sah nur noch das große schwarze Loch der nächtlichen Landschaft.

Sie kehrten ins Abteil zurück und halfen Léone, den Mantel auszuziehen. Nun stand sie mitten im Raum, abwartend, zuversichtlich, ruhig. Nur ihr Atem ging schneller als sonst. Dominique zog sie an sich und küßte ihr zärtlich das Gesicht und den Hals. Sie spürte, wie sein Körper an ihr hart wurde, und reichte ihm ihre Lippen. Dieser erste Kuß war so lustvoll, daß sie das Gefühl hatte, vor Glück zu zerfließen. Nun drehte Gérard sie zu sich hin und küßte sie mit tiefer Gier. Sie stöhnte auf. Während Gérard sie noch küßte, spürte sie, wie Dominique den Reißverschluß ihres Kleides herunterzog. Ohne ihren Kuß zu stören, ließ er die Arme der jungen Frau aus den Ärmeln des Kleides gleiten, das weich zu ihren Füßen niederfiel. Sie stieg darüber hinweg und stand nun in einem kurzen Unterkleid aus mattgrauer Seide, das an den Rändern mit ockerfarbener Spitze eingefaßt war, da. Die Hände der beiden Männer weideten sich an soviel Zartheit. Sie rieben sich an ihrem Körper, an Bauch und Hintern spürte sie ihre harten Schwänze. Sie wiegte sich hin und her, um diese Empfindung zu verstärken. Es kam ihr so vor, als würden sie noch härter. Gérard ließ von ihren Lippen ab und zog, während er sich auf das Bett setzte, die dünnen Träger von Léones Unterkleid und Büstenhalter herunter. Schwer und leuchtend quollen ihre Brüste hervor. Gérard drückte sein Gesicht hinein, preßte das wohlriechende Fleisch gegen seinen Mund. Er beugte sich zurück, um sie besser betrachten zu können. Das Schaukeln des Zuges ließ die Brüste hin und her wogen, schenkte ihnen Eigenleben. Die aufgerichteten Brustwarzen schienen sich geradezu gierig nach Küssen und Bissen zu sehnen.

»Wie schön du bist!«

Sie zog Gérards Kopf an ihre Brust. Lüstern schnappte er nach einem Nippel, und Léone schrie auf.

»Oh, verzeih, habe ich dir weh getan?«

»Nein, nein, mach weiter.«

Gérard fuhr mit seinem zärtlichen Spiel fort, und stöhnend überließ sich ihm Léone.

Dominique sah dem Schauspiel zu, beobachtete Gérards Mund, der abwechselnd die eine und die andere Brust küßte und dabei diesen herrlichen Busen knetete. Er zog ihr das zerknitterte Unterkleid und das bereits feuchte Höschen herunter und hielt sich beides vors Gesicht. Nun stand Léone fast nackt zwischen den beiden noch bekleideten Männern. Sie trug nur noch Strumpfhalter, Strümpfe und Schuhe. Dominique konnte sich nicht länger beherrschen. Er holte seinen Schwanz aus der Hose, bog Léone zu sich hin, nahm ihre Hüften in beide Hände und drang stöhnend in sie ein. Erst wollte sie ihm entschlüpfen, aber der Junge hatte sie fest im Griff und stieß noch tiefer zu. Sein Schwanz mußte von beträchtlicher Größe sein, denn noch nie hatte sie jemanden so tief in sich gespürt.

»Ich liebe dich, wie ich dich spüre.«

Mit Lippen und Händen rieb Gérard immer stärker ihre Brüste, der Schwanz von Dominique stieß immer heftiger zu, und ein nie gekanntes, starkes, wildes Gefühl stieg in Léone auf, bis sie schreiend kam, während Dominique sich in ihr verströmte. Einen Moment noch blieb er in ihr, fing sie auf und bedeckte ihren Rücken mit kleinen Küssen. Plötzlich entriß Gérard seinem Freund ihren Körper und legte ihn aufs Bett. Hastig riß er sich die Kleider vom Leib, schleuderte sie in den Raum und warf sich mit seinem beeindruckend angeschwollenen Glied auf Léone. Schonungslos vögelte er sie. Sie fand nicht einmal Zeit, sich darüber zu wundern oder ihre gemeinsame Lust aus-

198

zukosten, so schnell erreichten sie unter Schreien und Stöhnen ihren Höhepunkt.

Léone hatte das Gefühl, die Zeit stünde still. Ihr beglückter Körper trieb auf dem Wasser. Das Schaukeln des Zuges vervollkommnete diese Illusion.

»Ich habe Durst«, flüsterte sie.

Dominique reichte ihr ein Glas mit lauwarmem Champagner, den sie in einem Zug herunterspülte. Er legte ein feuchtes Handtuch auf ihren Körper, wofür sie ihn dankbar anlächelte, und half ihr, Strumpfhalter und Strümpfe auszuziehen. Dann zog er sich selbst aus.

Gérard grunzte vor sich hin. Er hatte Schwierigkeiten, wieder zu sich zu kommen, so daß Léone und Dominique laut auflachten.

»Hier, ein Schluck Champagner wird dir guttun.«

Er nahm die Flasche aus Dominiques Händen und trank in gierigen Schlucken. Der Schaum triefte ihm aus dem Mund, den Hals entlang und versickerte in seiner behaarten Brust. Er mußte rülpsen, entschuldigte sich, zündete eine Zigarette an, reichte sie Léone und bot auch Dominique eine an. Mit baumelnden Beinen lehnten sie eng aneinandergeschmiegt auf dem Bett und rauchten, ohne miteinander zu reden.

Schließlich unterbrach Dominique die Träumerei, als er zwischen Léones Beine auf den Boden glitt. Seiner heißen, geschickten Zunge gelang es, sie aus ihrer süßen Betäubung zu reißen. Stöhnend hielt sie seinen Kopf fest gegen ihren Bauch. Mit der anderen Hand fand sie Gérards Glied, das unter ihren geschickten Fingern rasch zu neuem Leben erwachte. Er kniete sich aufs Bett, drängte sein steifes Glied gegen ihren Mund, und Léone schleckte es wie ein kleines Kätzchen seine Milch. Dominique zog sie vom Bett herunter, hob sie unter den Achseln an und preßte sie auf seinen Schwanz. Der enttäuschte Gérard mußte sich selbst streicheln. Alle drei kamen zur selben Zeit.

Mitten im Satz war Léone eingeschlafen. Aber ihr Schlaf war nicht von langer Dauer. Jäh wachte sie auf, als sie spürte, wie sich ein Schwanz in ihr bewegte. Später nahm sie einer der Jungen von hinten. Sie kam noch nicht einmal dazu, ihre Schmerzen zu empfinden, als sie schon wieder von einem heftigen Orgasmus geschüttelt wurde.

Als am frühen Morgen der Schaffner gegen die Tür klopfte und die Ankunft in Morzine verkündete, hatte sie solche Schmerzen, daß sie glaubte, nie mehr aufrecht stehen zu können. Alles tat weh, aber sie war glücklich. Erschreckt schrie sie auf, als sie sich im Spiegel sah. Tiefe Ringe unter den Augen zogen sich bis tief auf die Wangen hinunter, ihre Lippen waren von den vielen Bissen und Küssen mächtig angeschwollen, ihre Haare völlig zerzaust. Eine Bacchantin war nichts dagegen.

»So kann ich mich unmöglich sehen lassen. Als ob ...«

»Ja«, sagten sie lachend im Chor.

Sie zuckte die Achseln und versuchte, sich einigermaßen herzurichten. Ihre Begleiter sahen nicht gerade besser aus. Als sie angezogen war, nahmen sie sie in ihre Arme.

»Tut es dir leid? Für uns ist es das erste Mal im Leben, daß wir gemeinsam mit derselben Frau gevögelt haben.«

»Für mich auch, es war das erste Mal«, sagte sie, trotz allem ein wenig verlegen.

»Du brauchst dich nicht zu schämen. Wir sind eben wie verrückt auf dich geflogen und du auf uns. Das war wunderbar.«

Nun gab sie beiden einen herzhaften Kuß auf die Wange, wie man es bei kleinen Kindern und guten alten Freunden macht.

»Ja, es war wunderbar.«

»Nun, bleibst du?« fragte Gérard.

»Nein, das geht wirklich nicht. Ich nehme ein Taxi nach Genf und steige ins erste Flugzeug nach Paris.«

Sie bestanden darauf, daß sie blieb, sahen aber bald ein, daß ihr Drängen zwecklos war.

»Seht ihr doch mal nach meiner Mutter und den Kindern. Ich möchte nicht, daß sie mich in diesem Zustand sehen.«

Gérard bezog den Wachtposten, während Dominique und Léone dicht nebeneinander stehenblieben und sich bei den Händen hielten. An diesen zarten, liebenswerten Jungen mit seinen großen blauen Augen, der so gut vögelte, hätte Léone sich binden können. Aber ihr Leben war bereits so angefüllt, daß es für eine neue Beziehung keinen Platz mehr gab, was sie bedauerte.

Gérard kam zurück, nachdem er gesehen hatte, daß ihre Familie den Bahnhof verlassen hatte. Er hatte für Léone ein Taxi zurückgehalten.

»Sollen wir dich bestimmt nicht nach Genf begleiten?«

»Nein, nicht nötig. Ich mag keine Abschiedsszenen.«

Sie stieg in das Taxi, drehte sich um und winkte ein letztes Mal. Sie sah, wie Dominique hinter dem Wagen hergelaufen kam. Sicherlich rief er: »Dein Name, deine Adresse!« Aber sie wandte sich nach vorn und machte es sich bequem. Im Wagen war es warm, die schneebedeckte Landschaft lag in der sanften Morgendämmerung, der Chauffeur fuhr sicher und redete nicht. Erinnerungen an die vergangene Nacht stiegen in ihr auf, und noch einmal spürte sie das Kitzeln der Wollust. Sie fühlte sich wie im Paradies: frei von Süde. Sie schlief bis Genf, ein Lächeln auf den Lippen.

CHARLES BUKOWSKI

Die Fickmaschine

Es war ein heißer Abend im Tony's. An Ficken dachte
man nicht mal, nur an kühles Bier. Tony ließ zwei runterschliddern für Indianer-Mike und mich, und Mike hatte
das Geld schon in der Hand. Ich ließ ihn die erste Runde
zahlen. Tony ließ die Kasse klingeln, gelangweilt, sah sich
um – noch 5 oder sechs andere, die in ihr Bier starrten.
Schwachköpfe. Also kam Tony zu uns runter.

»Was gibt's Neues, Tony?« fragte ich.

»Ach, Scheiße«, sagte Tony.

»Das is' ja nu nix Neues.«

»Scheiße«, sagte Tony.

»Ach, Scheiße«, sagte Indianer-Mike.

Wir tranken unser Bier.

»Was hältst du vom Mond?« fragte ich Tony.

»Scheiße«, sagte Tony.

»Ja«, sagte Indianer-Mike, »wenn einer hier auf der Erde
'n Arschloch ist, ist er auch auf'm Mond 'n Arschloch.
Kommt aufs gleiche raus.«

»Auf'm Mars soll's kein Leben geben, heißt es«, sagte
ich.

»Na und?« sagte Tony.

»Oh Scheiße«, sagte ich. »Noch 2 Bier.«

Tony ließ sie runterschliddern und kam dann nach, um
sein Geld zu holen. Ließ es in die Kasse klimpern. Kam
zurück.

»Scheiße, ist das heiß. Ich wünschte, ich wär toter als
das Genexol von gestern.«

»Wo kommt der Mensch hin, wenn er stirbt, Tony?«

»Scheiße. Wen kümmert das?«

»Glaubst du nicht an den unsterblichen Geist des Menschen?«

»Gequirlte Kacke!«

»Was ist mit Che? Johanna von Orleans? Billy the Kid und all denen?«

»Gequirlte Kacke!«

Wir tranken unser Bier und dachten darüber nach.

»Tja«, sagte ich, »ich muß ma' pissen.«

Ich ging nach hinten zur Toilette, und wie üblich war da Petey-die-Eule.

Ich holte ihn raus und fing an zu pissen.

»Du hast bestimmt 'n kleinen Pimmel«, frotzelte er mich an.

»Wenn ich pisse oder meditiere, ja. Aber ich bin 'n sogenannter Super-stretch-Typ. Wenn ich abfahre, kommen auf jeden Zentimeter, den ich jetzt habe, sechs.«

»Das is' ja dann ganz gut; falls du mir nix vormachst. Denn jetzt seh ich schon 5 Zentimeter.«

»Ich laß aber nur den Kopf sehn.«

»Du kriegst 'n Dollar, wenn du mich deinen Schwanz lutschen läßt.«

»Das is' nich' viel.«

»Du läßt mehr sehn als den Kopf. Du zeigst jedes Fitzelchen her von dei'm Schwengel.«

»Ach, fick dich selber, Pete.«

»Wenn dein Biergeld alle is', wirst du schon wiederkommen.«

Ich ging zurück an die Theke.

»Noch zwei Bier«, bestellte ich.

Tony machte seine Routinehandgriffe. Kam zurück.

»Die Hitze ist zum Verrücktwerden«, sagte er.

»Die Hitze läßt dich nur dein wahres Selbst erkennen«, verriet ich Tony.

»Mal sachte! Willst du sagen, ich bin verrückt?«

»Sind wir doch fast alle. Aber das wird geheimgehalten.«

»Na schön, du sagst deine gequirlte Kacke wenigstens
ehrlich. Und wieviel Normale gibt's dann auf der Erde?
Gibt's überhaupt welche?«

»Ein paar wenige.«

»Wieviele?«

»Von den Milliarden?«

»Ja, ja.«

»Na, so 5 oder sechs, würd ich sagen.«

»5 oder 6?« sagte Indianer-Mike. »Na, dann lutsch meinen Schwanz!«

»Aber«, sagte Tony, »woher will man wissen, daß ich
verrückt bin? Und wieso läßt man uns dann frei rumlaufen?«

»Na wir sind eben alle verrückt, und deswegen gibt es
nur wenige, die uns kontrollieren können, viel zu wenige,
und folglich lassen sie uns einfach verrückt rumlaufen.
Mehr können sie momentan nicht machen. 'ne Weile hab
ich gedacht, sie suchen sich vielleicht irgendwo im Weltraum 'ne Stelle, wo sie leben können, während sie uns
vernichten. Aber ich weiß jetzt, daß die Verrückten auch
den Weltraum kontrollieren.«

»Und woher weißt du das?«

»Na haben se nich' auf'm Mond die amerikanische
Fahne aufgestellt?«

»Und angenommen, die Russen hätten ihre Fahne auf'm
Mond aufgestellt?«

»Das wär dasselbe.«

»Dann bist du unparteiisch?« fragte Tony.

»Ich bin unparteiisch bis zum Wahnsinn jeden Grades.«

Wir wurden still. Tranken weiter. Und auch Tony
begann sich einzugießen, Scotch mit Wasser. Er konnte
das. Es war sein Laden.

»Gott, ist das heiß«, sagte Tony.

»Scheiße, ja«, sagte Indianer-Mike.

Dann begann Tony zu sprechen. »Wahnsinn«, sagte er,
»wißt ihr, daß sich jetzt in diesem Augenblick etwas sehr
Wahnsinniges abspielt?«

»'türlich«, sagte ich.

»Nein, nein, nein ... ich meine HIER, in diesem Haus!«

»Ja?«

»Ja. Es ist so irre, daß ich manchmal Angst kriege.«

»Das mußt du mir erzählen, Tony, ausführlich«, sagte ich, immer aufgeschlossen für anderer Leute Schwachsinn.

Tony beugte sich nahe zu uns. »Ich kenn da einen, der hat 'ne Fickmaschine. Kein so 'n blöder Scheiß wie in diesen Annoncen von den Nackedeiheften. Wärmflaschen mit ersetzbaren Cornedbeefmösen und so'n Quatsch. Der Typ hat wirklich was Tolles zusammengebastelt. 'n deutscher Wissenschaftler, wir haben ihn gekascht, das heißt, unsere Regierung hat das gemacht, bevor die Russen sich ihn schnappen konnten. Und jetzt müßt ihr dichthalten ...«

»Na klar, Tony, bestimmt.«

»Von Braschlitz. Unsere Regierung hat versucht, ihn für den WELTRAUM zu gewinnen. Nix zu machen. Ein hervorragender alter Knacker, aber er hat eben nur diese FICKMASCHINE im Kopf. Außerdem hält er sich für 'ne Art Künstler, manchmal nennt er sich Michelangelo ... Sie haben ihm also 'ne Pension bewilligt. 500 Dollar im Monat, damit er sich so weit über Wasser halten kann, daß er nicht in irgendwelche Klapsmühlen kommt. 'ne Zeitlang haben sie ihn noch beobachtet, dann ist ihnen das zu blöd geworden oder sie haben ihn vergessen, aber die Schecks hat er regelmäßig weiter gekriegt, und ab und zu, vielleicht zehn oder zwanzig Minuten im Monat, hat ein Agent mit ihm geredet und in seinen Bericht geschrieben, er sei immer noch verrückt, und dann ist er wieder verschwunden. Von Braschlitz ist also einfach von Stadt zu Stadt gegondelt, immer diesen großen roten Koffer mit sich rumschleppend. Eines Abends schließlich kommt er hier rein und fängt an zu trinken. Erzählt mir, daß er nichts weiter ist als ein müder alter Mann, der ein wirklich stilles Plätzchen braucht, um seinen Forschungen

nachgehen zu können. Ich hab immer wieder versucht, ihn abzuwimmeln. Ihr wißt ja, was hier alles so auftaucht an Spinnern.«

»Ja«, sagte ich.

»Ja, Mann, und der Bursche wird langsam so richtig schön besoffen und fängt an zu plaudern. Er hätte 'ne mechanische Frau konstruiert, die einem Mann einen besseren Fick geben könne als jede andere im Laufe der Jahrhunderte erschaffene Frau! Und ganz ohne Genexol und so'n Scheiß, ohne Streitereien!«

»So 'ne Frau«, sagte ich, »hab ich schon mein ganzes Leben gesucht.«

Tony lachte. »Das hat wohl jeder Mann. Ich dachte natürlich, der spinnt doch, bis ich eines Tages nach Feierabend mit ihm in seine Pension gegangen bin und er die FICKMASCHINE aus dem roten Koffer geholt hat.«

»Und?«

»Es war wie in den Himmel kommen, bevor man stirbt.«

»Den Rest laß mich raten«, bat ich Tony.

»Na, dann rate.«

»Von Braschlitz und seine FICKMASCHINE sind in diesem Augenblick bei dir oben.«

»Ah-hm«, machte Tony.

»Wieviel?«

»20 Piepen die Nummer.«

»20 Piepen, um 'ne Maschine zu ficken?«

»Er hat übertroffen, was uns erschuf. Du wirst sehn.«

»Petey-die-Eule bläst mir einen für'n Dollar.«

»Petey-die-Eule ist ja ganz gut, aber er is' noch lange keine Erfindung, die die Götter schlägt.«

Ich schob meinen Zwanziger hin.

»Also das versprech ich dir, Tony, wenn das jetzt wieder irgend so'n verrückter Heißwetterwitz wird, dann hast du deinen besten Gast verloren!«

»Wie du ja selber schon gesagt hast – wir sind sowieso alle verrückt. Es liegt ganz bei dir.«

»Richtig«, sagte ich.

»Richtig«, sagte Indianer-Mike, »und hier sind meine 20.«

»Damit ihr nix Falsches denkt, ich krieg nur 50 Prozent. Der Rest geht an von Braschlitz. 500 Eier Pension sind nicht viel bei der Inflation und den Steuern, und von B. säuft Schnaps wie verrückt.«

»Na also los dann«, sagte ich. »Die Kohle hast du gekriegt. Wo ist jetzt diese unsterbliche FICKMASCHINE?«

Tony klappte ein Stück von der Bar hoch und sagte: »Kommt hier durch. Nehmt die Treppe, die nach hinten geht. Die geht ihr einfach hoch, klopft an und sagt, ›Wir kommen von Tony‹.«

»Irgend 'ne Türnummer?«

»Tür Nummer 69.«

»Ach du Scheiße, ja«, sagte ich, »was noch?«

»Ach du Scheiße, ja«, sagte Tony, »vergeßt eure Eier nicht.«

Wir fanden die Treppe. Gingen hinauf. »Für'n blöden Witz ist Tony zu allem fähig«, sagte ich.

Wir gingen an Türen vorbei. Da war sie: Tür Nr. 69.

Ich klopfte an: »Wir kommen von Tony.«

»Ah, nur herein, die Herren!«

Da war sie also, diese alte Mißgeburt von geilem Bock, in der Hand ein Glas Schnaps, auf der Nase eine Bifokalbrille. Genau wie in den Filmen der guten alten Zeit. Er schien Besuch zu haben, ein junges Ding, ein bißchen sehr jung sah es aus, zart und kräftig zugleich.

Sie schlug die Beine übereinander und ließ die Sächelchen aufblitzen: Nylonknie, Nyolonoberschenkel und ganz knapp dieses winzige Stück, wo die langen Strümpfe enden und ein Streifchen nacktes Fleisch beginnt. Alles an ihr war Arsch und Busen, Nylonbeine, klarblaue Augen ...

»Meine Herren, – meine Tochter Tanja ...«

»Was?«

»Ah ja, ich weiß, ich bin so ... alt ... aber wie es das Märchen von den Negern gibt, die ständig einen riesigen Riemen haben, so gibt es auch das Märchen von den dirty old Germans, die nie aufhören zu ficken. Denken Sie, was Sie wollen, dies ist jedenfalls meine Tochter Tanja ...«

»Hallo, Jungs«, lachte sie.

Dann blickten wir alle auf die Tür, auf der geschrieben stand: FICKMASCHINENRAUM.

Er kippte seinen Schnaps.

»So, Jungs, – ihr wollt also den besten FICK aller Zeiten erleben, ja?«

»Papa!« sagte Tanja. »Mußt du immer so *plump* sein?«

Tanja wechselte die übereinandergeschlagenen Beine, höher diesmal, und fast wär's mir gekommen.

Der Professor kippte den nächsten Schnaps hinunter, stand dann auf und ging zu der Tür, auf der FICKMASCHINENRAUM stand. Er drehte sich um, lächelte uns an und öffnete dann sehr langsam die Tür. Er ging hinein und schob, als er herauskam, dieses Ding vor sich her, das aussah wie ein Krankenhausbett auf Rädern.

Es war NACKT, ein Metallklumpen.

Der Professor rollte das verdammte Ding vor uns hin und fing dann an, irgendein schmutziges Lied zu singen, wahrscheinlich etwas Deutsches.

Ein Metallklumpen mit diesem Loch in der Mitte. Der Professor hatte ein Ölkännchen in der Hand und steckte es in das Loch, und fing an, eine ganze Menge Öl in das Loch zu drücken, wobei er dieses kaputte deutsche Lied vor sich hinsummte.

Immer weiter drückte er Öl hinein, dann blickte er über die Schulter zurück: »Hübsch, was?«, um sich dann erneut ans Werk zu machen und Öl hineinzuspritzen.

Indianer-Mike sah mich an, versuchte zu lachen und sagte: »Gottverdammich ... wir sind wieder geleimt worden!«

»Ja«, sagte ich. »Ich glaube, es sind 5 Jahre vergangen seit meinem letzten Stoß, aber verflucht soll ich sein,

210

wenn ich meinen Schwanz in diesen harten Klumpen Blei stecke!«

Von Braschlitz lachte. Er ging zu seinem Schnapsschrank, fand eine weitere Flasche Schnaps, goß sich einen ein, nicht zu knapp, und setzte sich hin, um uns zu betrachten.

»Als uns in Deutschland langsam klar wurde, daß der Krieg verloren war und daß das Netz sich immer enger zusammenzog – bis zum Endkampf in Berlin –, begriffen wir, daß der Krieg ein völlig anderes Gesicht angenommen hatte – der Krieg ging jetzt im Grunde nur noch darum, wer sich die meisten deutschen Wissenschaftler schnappen würde. Rußland oder Amerika – wer die meisten deutschen Wissenschaftler hatte, der würde zuerst auf dem Mond sein, zuerst auf dem Mars sein, der würde *überall* zuerst sein. Nun, ich weiß nicht, wie das dann ausging ... zahlenmäßig oder in Begriffen von Cerebralpotential, ich weiß nur, daß zu mir zuerst die Amerikaner kamen, mich festnahmen, mich mit einem Auto irgendwo hinbrachten, mir Schnaps gaben, mir Pistolen an den Kopf setzten, mir Versprechungen machten und wahnsinnig auf mich einredeten. Ich unterschrieb alles ...«

»Na schön«, sagte ich, »soviel zur Geschichte. Aber meinen Schwanz, meinen armen kleinen Pimmel werd ich trotzdem nicht in den Eisenbrocken da stecken, oder was das ist! Hitler muß wirklich ein Wahnsinniger gewesen sein, daß er Sie großgepäppelt hat. Ich wünschte, zuerst hätten die Russen Sie an den Arsch gekriegt! Ich will meine Kohlen zurück!«

Von Braschlitz lachte: »Hiiihiiihiiihi ... is' doch alles nur'n kleiner Scherz von mir, woll? Hiiihiiihiiihiii!«

Er schob diesen Bleiklumpen zurück ins Nebenzimmer. Knallte die Tür zu. »Oh, hihihiii!« Kippte den nächsten Schnaps. – Von B. goß sich erneut ein. Er schüttete den Schnaps so richtig runter. »Meine Herren, ich bin Erfinder und Künstler! Meine FICKMASCHINE ist in Wirklichkeit meine Tochter Tanja ...«

211

»Noch mehr kleine Scherze, Herr Von?« fragte ich.

»Scherze? Von wegen! Tanja! Geh und setz dich dem Herrn da auf den Schoß!«

Tanja lachte, stand auf, kam zu mir und setzte sich auf meinen Schoß. FICKMASCHINE? Ich konnte das nicht glauben. Ihre Haut war Haut, oder so schien es wenigstens, und ihre Zunge war durchaus nicht mechanisch, als sie sich beim Küssen in meinen Mund schob – jede Bewegung war anders, war eine Antwort auf meine Zunge.

Ich ging fleißig ran, riß ihr die Bluse von den Brüsten, arbeitete an ihrem Höschen – so scharf war ich seit Jahren nicht mehr gewesen –, und dann waren wir zusammengekuppelt. Irgendwie brachten wir es fertig aufzustehen – und beim Aufstehen nahm ich sie richtig, meine Hände zogen an ihrem langen blonden Haar, den Kopf riß ich ihr zurück, dann griff ich nach unten, zog ihr das Arschloch auseinander beim Pumpen, sie kam – ich konnte das Zukken fühlen, und dann kam auch ich.

Es war der beste Fick, den ich *je* hatte!

Tanja ging ins Badezimmer, wusch sich und duschte und zog sich wieder an. Für Indianer-Mike. Dachte ich.

»Die größte Erfindung des Menschen«, sagte von Braschlitz einigermaßen ernst.

Er hatte völlig recht.

Dann kam Tanja heraus und setzte sich auf MEINEN Schoß.

»NEIN! NEIN! TANJA! DER ANDERE IST JETZT DRAN! DEN DA HAST DU DOCH GRADE GEFICKT!«

Sie schien nicht zu hören. Und das war merkwürdig, sogar für eine FICKMASCHINE, denn ein besonders guter Liebhaber war ich eigentlich nie gewesen.

»Liebst du mich?« fragte sie.

»Ja.«

»Ich liebe dich. Und ich bin so glücklich. Und ... eigentlich soll ich gar nicht lebendig sein. Das weißt du doch, nicht?«

»Ich liebe dich, Tanja, das ist alles, was ich weiß.«

»Himmelsakrakruzitürken!« schrie der alte Mann. »Diese VERFICKTE MASCHINE!« Er ging zu einem lakkierten Kasten, auf dessen Seite in Druckschrift das Wort TANJA stand. Und kleine Drähte sprießten daraus hervor, und Skalen und zitternde Nadeln und viele Farben gab es, Lämpchen blinkten, Zähler tickten ... von B. war der verrückteste Zuhälter, der mir je begegnet war. Er drehte und drehte an Knöpfen und Schaltern und sah dann Tanja an:

»25 JAHRE! Fast eine ganze Generation hab ich an dir gebaut! Sogar vor HITLER mußte ich dich verstecken! Und jetzt ... jetzt versuchst du dich einfach in eine ganz gewöhnliche ordinäre Nutte zu verwandeln!«

»Ich bin nicht 25«, sagte Tanja, »ich bin 24.«

»Siehst du? Siehst du? Genau wie eine ganz gewöhnliche Nutte!«

Er ging zurück zu seinen Skalen und Knöpfen.

»Du hast jetzt einen andern Lippenstift drauf«, sagte ich zu Tanja.

»Gefällt er dir?«

»Oh, ja!«

Sie beugte sich vor und küßte mich.

Von B. spielte weiter mit seinen Knöpfen. Ich hatte das Gefühl, daß er gewinnen würde.

Von Braschlitz wandte sich an Indianer-Mike: »'s ist nur'n kleiner Defekt in der Maschine. Haben Sie Vertrauen zu mir. In einer Minute hab ich das behoben, ja?«

»Hoffentlich«, sagte Indianer-Mike. »Ich hab hier nämlich 35 Zentimeter, die warten, und außerdem bin ich noch 20 Piepen losgeworden.«

»Ich liebe dich«, ließ Tanja mich wissen, »und nie werd ich mit einem andern Mann ficken. Wenn ich dich nicht haben kann, will ich auch keinen andern haben.«

»Tanja, schon jetzt vergebe ich dir alles, was du tust.«

Der Professor fing an besoffen zu werden. Verzweifelt fummelte er an seinen Knöpfen herum, aber nichts geschah.

213

»TANJA! Es wird Zeit, daß du den ANDERN FICKST! Langsam werd ich ... müde ... muß'n bißchen Schnaps haben ... schlafen gehn ... Tanja ...«

»Ach, du mieser alter Ficker!« sagte Tanja. »Du und dein Schnaps, und dann die ganze Nacht an meinen Titten rumnibbeln, daß ich kein Auge zukriege! Und dabei kriegst du noch nicht mal 'n anständigen Steifen! Du bist ekelerregend!«

»WAS?«

»ICH SAGTE, ‹DU KRIEGST NOCH NICHT MAL 'N ANSTÄNDIGEN STEIFEN!‹«

»Dafür, Tanja, wirst du mir büßen. Du bist meine Schöpfung, ich bin nicht deine!«

Und weiter drehte er an seinen magischen Knöpfen. An denen der Maschine, meine ich. Er war ganz schön wütend, und irgendwie, das konnte man sehen, verlieh die Wut ihm so etwas wie sprühende Vitalität, er wuchs über sich selber hinaus. »'n Augenblick noch, Mike. Ich muß bloß die Elektronik auf Vordermann bringen! Halt! Ein Kurzer! Ich sehe ihn!«

Dann sprang er auf. Und den Burschen hatten sie vor den Russen gerettet.

Er sah Indianer-Mike an. »Fertig! Die Maschine ist in Ordnung! Viel Vergnügen!«

Dann ging er zu seiner Schnapsflasche, goß sich kräftig ein und setzte sich hin, um zuzuschauen.

Tanja stand von meinem Schoß auf und ging zu Indianer-Mike. Ich sah zu, wie Tanja und Indianer-Mike einander umarmten.

Tanja zuppelte Mikes Reißverschluß runter, holte seinen Schwanz raus, und Mann, der hatte vielleicht einen Schwanz! 35 Zentimeter hatte er gesagt, aber er sah glatt aus wie 'n halber Meter.

Tanja umfaßte Mikes Schwanz mit beiden Händen.

Er ächzte vor Wonne.

Dann riß sie ihm den ganzen Schwanz aus seinem Körper raus. Warf ihn beiseite.

214

Ich sah das Ding wie eine verrücktgewordene Wurst über den Teppich rollen, eine traurige kleine Blutspur hinter sich lassend. Es rollte gegen die Wand. Blieb dann da liegen wie etwas mit Kopf und ohne Beine, das nicht wußte, wohin ... was ja nur allzusehr stimmte.

Als nächstes kamen die EIER durch die Luft geflogen. Schwer in einem sich überschlagenden Sack. Sie landeten einfach auf der Mitte des Teppichs und wußten nicht, was sie anderes tun sollten als bluten.

Und so bluteten sie.

Von Braschlitz, der Held des amerikanisch-russischen Einmarsches, warf einen prüfenden Blick auf das, was noch übrig war von Indianer-Mike, meinem alten Zechkumpan, der auf dem Fußboden lag und sehr rot in der Mitte auslief. Dann verduftete von Braschlitz über die Treppe nach unten ...

Zimmer 69 hatte schon viel gesehen, aber sowas noch nicht.

Und darauf fragte ich sie: »Tanja, viel Zeit haben wir nicht mehr, bis die Bullen hier sind. Wollen wir die Zimmernummer unserer Liebe weihen?«

»Aber natürlich, Liebster!«

Kaum waren wir fertig, platzten die dämlichen Bullen rein. Einer von ihren Studierten verkündete schließlich, Indianer-Mike sei tot.

Und da von Braschlitz eine Art Produkt der amerikanischen Regierung war, waren jede Menge Leute da – diverse hochstehende Schleimscheißer – Feuerwehrleute, Reporter, die Bullen, der Erfinder, das C.I.A., das F.B.I. und noch einige andere Vertreter des menschlichen Scheißhaufens.

Tanja kam zu mir und setzte sich auf meinen Schoß. »Sie werden mich jetzt töten. Versuch bitte, nicht so traurig zu sein.«

Ich gab keine Antwort darauf.

Dann, auf Tanja zeigend, fing von Braschlitz an zu schreien:

215

»ICH SAGE IHNEN, MEINE HERREN, SIE HAT KEIN GEFÜHL! ICH HABE DAS VERDAMMTE DING VOR HITLER GERETTET! Ich sage Ihnen, es ist nichts als eine MASCHINE!«

Alle standen sie bloß da. Keiner glaubte von B.

Es war einfach die schönste Maschine und Pseudofrau, die sie je gesehen hatten.

»Oh Scheiße! Ihr Idioten! Seht ihr denn nicht, daß jede Frau eine Fickmaschine ist? Sie setzen auf den, der am meisten bietet! SOWAS WIE LIEBE GIBT ES NICHT! DAS IST FAULER ZAUBER! GENAU WIE WEIHNACHTEN!«

Sie wollten ihm immer noch nicht glauben.

»Das da ist nur eine MASCHINE! Habt keine Angst! SEHT HER!«

Von Braschlitz packte einen von Tanjas Armen.

Riß ihn glatt von ihrem Körper ab.

Und im Innern – in dem Loch in der Schulter – konnte man es sehen – nichts als Drähte und Röhren – aufgewikkelte und verkabelte Dinge – sowie irgendeine unbedeutendere Substanz, die schwach an Blut erinnerte.

Ich sah Tanja da stehen, und wo vorher der Arm gewesen war, hing jetzt eine Kabelspirale aus ihrer Schulter. Sie sah mich an:

»Bitte, auch für *mich* etwas! Ich hab dich doch gebeten, nicht allzu traurig zu sein.«

Ich sah zu, wie sie über sie herfielen, sie aufschlitzten und schändeten und in Stücke rissen.

Ich konnte nichts machen. Ich nahm den Kopf zwischen die Beine und weinte ...

Und Indianer-Mike ist nie auf seine Kosten gekommen.

Einige Monate vergingen. Die Kneipe habe ich nie wieder betreten. Es gab ein Gerichtsverfahren, aber die Regierung hat von B. und seine Maschine gedeckt. Ich zog in eine andere Stadt. Weit weg. Und eines Tages – ich saß gerade beim Frisör – kam mir dieses Sex-Heft in die Hand. Darin fand ich folgende Annonce: »Blasen Sie sich Ihre eigene kleine Puppe auf! $ 29,95. Strapazierfähiges Gummi, für höchste Ansprüche. Im Preis inbegriffen sind Ketten und Peitsche. Außerdem wird mitgeliefert: 1 Bikini, 1 BH, 1 Höschen, 2 Perücken, 1 Lippenstift sowie 1 Fläschchen Liebeselixier. Von Braschlitz & Co.«

Ich bestellte per Postanweisung. Irgendeine Postfachnummer in Massachusetts. Sehr peinlich. Ich hatte keine Fahrradpumpe. Als ich das Paket aufmachte, packte mich plötzlich die Geilheit. Ich mußte runter zur Tankstelle an der Ecke und deren Luftschlauch benutzen.

Als Luft reinkam, sah es schon etwas besser aus. Große Titten, großer Arsch.

»Was hast'n da, Alter?« fragte mich der Tankwart.

»Na Mensch, ich borg mir halt mal'n bißchen Luft. Kauf ich etwa nicht genug Benzin hier, ha?«

»Okay, das geht ja in Ordnung, kannst die Luft ja haben. Aber leider kann ich mir trotzdem nich' verkneifen zu fragen, was du da hast ...«

»Vergiß es einfach!« sagte ich.

»JESUS! Guck dir ma' die TITTEN an!«

»Ich guck ja doch, Blödmann!«

Ich ließ ihn da stehen mit seiner heraushängenden Zunge, lud mir die Puppe auf die Schulter und machte mich auf den Heimweg. Ich trug sie ins Schlafzimmer.

Die große Frage war noch offen.

Ich machte ihr die Beine breit und sah nach, ob es da irgendeine Öffnung gab.

Von B. schien doch noch nicht völlig übergeschnappt zu sein.

Ich krabbelte rauf und fing an, diesen Gummimund zu küssen. Hin und wieder griff ich mir eine von den riesigen Gummititten und saugte daran. Ich hatte ihr eine gelbe Perücke aufgesetzt, und mit dem Liebeselixier rieb ich mir von oben bis unten den Schwanz ein. Viel brauchte ich nicht von dem Zeug. Vielleicht war das, was er da mitgeschickt hatte, die Menge für ein Jahr.

217

Ich küßte sie leidenschaftlich hinter die Ohren, steckte ihr den Finger in den Arsch und pumpte fleißig vor mich hin. Dann sprang ich runter, fesselte ihr die Arme mit der Kette auf den Rücken – dafür gab es ein kleines Schloß mit Schlüssel –, und dann peitschte ich ihr kräftig den Arsch mit den Lederriemen durch.

Gott, ich spinne doch! dachte ich.

Dann drehte ich sie um und steckte ihn wieder rein. Rackerte und ackerte. Ehrlich, es war ziemlich langweilig. Ich stellte mir Hundemännchen vor, die Katzenweibchen vögeln. Ich stellte mir ein Pärchen vor, das vom Empire State Building springt und beim Fallen vögelt. Ich stelle mir eine Möse vor, so groß wie ein Tintenfisch, die auf mich zugekrochen kommt, naß und stinkend und nach einem Orgasmus lechzend. Ich dachte an all die Höschen, Knie, Beine, Titten, Mösen, die ich je gesehen hatte. Das Gummi schwitzte, ich schwitzte.

»Ich liebe dich, Liebling!« flüsterte ich in eins ihrer Gummiohren.

Ich gebe es nur sehr ungern zu, aber ich zwang mich tatsächlich, in diesen widerlichen Gummibalg zu spritzen. Mit Tanja hatte das verdammt wenig zu tun.

Ich nahm eine Rasierklinge und schnitt das Ding in Fetzen. Zusammen mit den leeren Bierdosen kippte ich es weg.

Wieviel Männer in Amerika haben solche schwachsinnigen Dinger gekauft?

Andererseits kann man innerhalb von 10 Minuten an einem halben Hundert Fickmaschinen vorbeikommen, wenn man über irgendeinen belebteren Bürgersteig Amerikas geht – der einzige Unterschied ist nur der, daß sie so tun, als wären sie Menschen.

Armer Indianer-Mike. Mit seinem toten 50-Zentimeter-Schwanz.

All die armen Indianer-Mikes. All die Weltraumstürmer. All die Huren von Vietnam und Washington.

Arme Tanja, ihr Bauch war ein Schweinebauch gewesen. Ihre Adern die Adern eines Hundes. Sie hat kaum geschissen oder gepißt, sie hat einfach nur gefickt – Herz, Stimme und Zunge von andern geborgt. Damals sollen nur 17 Organtransplantationen möglich gewesen sein. Von B. ist seiner Zeit weit voraus gewesen.

Arme Tanja, die nur ganz wenig gegessen hatte – meistens billigen Käse und Rosinen. Sie hat kein Verlangen gehabt nach Geld und Gut oder großen neuen Autos oder überteuerten Wohnungen. Nie hatte sie die Abendzeitung gelesen. Nie hatte es sie gelüstet nach einem Farbfernseher, nach neuen Hüten, Regenstiefeln, Gartenzauntratsch mit idiotischen Hausfrauen. Und nie hatte sie einen Mann gewollt, der Arzt war, Börsenmakler, Kongreßabgeordneter oder Polizeiobermeister.

Und immer wieder fragt mich der Kerl von der Tankstelle: »Hey, was is'n aus dem Ding geworden, das du damals hier angeschleppt und mit dem Luftschlauch aufgeblasen hast?«

Aber jetzt ist Schluß mit der Fragerei. Ich tanke woanders. Ich laß mir nicht mal mehr die Haare dort schneiden, wo ich dieses Sexheft mit der Von-Braschlitz-Gummipuppensex-Anzeige gesehen hatte. Ich versuche alles zu vergessen.

Was würdest du tun?

ERICA JONG

Geschliddert

boys wie ich sind gar nicht fein
haben ein girl das beißt und spuckt
dem machen sie's dreizehnmal die nacht
weder welt noch geld sie juckt
sie hängen den hut ihrem girl an die titten
brennen das kreuz in seinen hintern ein
sie scheißen halt auf gute sitten
boys wie ich sind gar nicht fein
kommen nur bei'nem girl das beißt und spuckt
das nicht schreiben kann und auch nicht lesen
das sich nicht ziert und nie geniert
und wie der teufel onaniert
boys wie ich sind gar nicht fein
keiner ist ein kavalier
die kunst steht schlecht in ihrer gunst
sie machen dich kalt zwischen zwei schluck bier
sie nehmen nie ein blatt vor'n mund
lassen munter die hose runter
tanzen sie stürzen die berge ein

e. e. cummings

Der Weg der Maßlosigkeit
führt in den Palast der Weisheit

William Blake

Er kam in ihr Leben geschliddert, pflegte sie nach dieser Nacht zu sagen, und so war es auch. Wenn Mel ihr Geld nicht bei Lotus Ltd. investiert hätte und plötzlich tot umgefallen wäre, wenn Alva Libbey nicht den Weg aller Nanys gegangen wäre, wenn es nicht *wieder* geschneit hätte, wenn sie nicht erschöpft, ausgelaugt und blutend heimgekommen, gleichzeitig aber merkwürdig erheitert gewesen wäre angesichts der Vorstellung, völlig mittellos ein neues Leben beginnen zu müssen – hätte sie dann je ein so explosives Element wie Berkeley Sproul in ihr Leben gelassen? Wahrscheinlich nicht.

Er kam in einem bunten Lieferwagen, der seinem Temperament entsprechend rot, violett, gelb und leuchtend orange gestrichen war – jeder Kotflügel in einer anderen Farbe. Auf den Seitenflächen prangten wilde Spraybilder, die an einen schlechten LSD-Trip erinnerten. Der Fahrer dieses Unikums wirkte wie ein fröhlicher Schelm oder Hofnarr mit seinen funkelnden blauen Augen, dem ungebändigten aschblonden Haar und diesem Lächeln, vor dem sie dahinschmolz. Er hatte verschiedenfarbige Socken an: einen roten und einen grauen. Er war überhaupt nachlässig angezogen, und seine Kleider rochen schwach nach Mottenpulver. Er trug einen weiten, weißen Seemannspullover, der sich unter den Achseln auftrennte (sprengte ihn soviel geballte Lebenskraft?), einen langen Wollschal (rot), aber keinen Mantel. Er sah wirklich aus wie ein Vagabund. Als er Isadora eine weiße Orchidee in einer schlanken Silbervase überreichte, fragte sie: »Orchideen – zu dieser Jahreszeit! Wo haben Sie die her?«

»Meine Mutter züchtet sie in ihrem Gewächshaus in Darien«, sagte er. »Da-rien: ›ja‹ auf russisch und ›nichts‹ auf französisch. ›Ja, nichts!‹ Das charakterisiert das Nest ganz prima! Es ist die Heimat der unnützen angelsächsisch-protestantischen Geldaristokraten, der weidwunden Gewinner.«

Isadora lachte. Es kam ihr vor, als habe sie ihn in einem Buch erfunden und als werde sie nun Zeuge einer erstaunlichen Verwandlung, die ihn zum Leben erweckte. Er hätte Marietta Robustis Freier sein können, aber nicht ihrer. Nein, er paßte nicht einmal zu Marietta Robusti; er war wie eine Figur aus einem anderen Zeitalter. Vielleicht entstammte er dem Artusroman, den Nebeln der Frühgeschichte; der edle Ritter Lancelot – oder Gawan.

»Was hatten Sie denn hier in der Nähe zu tun?«

Bean sah sie verständnislos an. »Ich war nicht hier in der Nähe«, sagte er. »Ich war bei meinen Eltern in Darien. Ich hatte Angst, sie nie wiederzusehen, wenn ich nicht schnell handelte. Als Sie mir das Stück Papier mit Ihrem Namen gaben, bin ich erst mal total ausgeflippt. Da hielt ich Sie zunächst bloß für eine unverschämt hübsche Frau, und auf einmal stellt sich heraus, daß Sie auch noch meine Lieblingsautorin sind.«

»Mit Ihrer Schmeichelei werden Sie's weit bringen.«

»Ich meine es ernst. Sie sehen noch besser aus als auf den Fotos. Ich wär' nie darauf gekommen, daß Sie *die* Isadora sind.«

»Gibt es denn noch viele andere Isadoras?«

»Nun, da wäre zum Beispiel Isadora Donkey ...«

»O Gott! Sie werden vom Kalauer-Teufel geplagt ... Sie sind der Mann meiner Träume. Noch ein Wortspiel, und ich bin auf ewig die Ihre ... Wollen Sie etwas trinken?«

»Und essen ... wenn Sie bei Ihrer Einladung bleiben. Sie müssen wissen, daß ich Ihre Sekretärin in den letzten vierundzwanzig Stunden gut ein dutzendmal angerufen habe. Sie hat mir andauernd erzählt, Sie seien nicht da oder unter der Dusche oder in der Sauna. Entweder sind Sie die sauberste Frau in ganz Connecticut, oder Sie geben leichtfertig Ihre Telefonnummer her und überlegen sich's dann gründlich. Ich habe zwar nicht jedesmal eine Nachricht hinterlassen, weil ich nicht aufdringlich erscheinen wollte, aber ich mußte Sie wiedersehen.« Er lächelte sein betörendes Lächeln.

»Ich hole uns etwas zu trinken.« Isadora lief in die Küche und stellte Gläser und den gekühlten Wein auf ein

223

Tablett. Sie war erschöpft, sie hatte Bauchschmerzen – aber sie war auch aufgekratzt.

»Würden Sie bitte im Kamin Feuer machen?« rief sie zu Bean ins Wohnzimmer hinüber.

»Klar. Was ein waschechter Connecticut-Boy ist, der kann das. Aufgewachsen bin ich in New York und hier draußen. Das war vor dem Krach.«

»Vor was für einem Krach?«

»Das erzähle ich Ihnen, wenn Sie versprechen, wieder herüberzukommen.«

»Bin gleich da!«

»Das hoffe ich.«

Als sie mit Wein und Käse ins Wohnzimmer kam, kniete er vor dem Kamin und schichtete geschickt die Holzscheite auf.

»Feuer schüren können Sie«, sagte Isadora.

»Auf diesen Kalauer sage *ich* nichts«, konterte er.

»Sie heitern mich auf, und ich habe einen grauenvollen Tag hinter mir. Wie auch immer – erzählen Sie mir von diesem Krach.«

»Also, eigentlich hat es zweimal gekracht. Zuerst der große Krach, bei dem meine Familie den Großteil ihres Vermögens an die Finanzbehörde abtreten mußte ...«

»Was für ein erstaunliches Zusammentreffen!« unterbrach ihn Isadora.

»Und dann krachte der Wagen in den Graben ... Welche Geschichte wollen Sie zuerst hören?«

»Ich weiß nicht recht. Trinken Sie erst mal einen Schluck. Das ist ein ausgezeichneter ›Trefethen Chardonnay‹, den ich mir vielleicht schon bald nicht mehr leisten kann.« Sie reichte ihm ein langstieliges Kristallglas und erkundigte sich: »Wie alt sind Sie, Bean?«

»Fünfundzwanzig. Disqualifiziert mich das?«

»Als was?«

»Als Ihr Freund«, antwortete er.

Sie sah ihm in die Augen und wußte, daß er es ernst meinte. Seine Augen konnten fröhlich sein, aber manch-

224

mal lag ein sehr verletzlicher Ausdruck in ihnen. Ob sich hinter all seiner Forschheit Furcht verbarg?

»Ich möchte Ihr Freund sein«, wiederholte er. »Ihre Bücher geben mir das Gefühl, als sei ich es schon ... kriegen Sie das oft zu hören?«

»Nicht so, wie Sie es gesagt haben. In der Regel erzählen mir alle, ich sei seit sieben Jahren ihr sexueller Wunschtraum, und dann gehen wir zusammen ins Bett – und pfff ...« Sie deutete mit dem rechten Zeigefinger einen Penis an, der bis zur Unkenntlichkeit zusammenschrumpfte.

Bean lachte. »Übrigens fand ich Ihren angeblich so skandalträchtigen ersten Roman nicht annähernd so gut wie den zweiten und dritten oder gar wie ›Tintorettos Tochter‹. Dieses erste Buch steckt voller Selbsthaß. Hören Sie denn nie auf, sich selbst zu quälen? Sie sollten das lassen. Sie haben mehr auf dem Kasten als die meisten Männer. Sie sind ein echter Held – im klassischen Sinn!«

»Was ist ein Held?« zitierte Isadora. »Im wesentlichen einer, der seine Ängste bezwungen hat.«

»Genau.«

»Das ist Henry Millers Definition und nicht meine«, sagte Isadora. »Und nach seiner Auslegung bin ich kein Held, weil ich mich nämlich andauernd fürchte.«

»Ah, Sie mögen Furcht *empfinden*, aber Sie lassen sich nicht von ihr beherrschen. Ich wette, selbst Odysseus hat sich gefürchtet. Ja, das ist sogar belegt. Nicht die Gegenwart oder Abwesenheit von Furcht machen den Helden aus, sondern die Tat, die er trotz seiner Furcht vollbringt. Und Sie hören nie auf zu handeln. Sie marschieren geradewegs ins Auge des Orkans. Darum sind Sie meine Heldin.«

»Danke«, sagte Isadora. »Es tut gut, das gerade im schlimmsten Jahr meines Lebens zu hören. Ich wäre im letzten Jahr beinahe gestorben. Ich habe mich nie für suizidverdächtig gehalten, aber nachdem mein Mann mich verlassen hatte, wäre ich in der Lage gewesen, mich vor ein Auto zu werfen. Ich hab's sogar getan. Ich habe mich vor *sein* Auto geworfen.«

Bean sah sie aufmerksam an, als wisse er genau, wovon sie sprach.

»Ich bin ein Unfall auf der Suche nach einem Ort, an dem er sich ereignen kann«, sagte er. »Ich habe mehr Narben am Körper, als Sie je an einem Menschen finden werden.«

»Ich nehm's mit Ihnen auf, Narbe für Narbe.«

»Ist gebongt. Ziehn wir uns aus.«

»Bin ich seit sieben Jahren Ihr sexueller Wunschtraum?« scherzte Isadora.

»Nein, erst seit sieben Minuten.«

»Sie sehen ein Wrack von einer Frau vor sich. Ich habe meinen Beruf fast an den Nagel gehängt – aber nicht freiwillig. Ich, die ich in meinem ganzen Leben nie einen Block hatte, kann plötzlich überhaupt nicht mehr schreiben.«

»Das ist nur eine Phase der Umorientierung«, versicherte Bean. »Oder die schöpferische Pause vor dem neuen großen Wurf. Ich glaube nicht einen Moment, daß Sie wirklich blockiert sind. Kunst ist nichts Mechanisches – sie ist organisch. Sie können sie nicht produzieren, wie eine Fabrik Schrauben oder Muttern herstellt.«

»Danke, daß Sie mich daran erinnern. Ich hab' mich noch nie so verbraucht, so am Ende gefühlt.«

»Irgend etwas müssen Sie aber trotzdem richtig anpakken, sonst könnten Sie nicht so lebendig sein und so schön.«

Aus ihren Augen sprach Dankbarkeit, vielleicht sogar Vertrauen.

»Also, erzählen Sie mir von diesen zwei Krächen.«

»Mach' ich, wenn ich etwas zu essen kriege.«

»Das ist die Sprache eines wahren Vagabunden«, sagte Isadora. »Als nächstes werden Sie noch ein Bett für die Nacht verlangen.«

»Der Fußboden tut's auch.« Bean lachte.

Beim Abendessen (das Danae gekocht hatte und das folglich vorzüglich schmeckte) ließ Bean sich über die haarsträubende Geschichte seiner Familie aus. O Mann, da bilden sich die Juden ein, sie hätten das Monopol auf *meschuggas*, aber wenn es um wirklich *meschuggene* geht, können sie den alteingesessenen Gojim nicht das Wasser reichen. Beans Familiengeschichte war voll von Duellen (zufälligen und inszenierten), vergeudeten Erbschaften, Kämpfen um Grundbesitz und Antiquitäten (wie in einer Geschichte von Cheever), Alkoholismus, Inzest, Habgier, Unterschlagungen, Prozessen, Haftstrafen, Heldentaten und Burlesken. Seine Vorfahren hatten im Unabhängigkeitskrieg gekämpft, im Krieg von 1812 und im Sezessionskrieg. Der unmittelbare Familienbesitz war von ursprünglich fünf Häusern (in New York, Paris, Palm Beach, Martha's Vineyard und Darien) auf eines geschrumpft: einen verfallenen Bauernhof in Connecticut, vollgestopft mit morschen Möbeln, vermodernden Bildern und Büchern, die allerdings die Finanzbehörde über kurz oder lang als Pfand für die fällige Steuernachzahlung einziehen würde. Was Beans Hoffnung auf einen persönlichen Anteil betraf, so hatte er diesen ohnehin zerstört, als er seinen Wunsch durchsetzte und Schauspieler wurde.

»›Kein genealogisches Handbuch erwähnt Schauspieler‹ ist ein Lieblingssatz meiner Mutter.«

»Stimmt nicht – eine Ausnahme muß es doch geben. Wie steht es mit Dina Merrill?«

»Na ja, vielleicht. Aber eine Schauspielerin, das zählt nicht. Es ist eben ein Beruf für Huren und Vagabunden. Ich kenne keine einzige Frau, die das Leben eines Schauspielers auf die Dauer ertragen könnte; nicht mal eine, die selbst vom Bau ist. Wir arbeiten die halbe Nacht und verschlafen den Tag, tollen mit schönen Mädchen herum, die meist halb nackt sind, wir haben keinen festen Wohnsitz, tragen keine Anzüge, rasieren uns nur selten, haben zweifelhafte sexuelle Gewohnheiten – oder sind total enthemmt, besitzen in der Regel keinen Pfennig Geld, geben aber rasend gern das anderer Leute aus. Außerdem essen wir wie die Schweine.«

Um die letzte Behauptung zu illustrieren, schlenkerte er ein Hühnerbein zwischen den Zähnen und klemmte sich eine Zitronenschale als Schnurrbart unter die Nase. (Danae hatte ihr sagenhaftes Zitronenfrikasse mit Sesamsamen gemacht.)

Isadora lachte. »Jetzt erzählen Sie mir endlich von den Krächen«, bat sie ihn.

»Also, beim ersten handelt es sich um die altbekannte Geschichte vom Niedergang einer reichen Familie, die der Möchtegernverführer dem staunenden Mägdlein erzählt.«

»Mägdlein? Ich bin ein ziemlich altes Mädchen ...«

»O nein, nicht nach drei Ehen.«

»Woher wissen Sie das?«

»Ich? Ich weiß nur, was die ganze Welt weiß. Ihr Leben ist ein offenes Buch.«

»Haben Sie eine Ahnung, wie alt ich bin?«

»Ich vermute, Sie müssen älter sein als ich, sonst hätten Sie nicht all diese Bücher geschrieben – aber ich begreife nicht, wie Sie das geschafft haben, ohne zu altern.«

»Ha! Noch so eine Schmeichelei. Als Sie auf die Welt kamen, da wurde ich gerade geschlechtsreif.«

»Und jetzt werde ich Ihnen zeigen, daß sich das gelohnt hat.«

»Sie wären wirklich imstande, mich in Schwierigkeiten zu bringen.« Isadora lachte wieder. »Erzählen Sie mir von dem zweiten Krach.«

»Wie? Ach so – von *dem*. Tja, dann überspringe ich die Geschichte von den zerronnenen Reichtümern und den in Trümmern liegenden Herrschaftssitzen ...«

»... die Sie dem potentiellen Verführungsopfer erzählen.«

Bean nickte. »... und fahre fort mit der Schilderung meines Versuchs, Hand an mich zu legen, wie man im Elisabethanischen Zeitalter zu sagen pflegte. Stellen Sie sich vor, seit ich geschlechtsreif wurde, habe ich indirekt ständig versucht, mich umzubringen. Vielleicht liegt es daran, daß ich zuviel überschüssige Energie habe, die ich nirgends ausleben kann. Oder ich habe zum fraglichen Zeitpunkt kapiert, daß mein Vater mich seit meiner Geburt loswerden wollte, habe seinen Wunsch internalisiert und zu meinem eigenen gemacht – das behauptet jedenfalls mein Seelenklempner. Wie auch immer, ich baue dauernd Unfälle, bei denen ich ums Haar hops gehe. Den letzten hatte ich vor zwei Jahren: Mein Kopf flog durch die Windschutzscheibe des Wagens, meine Brust flog gegen das Steuer, meine Milz flog durch den ganzen Körper, und ich schwebte zwei Wochen lang zwischen Leben und Tod. In dieser Zeit hatte ich übersinnliche Erlebnisse, meine Eltern dagegen drehten durch, und eine junge Krankenschwester versuchte, mir einen zu blasen, während ich mich gerade mit Gott und den Engeln unterhielt.«

»Und was haben Sie aus diesem Gespräch mit Gott und den Engeln erfahren?«

Bean wurde auf einmal ganz ernst, beinahe feierlich. »Daß Gott und die Engel sich nicht drum kümmern, wer dir den Schwanz lutscht, aber daß ein Leben ohne Liebe nicht viel wert ist, gelebt zu werden – selbst wenn man reich und berühmt ist und Hühnerfrikasse zu essen hat. Als ich Sie im Fitneßklub traf und Sie so schön, so frisch aussahen, in Ihren Augen aber dieser gequälte Blick lag, so als fühlten sie sich verletzt, betrogen, verfolgt, da wußte ich, daß ich Sie wiedersehen mußte.«

»Ritter Galahad, der tapfere Befreier! Gehören Sie etwa zu den Männern, die sich nur in bedrängte Damen verlieben?«

»Nein. Normalerweise verliebe ich mich überhaupt nicht. Da vögle ich mir das Hirn aus dem Kopf und gehe heim, ohne irgend etwas zu fühlen. Aber bei Ihnen spüre ich, daß jede Begegnung zwischen uns mein Herz erfüllen wird, selbst wenn ich nie mit Ihnen schlafen sollte.«

Isadora konnte nur mit Mühe die Tränen zurückhalten. Sie war sich nicht sicher, ob er es ehrlich meinte oder ihr nur schmeicheln wollte. Es war ihr Fluch, daß sie eine Schwäche für wortgewandte Männer hatte, gleichgültig, wie blumig sie daherredeten. Ob ihre große Verwundbarkeit einen Fluch oder eher einen Segen darstellte, darüber war sie sich nicht im klaren. Sie wappnete sich. Sie würde nicht mit Bean schlafen, egal, wie charmant er sie rumzukriegen versuchte, und wenn sie noch so sehr auf seinen Charme abfuhr. Seine Offenheit und seine Empfindsamkeit waren ihrer verletzlichen Psyche entweder wahlverwandt – oder er war tatsächlich ein guter Schauspieler und ein klein wenig auch ein Hochstapler (was darstellende Künstler eben sein müssen – und Schriftsteller vielleicht genauso, wer weiß?).

»In letzter Zeit hab' ich auch ziemlich oft bis zum Gehtnichtmehr gefickt und bin leer und ohne etwas zu empfinden heimgefahren«, sagte Isadora. »Das wird schnell langweilig. Ich hab' es früher nie oft genug praktiziert, um das rauszufinden – wenn man das bei meinem Ruf auch nicht glauben würde. Aber ich habe fest vor, mit diesem Leben Schluß zu machen und nicht mehr wahllos herumzuschlafen.«

Bean schnippte mit den Fingern. »Was für ein Pech, daß ich Ihnen ausgerechnet jetzt begegnet bin, wo Sie es sich anders überlegt haben.«

Wieder mußte Isadora lachen. Sie versuchte herauszukriegen, wieviel an seinem Gerede Ernst und wieviel Schwindel war. Bean war ohne Zweifel einer der charmantesten Menschen, denen sie je begegnet war. Er hätte mit seinem Charme die Vögel von den Bäumen locken oder den Kindern ihre Lutscher und Geizhälsen das Geld abschmeicheln können. Aber sie war entschlossen, nicht zuzulassen, daß er sich mit seinem Charme in ihr Bett schlich.

Das Feuer im Wohnzimmer verglomm, aber im Eßzimmer brannte ein kräftiges Feuer, und sie legten immer

231

wieder Scheite nach. Draußen schneite es noch immer, und der Himmel schimmerte rosig wie ein Kinderpopo. Für gewöhnlich geriet Isadora in Panik, wenn es in Connecticut schneite, aber dieser Schneefall erschien ihr warm und freundlich, weil Bean bei ihr war. Hoch oben in dem großen Holzhaus am Ende der tückischen, gewundenen Einfahrt der Serpentine Hill Road setzten Bean und Isadora ihre Unterhaltung fort.

»Was meinen Sie – warum sind Sie so selbstzerstörerisch?« fragte Isadora. »Ich meine, wenn Sie ganz ehrlich sind. Liegt es nur am Verhältnis zu Ihrem Vater? Verstehen Sie mich nicht falsch, ich glaube an so etwas. Ich denke, daß ein Mann, der nie seinen Vater erschlägt, auch nie erwachsen wird. Mein Exehemann, Josh, ist der Beweis dafür. Aber warum wollen Sie sich selbst umbringen?«

»Meinen Sie, daß ich eigentlich ihn töten will, die Aggressionen dann aber verinnerliche und gegen mich selbst richte?«

»Zu oberflächlich. Hören Sie, ich habe auch die ersten fünfundzwanzig Jahre meines Lebens damit zugebracht, Narben zu sammeln. Narben, gebrochene Knochen, zerbrochene Ehen. Ich wäre beinahe zum Krüppel geworden, als ich in Texas vom Pferd stürzte. Der Gaul war zu wild für mich. Ich zog mir ein Dutzend Verletzungen am Schienbein zu, als ich in den österreichischen Alpen hinter einem rätselhaften Orientalen, der mein zweiter Mann war, eine vereiste Piste runterfuhr, von der ich wußte, daß ich mich nie hätte drauf wagen dürfen. Ich glaube, ich habe mich ständig selbst bestraft, weil ich mich so schuldig fühlte. Ich machte mir Vorwürfe, weil ich begabter war als meine Schwestern und weil ich mein Talent nutzte, während meine Mutter das ihre nicht genutzt hatte; ich fühlte mich schuldig, weil ich so gut dran war.«

»Sie geben es also zu! Sie *sind* gut dran?«

»Ich denke schon.«

»So wie einer, der mit einem silbernen Löffel im Mund geboren wird, wie es bei der alteingesessenen Elite heißt.«

232

(Bean machte einen spitzen Mund und imitierte den gezierten Akzent der protestantisch-angelsächsischen Geldaristokratie, den Isadora in Gedanken die ›Locust-Valley-Kieferklemme‹ nannte.)

Diese Sprache war so atypisch für ihn, daß sie lachen mußte.

»Oder mit einer Extradosis Adrenalin, wie meine Mutter von mir behauptet, als ich noch klein war«, sagte Isadora.

»Eben dieses meinte ich.« Bean äffte noch immer die gekünstelte Sprechweise der Vornehmen nach. »He, gefällt Ihnen das? Gefällt's Ihnen, wenn ich beim Sprechen den Mund nicht aufmache?«

. »Ich finde es himmlisch. Es paßt so überhaupt nicht zu Ihnen. Sie reißen den Mund eigentlich weiter auf als alle Männer, denen ich je begegnet bin. Aber abgesehen davon müssen Sie jetzt nach Hause fahren.«

Bean wirkte äußerst niedergeschlagen. Seine struppigen Augenbrauen rutschten nach unten. Der Funke in seinen blauen Augen erlosch mit einem Schlag. Sogar die für seine Herkunft typische leichte Stupsnase (die ein romantischer Autor als *retroussé* bezeichnet hätte) schien sich der Oberlippe zu nähern, als wolle sie auf einmal semitisch aussehen.

»Aber wir müssen doch noch über so vieles reden«, sagte er. »Wir müssen über Nietzsche diskutieren, über Schopenhauer und über Sex.«

»Den Sex haben wir schon abgehakt. Nietzsche und Schopenhauer können warten.«

»Aber brauchen Sie denn den Sex nicht, um Ihre Kreativität anzufachen?«

»Heute abend nicht. Mein Manager ist gerade ganz unerwartet gestorben, und ich stehe mit grauenhaften Steuerproblemen da. Zudem habe ich meine Tage, und ich bin total erschossen. Ich werde jetzt aufstehen, falls ich das noch schaffe nach all dem Wein, und werde Sie bitten zu gehen.«

»Wie kann ich Sie davon abbringen?«

»Überhaupt nicht.« Sie schwankte ein bißchen, als sie aufstand. »Ich schwöre Ihnen, überhaupt nicht.«

Bean sah auf einmal aus wie ein sehr großer Holden Caulfield. Er wirkte wie fünfzehn und nicht wie fünfundzwanzig. Seine Oberlippe zitterte, als wolle er gleich anfangen zu weinen. Seine unwahrscheinlich blauen Augen füllen sich mit Tränen. Plötzlich konnte sich Isadora vorstellen, daß er sich umbringen wollte. Er hatte ihr erzählt, daß er eine Pistole besaß und auch mit ihr umgehen konnte. Er hatte ihr außerdem anvertraut, daß er sein Auto als Todeswaffe benutzte – und die Straßenverhältnisse waren heute nacht tückisch genug. Sollte sie ihm anbieten, im Gästezimmer zu übernachten?

Nein, Unmöglich. Unmöglich, mit einer solchen Ladung von geballtem Sex unter einem Dach zu schlafen und nicht mit dem Typ zu vögeln. Wenn er diese selbstzerstörerischen Anwandlungen hat, dann ist das sein Problem, dachte sie. Sie war es leid, sich um alle Welt zu kümmern. Josh, Roland, Bean – sie alle würden sich allein durchschlagen müssen. Aber waren alte Männer denn besser? Wie es schien, hatte sie sich gewissenhafter um Mel Botkin gekümmert als umgekehrt.

»Sie sollten jetzt nach Hause gehen.« Isadora hielt sich an der Stuhllehne fest. Sie hatte wieder Krämpfe im Unterleib und konnte sich nur mühsam aufrechthalten. Ob der Tampon schon durchgeweicht war? In ein paar Minuten würde ihr das Blut in dünnen Rinnsalen über die Schenkel laufen.

»Ich habe den Abend sehr genossen«, sagte Isadora. »Aber ich bin wirklich der Ansicht, Sie sollten nach Hause gehen.«

Sie wußte selbst nicht recht, weshalb sie so entschieden dagegen war, mit ihm zu schlafen. Schließlich war sie schon mit vielen Männern ins Bett gegangen, die ihr weit weniger gefielen als er. Vielleicht spürte sie, welche Macht er über sie gewinnen könnte; vielleicht wußte sie sogar, welch ungeheure Rolle er dann in ihrem Leben spielen würde. Wenn eine Frau sich besonders stark zu einem Mann hingezogen fühlt, rennt sie manchmal gerade vor dieser Anziehungskraft davon. Kommt aber ein hohler Typ daher, dann kann sie mit ihm ins Bett steigen und hernach ganz cool ihrer Wege gehen.

»Ich werde Ihnen wenigstens noch ein signiertes Buch mitgeben«, sagte Isadora mit einem Blick in Beans verschleierte Augen. Es war das alte Lied: Bücher statt Bett. Oder Bücher als Vorspiel zum Bett? Sie war sich nicht ganz sicher. Mit fünfzehn hatte sie Männern Gedichte geschrieben, statt mit ihnen ins Bett zu gehen. Mit fünfundzwanzig hatte sie immer noch das gleiche gemacht. Mit achtundzwanzig hatte sie einen ganzen Roman geschrieben wegen eines Mannes, den sie nicht haben konnte. (Er war nämlich boshafterweise gerade bei ihr impotent.) Als sie einunddreißig war, erschien dann dieser Roman, und plötzlich lag ihr die Welt zu Füßen, jener Mann allerdings nicht. Mit neununddreißig hatte sie die Bücher durchs Bett ersetzt und war von jedem Abenteuer mit trockenen Augen und einsamem Herzen heimgekehrt. Was war die endgültige Lösung dieses Buch-Bett-Dilemmas? Gab es die überhaupt? Liebte sie nur den unerreichbaren Mann, den Mann unterm Bett, das unmögliche Objekt ihrer Begierde – letztlich den Vater?

»Kommen Sie mit!« sagte sie und führte Bean hinauf in ihr Baumhausstudio. Sie bewegte sich vorsichtig und preßte beim Gehen die Schenkel zusammen, um das Blut zurückzuhalten.

Sie stiegen die Wendeltreppe zu ihrem Studio hinauf. Dort oben in ihrem Heiligtum mit dem perlgrauen Teppichboden und den bis zur Decke reichenden Regalen zeigte er sich erstaunt über die vielen Ausgaben, die es von ihren Büchern gab. Er sah sie als Frau, nicht als Buchmaschine, aber sie war augenscheinlich das eine wie das andere. Es hatte in den Wäldern etliche Kontinente eines

Kahlschlags bedurft, damit ihre Worte sich in vielen Sprachen fortpflanzen konnten.

»Französisch, Spanisch, Deutsch, Italienisch – und was noch?« fragte er beeindruckt.

»Japanisch, Hebräisch, Holländisch, Schwedisch, Finnisch, Norwegisch und sogar Serbokroatisch und Mazedonisch – aber Suaheli nicht.« Man merkte ihrer Stimme an, daß sie betrunken war. Warum war sie so stolz auf ihre fremdsprachlichen Ausgaben? Sie hatte keinen blassen Schimmer, ob die Übersetzungen auch nur entfernt das wiedergaben, was sie geschrieben hatte. Gut, mit Französisch, Italienisch und Deutsch kannte sie sich ein bißchen aus, aber sämtliche anderen Sprachen waren ihr völlig unbekannt. Dabei klaffte eine so beträchtliche Lücke zwischen Absicht und Wirkung, daß ihre Bücher selbst in ihrer Muttersprache nicht genau das aussagten, was sie beim Schreiben im Sinn gehabt hatte. Es war, als habe sie ein Einhorn zeichnen wollen, aber nur eine Ziege mit angepapptem Horn zustande gebracht. Das Ergebnis war stets so weit entfernt von dem, was sie beabsichtigt hatte, daß es ihr kaum Freude machte. Das Beste war das Schreiben selbst: der Wortstrom, der sich übers Papier ergoß, das Vergnügen, das sie empfand, wenn sie ihre gelben Notizblöcke mit verschiedenfarbigen Stiften vollschrieb. Sollten andere Autoren ruhig auf den Bildschirm ihres Computers starren, sie mußte Seiten fühlen, die Tinte schmecken; sie brauchte den physischen Akt des Schreibens.

Aber das fertige Produkt? Das hatte sie weder zu genießen noch zu beurteilen. Es war für sie ein Artefakt: nur der Schaffensprozeß zählte. Gewiß empfinden alle Künstler so; bestimmt spüren sie alle die schmerzliche Kluft zwischen Absicht und Wirkung. Selbst wenn die Leser hingerissen waren, fühlte man sich versucht, abzuwehren: Nein, nein, das Leben ist viel interessanter, komplexer und reichhaltiger, als Literatur es je sein kann.

»Hier.« Sie nahm eine Leinenausgabe von ›Tintorettos Tochter‹ vom Regal und schrieb eine Widmung für Bean

hinein: FÜR BERKELEY SPROUL III. MÖGE ER DEN IV.
UND V. UND HOFFENTLICH DEN VI. ERLEBEN. UND
MÖGE ER SICH EINES TAGES IN VENEDIG VERLIE-
BEN WIE MARIETTA ROBUSTI – ABER OHNE DAFÜR
SEIN LEBEN ZU LASSEN. IN AUFRICHTIGER ZUNEI-
GUNG, ISADORA WING.

Sie gab ihm das Buch. Als er die Widmung las, ver-
schleierten sich seine Augen noch mehr. Dann zog er sie
plötzlich an sich und hielt sie fest umschlungen. Sie spürte
seinen steifen Schwanz durch die Jeans, während seine
großen, unvorstellbar sanften Hände ihr Gesäß umspann-
ten. Dann wanderten die Hände ihren Rücken hinauf, und
er streichelte sie, als wolle er ihren Körper in den seinen
hineindrücken. Aber was sie wirklich verblüffte, war die
Art, wie er ihren Hals und ihr Haar berührte. Seine Finger
fanden genau den Punkt im Nacken, der ihr immer am
meisten weh tat, wenn sie diese gräßlichen Kopfschmerzen
hatte. Unendlich behutsam massierte er die Stelle. Woher
wußten seine Finger so genau, wo sie ansetzen mußten? Es
war unheimlich. Eine Hand blieb auf ihrem Nacken, die
andere strich über den Kopf und streichelte sie mit solcher
Zärtlichkeit und Liebe, daß sie sich in ihre Kindheit
zurückversetzt fühlte, als ihr Großvater ihr vor dem Einschlafen übers Haar gefahren war.

Panischer Schrecken ergriff sie. Kein Mann (außer ihrem
Großvater) hatte je diese empfindlichen Punkte gefunden;
kein Mann hatte es verstanden, ihren Nacken und Kopf so
zu streicheln. Wenn er das konnte, was mochte er sonst
noch von ihrem Körper wissen? Sie fürchtete sich davor,
es herauszufinden.

»Du mußt jetzt gehen.« Sie machte sich von ihm los.
»Es ist wirklich Zeit.«

Er nickte traurig. Sie nahm ihn bei der Hand und führte
ihn die Wendeltreppe hinunter. War sie verrückt, daß sie
ihn gehen ließ, oder war gerade das vernünftig? Schluß mit
der Liebe! hatte sie sich versprochen. Schluß mit den ver-
führerischen jungen Männern, deren Herzen ›wie Wachs

237

sind, bis sie ihr Ziel erreichen, doch dann zu Marmor erstarren‹ (wie Byron es formulierte).

»Recht so! Wirf mich wieder in die Gosse. Da gehören Vagabunden ja auch hin«, klagte Bean theatralisch.

Unten in der Halle reichte Isadora ihm seinen langen roten Schal und seinen Seemannspullover. Sie bot ihm sogar eine alte Skimütze von Josh an, aber er lehnte ab. »Nein, danke. Wenn ich dich nicht haben kann, dann will ich gern erfrieren. Ich sterbe freiwillig in der Gosse.«

»In der Gosse sind wir alle. Aber einige von uns schauen hinauf zu den Sternen.« Isadora öffnete die schwere Eingangstüre, und Schneeflocken wirbelten herein.

»Das ist aus ›Lady Windermeers Fächer‹«, sagte Bean, »aber jetzt werde ich dir ein Zitat aus ›Bunbury‹ vortragen, das zutreffender ist.« Er trat auf den verschneiten Gehweg, drapierte sich den roten Schal malerisch um die Schultern und deklamierte: »›Hoffentlich haben Sie kein Doppelleben geführt und vorgegeben, schlecht zu sein, während Sie in Wirklichkeit die ganze Zeit über gut waren. Das wäre geheuchelt.‹«

»*Touché*«, rief Isadora. »Und nun ab mit dir!«

Obwohl sie nur in Jeans und Pullover war, begleitete sie ihn zu seinem Lieferwagen. Sie genoß die rosafarbene Schneenacht und fand, es sei eigentlich gar nicht sehr kalt.

»Gib acht, daß du nicht ausrutschst.« Er nahm sie behutsam beim Arm. Als er die Tür des Wagens (dessen grelle Farben unter einer dünnen Schneedecke verschwunden waren) öffnete, sah er sie traurig an.

»Fahr nach Haus!« Sie umarmte ihn flüchtig. Er beugte sich über sie, nahm sie in die Arme und küßte sie auf den Mund. Seine Zunge kannte ihr innerstes Wesen. Es hätte sie kaum mehr erregen können, wenn er statt ihres Mundes ihre Möse geküßt hätte. Seine Zunge wußte alles über ihren Mund, so, wie seine Finger den empfindsamen Punkt in ihrem Nacken gekannt hatten. Sie spürte, daß er sie mit einem bloßen Kuß zum Orgasmus bringen konnte. »Fahr nach Haus!« wiederholte sie und löste sich aus seiner Umarmung. Ihr war nicht klar, weshalb sie ihn so unbedingt loswerden wollte. Wir alle wünschen uns nichts sehnlicher, als erkannt zu werden, und Bean hatte sie erkannt, das stand fest. Mußte er deshalb gehen? Sie stellte sich auf die Zehenspitzen und fuhr ihm ausgelassen mit der Zunge ins Ohr. »Fahr nach Haus!« sagte sie noch einmal.

Wortlos stieg er ein, ließ den Motor an und setzte zurück. Sie winkte und ging wieder ins Haus. Ihr war, als habe sie knapp ihr Leben, ihre Freiheit und ihre Seele gerettet.

Göttin sei Dank! dachte sie erleichtert, als sie den Wagen mit dröhnendem Motor die Einfahrt hinunterfahren hörte.

Sie zog sich aus, wechselte den Tampo (gerade noch rechtzeitig, um ein Blutbad zu verhindern) und schlüpfte in ein altes Flanellnachthemd, eins von ihren Großmuttergewändern. Sie wusch sich das Gesicht so ausgiebig mit schwarzer Seife, daß sie das Vermögen von Dr. Lazlo dadurch gewiß vergrößerte. Wo mochte Dr. Lazlo wohl stecken? Vielleicht war er im Himmel und machte Geschäfte mit Mel Botkin?

Beans Eintritt in ihr Leben hatte ihr unwahrscheinlichen Auftrieb gegeben. Und wenn ich pleite gehe, was soll's, dachte sie. Ich werde noch einmal von vorn anfangen, genau wie beim ersten Mal. Sie war übermütig, unternehmungslustig, furchtlos und überschwenglich. Sie spürte, daß sie wieder zu leben begann, vielleicht noch intensiver als früher, weil sie erneut bei Null anfangen mußte. Sie würde Konkurs anmelden, ihren Besitz verkaufen und ein einfaches Leben führen. Der klassische Wagen würde verschwinden – vielleicht würde sie sich von beiden Autos trennen und von den Brillantohrringen, die Josh ihr gekauft hatte. Sie konnte auch mit einem kleineren Haus und einem kleineren Wagen zufrieden sein, ja sogar ohne Haus und ohne Auto. Allein das Schreiben zählte, nicht Geld oder Berühmtheit – das Schreiben

239

und Amanda. Und die Liebe? Die Zeit der Liebe war noch nicht gekommen.

Gut, daß sie Bean heimgeschickt hatte. Er stellte eine Bedrohung ihres Vorsatzes dar, frei zu bleiben, eine echte Bedrohung.

Isadora beendete die Lazlo-Kur, machte Licht im Schlafzimmer und beschloß, sich mit einem Buch ins Bett zu verziehen. Sie würde sich einen Klassiker aussuchen, statt die lästigen Fahnensätze zu lesen, die sich auf ihrem Nachttisch türmten und auf ein Kollegenurteil warteten. »Lest nicht die Zeiten, lest die Ewigkeiten«, sagt Thoreau, und wenn man unmittelbar vor dem Bankrott steht, braucht man die Klassiker mehr denn je. Sie würde also Thoreau lesen. Sie würde noch einmal ›Walden oder Leben in den Wäldern‹ studieren als Auftakt zum Verkauf von Haus und Autos und zum Neuanfang in der Wildnis. Sie konnte das Leben ganz gewiß auch ohne schwarze Seife meistern!

Die amerikanische Literatur stand in dem Zimmer unterm Dach, in dem sie ›Tintorettos Tochter‹ geschrieben hatte und das jetzt Mandys Spielzimmer war. Die Erwachsenenbücher waren noch nicht ausgeräumt. Isadora zog ihre lustigen roten Eddie-Bauer-Pantoffeln an (die hinten runtergetreten waren und in denen sie aussah, als habe sie Clownsfüße) und tappte zur Treppe, um unterm Dach nach Thoreau zu suchen. Als sie an der Haustür vorbeikam, hörte sie ein hartnäckiges Klopfen.

»Isadora!« Es war Beans Stimme. »Isadora!«

»Scheiße!« murmelte sie. Ich muß ja zum Kotzen aussehen. Sie riß die Tür auf.

Bean stand draußen und klapperte mit den Zähnen. Sein Haar war voller Schneeflocken. Seine Nase war gerötet und tropfte.

»Was ist passiert?« fragte Isadora.

»Ich bin auf der Einfahrt ins Rutschen gekommen, und der Wagen ist in einer Schneewehe steckengeblieben. Ich krieg' die verdammte Karre nicht wieder auf die Straße.«

»Eine glaubhafte Geschichte«, sagte sie ironisch.

»Sie ist wahr«, versicherte Bean. »Der Wagen ist geschliddert und wäre ums Haar gegen einen Baum gekracht.«

Isadora musterte ihn spöttisch. »Du bist absichtlich ins Schliddern gekommen.« Sie war riesig erleichtert, daß er nicht tot und daß er zurückgekommen war.

»Ich schwöre, ich hab's nicht vorsätzlich getan. Der Wagen kam in der vereisten Kurve ins Schleudern und rutschte nach hinten weg.«

»Aber sicher.« Isadora lachte. »Wer so scharf drauf ist, aufs Kreuz gelegt zu werden, der muß schon eine Wucht im Bett sein.« Damit nahm sie ihn bei der Hand und führte ihn in ihr Schlafzimmer. Sie rissen sich die Kleider vom Leib – Pullover, Schal, Großmutternachthemd, Jeans – und fielen sich in die Arme, als sei ihr ganzes Leben nur eine Vorbereitung auf diesen Augenblick gewesen.

Was heißt da Spontanfick! Was heißt Erfüllung eines unmöglichen Traums! Bean war im Bett in seinem Element wie ein Fisch im Wasser, wie ein Eisbär am Nordpol oder wie ein Verhungernder, wenn er ein Stück Fleisch bekommt. Er machte sich über Isadora Körper her, daß man hätte denken können, er habe sein Leben lang vergeblich nach einer Frau gelechzt – doch das war offensichtlich nicht der Fall. Er war so hungrig, so geil (und doch so seltsam rein in seinem Hunger und seiner Brunft, daß sie versucht war, ihn zu beschwichtigen: ›Ruhig, nur ruhig! Es nimmt dir ja niemand was weg!‹ Aber sie hielt sich zurück, aus Angst, seiner unglaublichen Sexualität nicht gerecht zu werden). Auch Riechen und Schmecken gehörte zu seinem Repertoire, und er genoß Gerüche, Säfte und Schweiß. Ganz hingerissen tauchte er seine Finger in ihre Muschi, teilte sie. Er spielte einen lustvollen Walzer auf ihrer Klitoris und stieß den Finger gekonnt so weit in ihre Möse, daß er den süßesten Punkt an der Vorderwand traf. Er rieb ihn mit wunderbarem Geschick, während seine Zunge weiter auf ihrem Kitzler trillerte. Die andere

Hand hielt er auf ihren Bauch gepreßt, und Isadore erlebte den berauschendsten Orgasmus ihres Lebens.

Sie wollte die Beine schließen und ein wenig ausruhen, doch er spreizte sie mit Gewalt (ohne sich um ihren Protest zu kümmern) und stieß seinen Schwanz in ihre Möse. Er wiegte sie in seinen Armen und berührte Stellen im Innern ihres Körpers, von denen sie hätte schwören können, daß noch keiner sie berührt hatte. Unvermittelt glitt er heraus, rammte sie aber gleich darauf wieder. Schonungslos stieß er wieder und wieder in sie hinein. Er stützte sich auf die Arme und räumte mit seinem harten Schwanz in ihrer Fotze auf, als wolle er jede Spur ihrer früheren Liebhaber auslöschen. »Für Josh«, keuchte er, »für Bennett, für Brian, für alle.« Er stieß so heftig zu, daß sie fast schon wieder gekommen wäre, doch da wich er zurück. »Noch nicht, Baby, noch nicht«, sagte er, warf sie auf den Bauch, schlug ihr mit der flachen Hand auf den Hintern und drang von hinten in sie ein. Er zog sie hoch, so daß sie im Bett kniete, und dann fickte er sie, bis ihre Sicherungen durchbrannten, während seine Finger ihre Klitoris rieben. Sie kam und kam und kam.

Sie wollte seinen Schwanz lutschen, aber er stieß sie zurück, warf sich ihre Beine über eine Schulter und fickte sie aufs neue mit wilder Entschlossenheit und Energie. Sie war noch nie jemandem begegnet (sie selbst vielleicht ausgenommen), der sich so rückhaltlos hinzugeben vermochte. Gewöhnlich versucht der andere beim Sex, einen Teil von sich zurückzuhalten, sucht einen gewissen Abstand, Ironie, Bewußtheit – alles, nur keine vollkommene Vereinigung mit dem Partner. Aber Bean bedurfte keiner solchen Distanz. Er lieferte sich der Sexualität völlig unerschrocken aus, er vertraute auf seine Männlichkeit mit einer Sicherheit, von der Isadora glaubte, sie sei mit den Wikingern ausgestorben. Auf seinem Gesicht spiegelte sich äußerste Spannung: Er wäre gegen einen Baum gerast und hätte sich umgebracht, wenn er sie nicht hätte ficken können, und nun fickte er sie, als sei dies eine Sache auf Leben und Tod.

Er spreizte ihre Beine, klemmte ihre Füße in seinem Nacken fest und fickte sie wie besessen. Sie konnte weder die Position bestimmen noch kontrollieren. Sie konnte diesen Partner nicht führen, aber merkwürdigerweise erregte sie das mehr als alles andere je zuvor, und sie kam wiederholt in Stellungen, von denen sie bisher geglaubt hatte, sie seien für sie nicht vorteilhaft.

Er jubelte und lachte jedesmal, wenn sie kam. Er fühlte ihren zuckenden Orgasmus mit seinem Schwanz – so perfekt harmonierten ihre Körper miteinander.

»Du paßt genau zu mir, wir sind das Paar«, sagte er, und seine Augen funkelten vor Lust. »Gönn dir noch einen auf meine Kosten!«

Er kniete über ihr und hielt ihr seinen Penis entgegen. Vor ihren Augen reckte sich sein Schwanz in einer aufreizenden, leicht geknickten Kurve.

»Ich will dich ficken, bis du alles andere vergißt.« Wieder stieß er in sie hinein. »Ich will alle Liebhaber und alle Gatten auslöschen. Ich will dein *Mann* sein«, keuchte er und stieß zu. »Dein Mann, dein Mann.«

Isadora stöhnte unter seinen wilden Stößen. Sie stöhnte vor Lust und Staunen. Beans Augen funkelten wild.

»Du bist wahnsinnig«, flüsterte sie. »Du bist irr!«

»Ich hab' noch nicht einmal angefangen, dich zu ficken«, sagte er. Er glitt aus ihr heraus, drehte sie wieder auf den Bauch und schlug ihr klatschend auf den Hintern. »Was für einen schönen Arsch du hast – aber er ist längst noch nicht rot genug. Ich werd' dafür sorgen, daß er rot wird.«

Er schlug sie, bis das Klatschen seiner Schläge den ganzen Raum erfüllte, bis ihr Hintern brannte und schmerzte und die glühende Flamme auf ihre Möse überzuspringen schien. Dann warf er sie wieder auf den Rücken und peitschte ihre Muschi mit seinem steifen Schwanz. Und wieder trieb er ihn in sie, zog ihn zurück und rammte sie

243

gleich noch einmal. Wieder peitschte er ihren Kitzler und hörte nicht auf, bis sie um seinen Schwanz bettelte, ihn anflehte, doch in sie zu stoßen.

»Noch nicht, Baby, noch nicht.«

Er beugte sich hinunter, drückte den Kopf zwischen ihre Beine und leckte sie aufs neue. Seine Zunge kreiste auf ihrem Kitzler, seine Finger spielten in Möse und Hintern.

»Ich werde dir den Finger so tief reinstecken, daß ich dein Geheimnis fühlen kann«, sagte er und leckte sie aus.

Sie war außer sich vor Verlangen, Erschöpfung und Verlangen. Sie wollte dagegen ankämpfen und ihm mit keinem weiteren Orgasmus mehr Freude machen. Sie hatte es aufgegeben mitzuzählen, wie oft sie schon gekommen war – aber sie war sicher, daß der nächste Höhepunkt sie auf immer an ihn binden und ihr Ego und ihre Freiheit auslöschen würde. Sie war entschlossen, nicht noch einmal zu kommen. Sie bemühte sich, an Josh zu denken oder an Kevin; sie versuchte sogar, die Kopfschmerzen heraufzubeschwören – doch es war umsonst. Schon bebte sie auf der Klippe zum nächsten Orgasmus, einem Orgasmus, der die Kundalini zu wecken schien, ihre Beine sich konvulsivisch bewegen und ihre Hände sich in Beans Nakken festkrallen ließ, bis er vor Schmerz schrie. Und dann machte er sich wieder über sie und vögelte sie noch leidenschaftlicher als zuvor. Er wandte den Kopf zur Seite, und sein Gesicht verzog sich wie im Schmerz. Er stützte sich auf die Arme und schlüpfte, glitt, nein flog in sie hinein und wieder heraus, als schösse er geradewegs ins All.

»Flieg, Liebster, flieg!« jubelte sie.

»Baby, Baby, Baby, Baby!« Er stieß in sie hinein und schrie vor Lust. Sein Becken und seine Schenkel zuckten wie im Fieberkrampf, als er endlich kam. In seiner Leiste pochte wild eine Ader. Dann brach er auf ihr zusammen.

»Mein Liebling.« Er streichelte ihren Kopf und ihren Nacken und murmelte immerzu: »Mein Liebling, Liebling, Liebling, Liebling.«

Überwältigt von der Gewalt ihrer Vereinigung, überwältigt auch von dem geheimnisvollen dritten Geschöpf, das ihre beiden Körper gebildet hatten, hielten sie einander in den Armen.

»Daß du ein harter Brocken bist, wußte ich gleich«, sagte Isadora. »Aber ich hatte keine Ahnung, wie hart.« Sie kam sich vor wie Venus, die Adonis in den Armen hält, wie Ischtar mit Anu, ihrem Gemahl, wie Kleopatra mit Marcus Antonius. Ihr war eine unvergleichliche erotische Erfahrung zuteil geworden, das wußte sie: die Vereinigung einer voll erblühten Frau mit einem jungen Mann, dessen Lebenssäfte noch ungehemmt fließen. Die Männer opfern ihrer gesellschaftlichen Macht und Position so viel Energie, daß ihre Lebenskraft, ihre sexuelle Kraft eher versiegt als die der Frauen. Frauen werden mit jedem Jahr, mit jedem Kind und jedem Schicksalsschlag stärker, Männer dagegen wirken mit zunehmendem Alter erschöpft und ausgelaugt. Eine Neununddreißigjährige und ein Mann von fünfundzwanzig Jahren sind einander sexuell ebenbürtig. Die französischen Romanciers entdeckten diese große Wahrheit, doch die Amerikaner wollen sie nicht anerkennen. Colette kannte sie, als sie mit einundfünfzig zu Maurice ins Bett stieg. Sie wußte, warum sie ihn, den Fünfunddreißigjährigen, mit einundsechzig heiratete, sie nannte ihn damals ihren besten Freund. Kluge Frauen kennen und hüten das Geheimnis, daß ihr Lebensfaden länger ist als der des Mannes.

Das Klingeln des Telefons schreckte Isadora aus ihren Gedanken. »Das ist mein Manager – im Himmel«, witzelte sie. »Hallo?«

Es war Kevin.

»Oh ...« Sie war verlegen. »Wie geht's dir?«

Bean kicherte.

»Schhh.« Sie legte die Hand über die Muschel.

»Scht!« Isadora schirmte mit der Hand die Sprechmuschel ab. »Du Kevin, hör mal, ich schlaf' schon halb ... Kann ich dich morgen früh zurückrufen?«

245

»Ist was nicht in Ordnung?« fragte Kevin. »Fehlt dir wirklich nichts?«

»Ich fühle mich großartig.«

»Du wirkst so matt, richtig kraftlos.«

»Das ist nur, weil ich schon fast eingeschlafen war, bestimmt!« Sie verstellte ihre Stimme und bemühte sich, schläfrig zu klingen statt halb totgefickt.

»Schwindelst du auch nicht?«

»Ganz ehrlich«, gurrte sie ins Telefon und sah Bean dabei an. Wer außer einem Wahnsinnigen könnte sich den dunklen Göttern so rückhaltlos ausliefern? Aber dann wäre ja sie auch verrückt. Kevin dagegen war es nicht: Kevin, der Meister des netten kleinen *flüchertjes* zum Nachtisch. Kevin würde nie ihre Seele fordern, aber er würde auch nicht die Bacchantin in ihr erwecken oder ihre Verrücktheit, den schier animalischen Wahnsinn.

»Ich rufe dich morgen früh an«, sagte sie zu Kevin mit einem Blick auf Bean. »Schlaf gut! Küßchen!« Sie legte auf.

»Wer war das?« fragte Bean.

»Meine Nummer eins.«

»Deine was?«

»Meine Nummer eins. Willst du mir etwa deswegen eine Szene machen?«

»Ich möchte deine Nummer eins sein.«

»Du bist zu jung für mich«, erwiderte Isadora, doch ihr Herz sagte ihr, daß das nicht stimmte.

»Ich habe das Gefühl, bei dir werde ich schnell altern. Ach, da fällt mir ein – ich hab' ja was für dich.«

Er führte ihre Hand an seinen steifen Schwanz. »Komm!« Er half ihr aus dem Wasserbett, türmte die Kissen vor ihr auf, damit sie sich darauf stützen konnte, umspannte ihre Brüste mit den Händen und nahm sie von hinten. Er stieß noch härter in sie hinein als zuvor. Ihre Möse pochte, schmerzte, prickelte. Sie flehte ihn an, sie noch fester zu rammen, sie zu schlagen, zu zermalmen – mehr, ja, mehr. Wenn Bean in sie eindrang, war es, als nehme ein *dybuk* von ihr Besitz. Bei jedem Stoß feuerte sie ihn an mit einer Stimme, die gar nicht ihr zu gehören schien – als sei sie wirklich zur Bacchantin geworden, als habe die Grenze zwischen Schmerz und Lust sich aufgelöst. Er war ihr Gebieter, ihr Priapus, der nicht nur in ihren Körper, sondern auch in ihre Seele stieß.

Ah, sie gab vor, der Großen Mutter zu huldigen, aber in Wirklichkeit war sie dem Phallus hörig, sie war schwanzabhängig, schwanzbeherrscht, schwanzverunsichert. Sie hatte schon immer gewußt, daß Männer diese latente Macht über sie besaßen, doch noch nie hatte sie so hundertprozentig den ihr sexuell ebenbürtigen Partner gefunden: einen Mann, der des Fickens nicht müde wurde, der wild darauf war, sich bis zur Erschöpfung wund zu vögeln, einen Mann, der gleich ihr nicht vor Schweiß, Gerüchen und Blut zurückschreckte, einen erdgebundenen Mann, der wußte, daß der Mensch nur durchs Irdische zum Göttlichen emporsteigen kann.

»Ich will dein Mann sein«, stöhnte er und fickte sie wie ein Rasender von hinten. Sein Mittelfinger stieß in ihren Hintern, sein harter, gekrümmter Schwanz füllte ihre Möse, sein leidenschaftliches Verlangen, seine Glut, seine Sicherheit, seine Lust füllten ihre Seele.

Sie war noch nie in dieser Stellung gekommen, aber diesmal war es, als würden die Orgasmen von neununddreißig Jahren auf einmal explodieren, und sie stöhnte und winselte wie ein Tier. Das erregte ihn so sehr, daß er vor Leidenschaft fast den Verstand verlor. Er spritzte mit einem wilden Aufschrei. Sein Becken zitterte, bebte, sein Schwanz stieß heftig in ihre Möse und füllte sie mit seiner Ladung, bis sie beide keuchend vor Erschöpfung vornüber ins Bett fielen.

»Komm her zu mir«, flüsterte er, legte sich aufs Bett und reichte ihr die Hand. Er schlang den Arm um sie, sie kuschelte sich in die Mulde, die sein Körper bildete, und er streichelte ihren Kopf. Selbst im Liegen fügten sich ihre Körper wunderbar zusammen. Obwohl sie nur einszweiundsechzig, er dagegen fast einsneunzig war, lagen sie aneinandergeschmiegt, als gehörten sie zusammen, ja, als hätten sie schon immer zusammengehört. Erstaunlich, wie selten es das gibt: zwei Körper, die ideal zusammenpassen. Es ist wohl das einzig Gute an der Promiskuität, daß sie uns diese Lektion erteilt, und zwar gründlich.

»Du und ich, wir passen zusammen. Du gehörst zu mir«, sagte er. »Jetzt, wo ich dich gefunden habe, lass' ich dich nie mehr fort.«

»Mein Liebling.« Isadora kämpfte gegen den Wunsch an, seinen Worten Glauben zu schenken. Nach dieser Nacht werde ich ihn nie wiedersehen, dachte sie. Er ist ein Wunder, ein Traum, ein Zauberer aus einer Geschichte von I. B. Singer, er ist der Leibhaftige in der Gestalt eines Engels. An eine solche Leidenschaft darf man sich nicht klammern, sie kann nicht dauern, nicht bewahrt werden. Ein Mann wie er könnte sich mit seinen romantischen Einfällen glatt die Liebe einer Frau erschleichen und sie dann mit gebrochenem Herzen zurücklassen. Sie war zu einem solchen Abenteuer nicht bereit, nicht so kurz, nachdem Josh ihr Herz gebrochen hatte. Vielleicht würde sie nie mehr bereit sein, sich so bedingungslos auf einen Mann einzulassen.

»Woran denkst du?« fragte er.

»An nichts.«

»Du bist eine Frau, die in ihrem ganzen Leben keine Sekunde lang an nichts gedacht hat«, sagte Bean. »Davon bin ich überzeugt.«

»Ich habe bloß gedacht, daß du ein harter Brocken bist, ein sehr harter.«

»Nur ein ungestümer junger Mann. Genau dein Fall: der Feld-Wald-und-Wiesen-Wüstling.«

»Der Spender irdischer Freuden. Aus bekehrten Wüstlingen werden übrigens die besten Ehemänner – jedenfalls glaubte man das im achtzehnten Jahrhundert, siehe ›Tom Jones‹.«

»Sapperlot! Frauenzimmerchen, macht sie mir etwa gar einen Antrag?«

»Höchst unwahrscheinlich. Mein Bedarf an Ehe ist gedeckt.«

»Ich würde dich auf der Stelle heiraten«, sagte er, »und dabei glaube ich nicht einmal an die Ehe.« Unendlich sanft streichelte er ihren Kopf. So brutal er sich vorhin verausgabt hatte, so zärtlich war er jetzt. Was war echt, die Zärtlichkeit oder die Brutalität? Oder war am Ende beides echt? Ungezügelter Sex bringt die Extreme in uns ans Licht: Lamm *und* Wolf, Engel *und* Bestie. Sie spürte das unverkennbare Zeichen einer kosmischen Verbindung, eine winzige Sonne, die in ihrem Becken glühte, einen leuchtenden, wärmenden Strahl fünf Zentimeter unter dem Nabel, genau an der Stelle, auf welche die Zen-Meister sich bei Kontemplationsübungen konzentrieren, das Chakra zwischen Nabel und Schambein.

»Was soll ich bloß mit dir machen, Bean? Ob ich dich adoptieren muß?«

»Schh, mein Liebling, komm, wir lassen uns treiben!«

Und sie schliefen einer in des anderen Armen ein, schliefen eng umschlungen, ohne daß es der geringsten Verrenkung bedurft hätte; eingehüllt in ihren Schweiß, in Sperma und Blut schliefen sie glückselig und friedlich.

Isadora schlief so gut wie noch nie, seit Josh ausgezogen war. Sie schlief ohne ›Valium‹, ohne Alkohol, ohne dope. Sie träumte sich zurück in die Wohnung in Manhattan, in der sie aufgewachsen war. Sie kletterte wieder die Treppe zu Papas Atelier hinauf und spähte über die Brüstung in das überhohe Wohnzimmer hinab. Sie versuchte, sich festzuhalten (merkwürdigerweise war das Geländer nicht mehr da), um nicht in die Tiefe zu stürzen, wo ihre Eltern eine Gesellschaft für ihre Freunde gaben. Dort unten prosteten sich die Gäste mit echtem Champagner in langstieligen, kelchförmigen Gläsern zu. Die Champagnerbläschen stiegen auf, begleitet von den Klängen der Barmusik, die jemand auf dem Klavier klimperte. Die Leute

249

waren ausgelassen und lustig, sie kicherten über Dinge, die Kinder nicht verstanden. Aber jetzt sprachen sie wie aus heiterem Himmel über sie, ohne zu ahnen, daß sie zuhörte. »Sie wird sich durchbeißen müssen«, sagten sie. »Sie wird es schwerhaben.«

Auf einmal jagten ihr diese unklaren Worte der Erwachsenen Angst ein. Sie wollte rufen: ›Ich bin hier, ich höre zu‹, aber es war verboten zu lauschen, und außerdem hätte sie schon längst im Bett sein müssen, also durfte sie sich nicht verraten. Sie verlor den Halt und fiel hinunter. Aber sie schwebte vom Luftzug getragen durch den Raum, wie ein geflügeltes Samenkorn, das träge abwärts segelt. Sie wußte, daß sie über kurz oder lang auf dem Fußboden des elterlichen Wohnzimmers aufschlagen mußte und daß ihr schreckliches Geheimnis, ihre furchtbare Schuld ans Licht kommen würden. Kurz vor dem Aufprall schreckte sie hoch. Sie erwachte in panischer Angst, spürte, wie ihr das Blut über die Schenkel strömte und erblickte neben sich auf dem Kissen ein fremdes Gesicht. Durch die Ritzen der Jalousien vor ihren Schlafzimmerfenstern drangen die rötlichen Strahlen der aufgehenden Sonne. Die Digitaluhr zeigte fünf Uhr neunundfünfzig. Ihre Tochter wachte oft um sechs auf.

Sie sprang aus dem Wasserbett und rannte ins Bad, wo sie sich in fieberhafter Eile säuberte (wie Lowell Strathmore, der wie ein Keystone-Cop zappelte, ehe er zu seiner Ehefrau zurückhastete). Sie wusch Beine und Bauch mit dem Schwamm, spritzte sich kaltes Wasser ins Gesicht, besprühte sich von Kopf bis Fuß mit ›Opium‹, bürstete ihr Haar, legte ein wenig Make-up auf, lief zurück ins Schlafzimmer und schüttelte den Fremden, der da in ihrem Bett gelandet war.

»Liebling«, murmelte er, »Liebling.«

»Du mußt weg. Mein Kind kann jeden Moment aufwachen.«

Der Schweiß brach ihr aus – ob der Alptraum daran schuld war oder die bacchantischen Ausschweifungen der

250

vergangenen Nacht? Sie wußte es nicht. Sie wußte nur, daß sie ihn loswerden mußte, und zwar schnell.

»Bitte, Bean, bitte!« Isadora schüttelte ihn heftig. Er blinzelte verschlafen und streckte die Arme nach ihr aus.

»Entschuldige meinen Drachenatem«, sagte er.

»Macht nichts.« Sie küßte ihn zärtlich, machte sich dann von ihm los und sagte: »Du mußt jetzt wirklich gehen.« Sie brachte ihm seine Kleider. Mit trägen Bewegungen, wie ein Mann unter Wasser, zog er sich an. »Werden jetzt die Penner vertrieben?« fragte er halb verletzt und halb amüsiert.

»Meine Tochter wird jeden Moment aufwachen. Ich fand's großartig letzte Nacht – du bist wunderbar –, aber was soll ich machen, wenn Amanda plötzlich hier hereinspaziert?«

Sie öffnete die Tür zum Hundeauslauf, wo Malteserhündchenkot unter dem frischgefallenen Schnee hervorschimmerte.

»O Gott, der Wagen!« rief sie.

»Keine Sorge, den schieb' ich raus. Für körperliche Arbeit bin ich ganz gut zu gebrauchen. Geliebte, ich bete dich an. Vergiß das nicht, ja?«

Er lief hinaus und warf sich den roten Schal über die Schulter. »Raus in den Kot, wo ich hingehöre!« Übermütig sprang er über die gefrorene Hundescheiße.

Sie sah ihm nach. Er lief zur Einfahrt, fand den Lieferwagen (der kaleidoskopisch in einer Schneewehe leuchtete) und versuchte, ihn auf die Fahrbahn zurückzuschieben. Es schien unmöglich, aber entweder hatte er soviel Kraft, oder die Macht der Göttin, die ihn erst festgehalten und dann losgelassen hatte, war mit ihm, jedenfalls gelang es ihm binnen weniger Minuten, den Wagen ein Stück zur Fahrbahn zu schieben.

Er stapfte durch den Schnee zu Isadoras Sandkiste, nahm die Schaufel, die dort lehnte wie ein phallisches Symbol, und verteilte Sand und Salz um die Räder seines Wagens. Dann stieg er in das grellbemalte Fahrzeug und

251

brachte den Motor auf Touren. Der Wagen schaukelte vor und zurück, als Bean versuchte, wieder auf die Fahrbahn zu gelangen. Selbst sein Fahrstil war sexy! Verdammt noch mal, dachte Isadora, dieser Mann könnte mich wahnsinnig machen. Sie konnte es kaum erwarten, daß die Räder im Sand Halt fanden, daß sie griffen und ihn für immer aus ihrem Leben entführten.

Als es klappte, hätte sie beinahe Beifall geklatscht. Raus, raus, raus! Für immer raus aus meinem Leben, dachte sie, ob du nun ein Wunder, ein Dämon oder *dybuk* bist! Aber noch während sie dem Wagen nachsah, wie er die Einfahrt hinunterfuhr, begann sie zu singen. Sie trällerte Liebeslieder vor sich hin, als sie unter die Dusche ging. »Niiiieeee war ich so verliebt ...«, sang sie, und dann lachte sie sich selbst aus. Sie wusch Blut und Sperma aus ihrem Schamhaar und sah, wie sich das Wasser rostrot färbte, ehe es in schwindelerregendem Tanz den Abfluß hinunterwirbelte.

QUELLENVERZEICHNIS

EMMANUELLE ARSAN: *Marie-Anne* Auszug aus „*Grünes Para-dies*" aus *Emmanuelle oder die Schule der Lust.* Reinbek 1971, 41–57. Übers. Henri Holz-Fay. Mit freundlicher Genehmigung des Rowohlt Verlags, Reinbek.

SANDY BOUCHER: *Summen* aus *Welche Farbe hat die Lust.* Hrsg. Lonnie Barbach. Berlin 1987, 230–247. Übers. Dr. Jürgen Behrens. Mit freundlicher Genehmigung des Verlags Ullstein, Berlin.

CHARLES BUKOWSKI: *Die Fickmaschine* aus *Fuck Machine.* Mün-chen, Wien 1977, 41–55. Übers. Wulf Teichmann. Mit freundli-cher Genehmigung des Hanser Verlags, München, Wien.

RÉGINE DEFORGES: *Léone oder Das Bahnhofsrestaurant** aus *Lola.* Reinbek 1980, 33–49. Übers. Gabriele Forberg-Schneider. Mit freundlicher Genehmigung des Rowohlt Verlags, Reinbek.

ERICA JONG: *Geschliddert* aus *Fallschirme & Küsse.* München 1985, 363–390. Übers. Eva Bornemann und Christa Seibicke. Mit freundlicher Genehmigung des Droemer Knaur Verlags, München.

MARY McCARTHY: *Dottie** aus *Die Clique.* München 1964, 37–49. Übers. U. von Zedlitz. Mit freundlicher Genehmigung des Droemer Knaur Verlags, München.

HENRY MILLER: *Schule der Geläufigkeit** Auszug aus „*Ein Zwi-schenspiel*" aus *Wendekreis des Steinbocks.* Hamburg 1953, 237–251. Mit freundlicher Genehmigung des Rowohlt Verlags, Hamburg.

ALBERTO MORAVIA: *Lady Godiva* aus *Ein anderes Leben.* Reinbek 1977, 167–173. Übers. Piero u. Peter Resmondo. Mit freundlicher Genehmigung der Agentur Eulama, Rom.

LYNN SCOTT MYERS: *Siebzehn Jahre* aus *Lonnie Barbach ... und mein Verlangen ist grenzenlos.* Bern, München 1988, 75–90. Übers. Eva Gregor und Anneliese Tornow. Mit freundlicher Geneh-migung des Scherz Verlags, Bern und München.

ANAÏS NIN: *Mathilde* aus *Das Delta der Venus.* Bern und München 1978, 111–125. Übers. Eva Bornemann. Mit freundlicher Genehmi-gung des Scherz Verlags, Bern und München.

VLADIMIR NABOKOV: *Lolita** aus *Lolita,* Kapitel 27–29. Reinbek 1962, 118–144. Reinbek 1962. Mit freundlicher Genehmigung des Rowohlt Verlags, Reinbek.

ANNE MARIE VILLEFRANCHE: *Sonnenbaden mit Madame Gau-mont* aus *Die Purpurrose.* Bern und München 1989, 106–135. Übers. Irmela Rosenzweig. Mit freundlicher Genehmigung des Scherz Verlags, Bern und München.

* Die mit einem Stern versehenen Titelformulierungen stammen vom Herausgeber.

DIE GROSSE HEYNE-JAHRESAKTION '90

»Ein himmlisches Buch«

Millionen Lesern ist Anna mit »Hallo, Mister Gott, hier spricht Anna« ans Herz gewachsen. Aus ihren Briefen, Geschichten und »Notizien« für Mister Gott spricht eine wunderbar unverbogene Lebensphilosophie.
Heyne-Taschenbuch 01/8120

»Le Carrés Meisterwerk«

Le Carrés Meisterwerk – ein überragender Spionageroman, der neue Maßstäbe in der Thrillerliteratur setzte und den Autor weltberühmt machte.
Heyne-Taschenbuch 01/8121

»Der ewig-junge Schulklassiker«

Einer der schönsten heiteren Romane der deutschen Literatur. Jeder findet in ihm ein Stück seiner eigenen Schul- und Jugenderinnerungen gespiegelt. »Ein heimliches Loblied auf die Schule.«
Heyne-Taschenbuch 01/8122

Wilhelm Heyne Verlag München

DIE GROSSE HEYNE-JAHRESAKTION '90

»Der beste Forsyth«

Ein atemberaubender Thriller, in dem ein hochdotierter Berufskiller auf den bestbewachten Staatsmann der westlichen Welt angesetzt wird – es beginnt eine tödliche Jagd.
Heyne-Taschenbuch 01/8123

»Ein Lesebuch der Sinnlichkeit«

Bedeutende Schriftsteller schreiben über ihre sexuellen Phantasien, über Liebe, Lust und Leidenschaft. Diese Sammlung vereint ausgewählte Höhepunkte der modernen erotischen Weltliteratur.
Heyne-Taschenbuch 01/8124

»Ein einfühlsames, brillantes Buch«

Jane Somers, einer erfolgreichen Frau mittleren Alters, passiert das, was man Liebe auf den ersten Blick nennt. Ein zeitgenössischer Roman voll Sentiment, aber ohne Sentimentalität – eines der besten Bücher.
Heyne-Taschenbuch 01/8125

Wilhelm Heyne Verlag München

JUBILÄUMSBAND
HEYNE VERLAG

Erotische Romane,
in denen sinnliches Begehren,
Leidenschaft und Abenteuer
im Mittelpunkt stehen – prickelnd,
pikant, unwiderstehlich.

Heyne
Jubiläumsband:
Lust
50/40

Heyne Jubiläumsband:
Erotik 50/15

Heyne
Jubiläumsband:
Sinnlichkeit
50/31

WILHELM HEYNE VERLAG
MÜNCHEN